KB021952

어머니의 가을은 마르지 않는다

어머니의 가을은
마르지 않는다

펴 낸 날 2019년 11월 20일

지 은 이 조선희
그 림 주보영
펴 낸 이 이기성
편집팀장 이윤숙
기획편집 한 솔, 정은지, 윤가영
표지디자인 한 솔
책임마케팅 강보현, 류상만
펴 낸 곳 도서출판 생각나눔
출판등록 제 2018-000288호
주 소 서울 잔다리로7안길 22, 태성빌딩 3층
전 화 02-325-5100
팩 스 02-325-5101
홈페이지 www.생각나눔.kr
이 메 일 bookmain@think-book.com

• 책값은 표지 뒷면에 표기되어 있습니다.
ISBN 979-11-90089-01-2(03810)

• 이 도서의 국립중앙도서관 출판 시 도서목록(CIP)은 서지정보유통지원시스템 홈페이지(http://seoji.nl.go.kr)와 국가자료공동목록시스템(http://www.nl.go.kr/kolisnet)에서 이용하실 수 있습니다(CIP제어번호: CIP2019045338).

Copyright © 2019 by 조선희, All rights reserved.
· 이 책은 저작권법에 따라 보호받는 저작물이므로 무단전재와 복제를 금지합니다.
· 잘못된 책은 구입하신 곳에서 바꾸어 드립니다.

어머니의 가을은 마르지 않는다

아파서 울고 보챘던 시간도

아름다웠던 내 인생의 한 부분이었을 뿐이었노라고…

조선희 지음

생각나눔

내 어머니의 봄 여름 가을 겨울을 나눌 수 있음을

고맙고 행복하게 생각합니다.

인사말

늦가을 아침….

찬 서리 맞고 산 들녘 길모퉁이에 한 움큼 피어있는 산국화의 향기는 탐스럽게 길들여서 키워진 붉은 장미의 향기보다 더 진하다는 것을 나이가 들면서 알았다. 겨우내 매섭게 내리치는 꺽쇠 바람을 소나무는 한 번도 미워하지 않았다. 꺽쇠 바람에 채여 갈라지고 찢겨져.

까칠까칠해진 앙상한 나뭇가지에 흰 눈이라는 친구가 와서 포근하게 덮어주며 위로해줄 줄 알았으니까.

소박한 시골 텃밭 언저리에 수줍게 피어있는 노란 배추꽃이 하얗고 복스러운 안개꽃보다 내 마음을 더 설레게 한다는 것을 중년의 나이가 되어 보니 알겠더라. 치매 초기의 증상을 넘어 하루에도 몇 번씩 정신줄을 잡았다 놓았다 하는 늙으신 내 엄마께 나는 물었다.

그 없는 살림에 뭔 자식을 그리도 많이 낳아서 그렇게 힘들게 살아오셨는지?

이담에 다시 태어나서 또 가난하게 태어난다면 시집가서 자식 낳지 말고 혼자 고생 안 하고 행복하게 사시라고 하자, 엄마는 내 얼굴을 빤히 쳐다보시며 피시식 웃으신다.

다시 또 가난하게 태어나서 시집가도 우리 형제들 한 놈도 안 빼먹고 모두 당신 자식으로 다시 데리고 올 거라고, 엄마는 나를 쳐다보는 입가에 웃음을 띠시며 나지막이 말했다. 그 말에 나는 가난이 참 지긋지긋했다고, 그래서 많이 아프고 힘들었다고 엄마에게 고백했다.

"열손가락 깨물어서 안 아픈 손가락 없듯이 아픈 손가락도 다 다르게 아프지. 어떤 자식은 늘 나에게 아픈 존재였고, 어떤 자식은 늘 나에게 미안한 존재였고, 또 어떤 자식은 늘 감사한 존재였지…."

나는 엄마에게 어떤 존재였냐고 물으니 엄마가 잠시 망설이시더니 눈물을 떨구신다.

그러면서 나는 엄마에게 늘 버거우면서도 든든한 존재라고 하셨다.

"니그들, 내 새끼 일곱 놈들이 나에게는 내 인생의 전부였다. 니들은 내 인생의 봄 여름 가을 겨울이었지…. 어느 아팠던 봄날에 복상꽃 향기를 내 맘에 품고 다닐 때 여름은 늘 후두둑 소나기를 데려와 그 마음을 씻어내 버리고, 놀놀하게 벼가 익어가는 가을 들판에 찌꺼기 벼 이삭을 한 다라 주어 떡을 해먹자며 떡방앗간 김씨네 집 앞으로 쳐들어가 함박웃음을 지어 보이는 내 자식들을 보며, 흰 눈이 펑펑 내려 도깨비가 길을 잃어버렸던 그 추웠던 어느 겨울날에 화롯가에 묻어둔 고구마가 익어가길 기다리며 까르르 웃음 지어 보이는 내 새끼들을 보면서, 그렇게 수많은 봄 여름 가을 겨울에 같이 버무려져 살다 보니 벌써 이렇게 할머니가 되었구나. 그렇게 지지리 궁상을 떨었던 가난 속에서도 니그들은 나의 작은 희망이었지. 남편복이 없어서 늘 깜깜한 비구름 밑에서 살다가 가끔은 그 어둠의 장막을 걸쳐내고 파란 하늘에 고개 내밀며 참아냈던 숨을 시원하게 쉬게 해준 것도 내 새끼들이고…. 나는 행복했던 웃음보다는 많이 아파서 울었던 내 봄 여름 가을 겨울에 익숙해지고 편해서 좋다…."

그러면서 엄마는 창문 틈으로 불어오는 살랑 바람을 마주 보고 피식 또 웃어 보이신다. 엄마의 가슴 시린 고백에 주체할 수 없이 흐르는 내 눈물을 엄마에게 들키지 않으려고 나는 그 자리에서 얼른 일어나 딴청을 부려야 했다.

"아이구야! 살랑 바람이 부네. 복상꽃이 다 떨어졌나 보네! 복상꽃 다 떨어지기 전에 나도 이쁜 구두 신고 나들이 한 번 댕겨 와야 하는데…."

엄마가 열린 창문 쪽 파란 하늘을 올려다보시며 지그시 눈을 감고 소녀같이 좋아하시며 말씀하셨다.

그 뜨거운 여름날에 엄마의 마음은 설레는 봄이었나 보다.

엄마도 가끔은 여자이고 싶었으리라….

뙤약볕에 새까맣게 그을려진 얼굴에 이쁘게 화장도 하고, 발바닥 굳은살이 두꺼비 등같이 딱딱하고 쩍 갈라진 두 발에 노란 삐닥 구두도 한번 신어보고 싶으셨겠지.

엄마는 들꽃을 좋아하셨다.

가을에 절 뒤에 있는 산에 밤을 주우러 산등성이를 올라가실 때 축축한 풀 비린내가 나는 들꽃을 한 아름 꺾어서 내게 건네시며 수줍게 웃으셨던 울 엄마도 한때는 아름다운 여자이고 싶으셨겠지.

"엄마 사랑해요."라고 엄마를 안아드리자 누구시냐며 나를 한참 쳐다보더니,

"니년이 지금 여길 어디라고 찾아와!"

하면서 내 머리채를 막 잡아끄신다.

엄마는 또 그 옛날 아버지랑 바람이 나서 살림을 차린 엄마의 절친 분이 아줌마를 나로 착각을 하셨나 보다.

그 연세에 기운은 또 얼마나 팔팔하신지…. 나는 슬리퍼 한 짝만 신고 밖으로 쫓겨났다.

집 앞 슈퍼에서 수박바를 8개나 까먹었다. 옛날 생각하면서 입안이 얼얼해지고, 머리가 띵하고 아플 때까지 아이스크림을 까먹었다.

그리고 다시 집으로 살며시 들어가니 지금이 몇 시인데 지금 들어오냐면서 아버지한테 들키면 다리몽둥이 부러지니까 얼른 방에 들어가라고 나를 떠미시고는 내가 좋아하는 포도 한 송이를 접시에 담아 방으로 넣어준다.

여전히 나를 바라보시는 눈가엔 걱정과 따스함이 함께 묻어나는 눈빛이시다.

나는 늙으신 내 어머니의 매우 아프고, 크게 행복하진 못했지만 눈물아리게 소중했었던 그 봄 여름 가을 겨울을 나는 많은 사람에게 전해주고 싶었다.

그래서 이 책을 보는 어떤 분에게는 감사와 겸손을, 또 어떤 분에게는

사랑을, 그리고 희망과 용기를 전해줄 수 있길 바라며….

인생은 그다지 멋지게 빛이 나지 않게 살아도 내 삶을 사랑하는 순간, 아팠던 시간도 추억으로 가끔 꺼내볼 수 있는 여유가 생기고, 몸서리치게 먹먹했던 그 서글펐던 시간도 한곳에 머물지 않는 바람처럼 세월 속에 묻혀가고 지나가는 내 인생의 한 부분이었다는 것을….

화려하고 밝은 빛은 아니었지만 잔잔한 어둠을 밝혀주며, 추운 겨울에 아랫목처럼 따뜻했던 제 엄마의 삶의 빛은 단 하루도 꺼져있었던 적이 없었습니다.

비록 부족한 글이지만, 여러분과 함께 늙으신 내 어머니의 봄 여름 가을 겨울을 나눌 수 있음을 고맙고 행복하게 생각합니다.

많은 이에게

즐거운 추억 소환이 될 수 있기를….

소개말

저는 1970년에 첩첩산중 작은 마을 강원도 영월에서 태어났습니다.

5천년의 역사를 유순히 끌어안고 말없이 흐른다는 동강. 한반도 지형의 사진들로 유명해진 제 고향 영월에서 저는 미국유학을 가기 전까지 20년을 살았습니다.

저의 책은 미국을 오기 전에 그 시골 작은마을에서 살아오면서 겪어왔던 저의 가족사를 다룬 저의 자서전 형식의 소설입니다. 제 인생의 기둥이셨던 늙으신 저의 어머니를 비롯한 저의 어린 시절 이야기를 다룬 책입니다.

너무나 빨리 변해 버리는 이 바쁜 세상 속에서…, 가끔 우리는 지나온 시간 속에 묻혀버린 추억들이 그리워질 때도 있습니다.

제 지나온 추억들을…. 이 책을 정리하면서 다시 꺼내보게 되었습니다.

등장인물은 저의 가족과 친구들이지만 사생활의 침해가 될 수 있는 부분이 있어서 가명으로 다 바꿨습니다.

일기는 나이 50이 되도 쓰고 있지만 책은 한 번도 써본 적이 없어서 책을 내보리라는 저의 용기가 한없이 작게만 느껴질 때가 많았습니다.

부족한 책이지만 그래도 많은 이에게 즐거운 추억 소환이 될 수 있기를 바라면서….

목차

Chapter 1

감나무 집 할배

비가 내린다….

가을비도 겨울비도 아닌 것이 11월의 마지막 길목에 서서 벌써 며칠째 축축하게 소리를 내지 않고 내린다.

뒤뜰 감나무에 서너 개 늘어져 있는 감들이 비에 젖어 축 늘어져 꺽어져 있을 때 나는 알았다.

이 조용한 비가 그치면 엄마는 첫눈이 오기 전에 마당 한편 볏집지붕 위에 누렁이 큰 호박을 마루에 들여놓고 겨울에 덮을 두꺼운 이불을 꺼내어 발로 지근지근 밟아가며 힘들게 이불 빨래를 하신다.

할아버지는 산에 여기저기 널려져 있는 마른 소나무 잎과 솔방울을 긁어모아 자루에 잔뜩 담아와 부엌 문앞에 잔뜩 쌓아두시고 아부지는 나무를 하러 간다고 하시곤 매일 과부아줌마 박씨네 막걸리 집으로 도망을 가서 하루 종일 화투를 치시고 술이 많이 취해 깜깜한 밤이 되면 콧노래를 흥얼흥얼 부르시며 들어오신다.

불빛 하나 없는 그 깜깜한 밤을 아버지는 술이 많이 취하셔도 길을 한번도 잃어본 적이 없으시다.

초롱초롱한 밤하늘의 별들이 착한 사람들은 집으로 잘 데려다 준다고 아부지가 그러셨다.

"야! 이놈의 쥐방울만한 지지배야! 엊그제 이불 빨래 해놨더니 또 이불에 오줌을 싸지르고!"

첫눈이 온 새벽….

새벽닭이 꼬끼오 하고 시끄럽게 울어대는 소리보다 엄마의 거친 비명에 가까운 고함소리는 마루밑 멍순이도 참 지긋지긋하게 싫어했다.

오줌에 흥건하게 젖은 이불을 나에게 내보이며 엄마는 어찌할 줄 몰라하는 나를 허리춤에 엎어놓고 궁둥이를 손바닥으로 찰싹 소리가 나게 몇 대 때리는것부터 시작을 한다. 아프다기보다는 그냥 궁둥이가 얼얼하다. 난 사실 그것보다 그 다음에 나올 엄마의 행동이 많이 두려웠다.

여자가 아침부터 그렇게 무식하게 소리를 질러야 하냐며…, 아부지는 나를 아버지의 등위에 숨기시며 엄마를 나무라셨다.

"니가 맨날 이렇게 애를 큰소리치고 때리고 잡으니까 애가 불안해서 이불에다 자꾸 실수하는 거 아니냐고!"

아버지가 엄마를 노려보시며 엄마보다 더 큰소리를 내신다.

그 순간 잠깐 멈칫 했던 엄마는 나를 한참 째려보신다. 그러더니 아버지의 베개를 나에게 힘껏 던졌다. 빨리 나가서 소금 받아오라는 명령과 함께….

보통 때 같았으면 아침밥은 먹여서 내보내는 엄마인데 그날은 아부지가 내 편을 많이 들어줘서 그런가 난 밥도 못 먹고 쫓겨났다.

나에게 구제불능이라며 고개를 설레설레 흔들던 큰언니 해순이가 내게 무거운 소쿠리를 씌워주며 소금을 담아오는 표주박을 내밀었다. 추우니까 얼른 댕겨오라며 등을 떠밀면서.

춥다….

첫눈이 온 새벽에 눈이 잔뜩 덮인 검정 고무신 안에 얼음이 얼었다. 그냥 맨발로 하얀 눈길을 뽀드득 뽀드득 소리를 내며 걸었다. 새끼 고사리 같은 작은 손이 금방 빨개졌다. 발바닥이 너무 가렵고 따끔따끔 거렸다. 첫눈이 수북히 내린 그 길은 늘 조용하다.

아침마다 서너 개 남은 감으로 시끄럽게 아침식사를 하는 까치들이 첫눈이 내리는 날 이사를 갔나 보다. 나에게 유독 소금을 잘 챙겨주는 내 친구 감나무 집 할배네 감나무에도 그날 아침 까치는 보이지 않았다. 싸리 울타리 안으로 눈이 수북이 쌓인 채 눈 발자국 서너 개만 문앞에 보이고 감나무 할배의 콜록콜록 오래된 기침소리만 조용히 싸리문 밖으로 들려왔다.

"소금…, 할부지…, 나, 소금."

기어들어가는 목소리로 감나무 집 할배 눈 덮인 싸리문 앞에서 나는 소금 좀 달라고 했다.

분명…, 내 친구 할배는 일어났는데 왜 못들은걸까….

감나무 집 할매는 성격이 아주 고약하다.

나를 무지 싫어했다. 감나무 집 할배가 나를 더 예뻐한다는 이유로.

"소금! 할부지, 나 소금 줘여~"

아까보다는 훨씬 씩씩한 목소리로 소리쳤다.

근데 이상하다. 벌써부터 문 열고 내다봤을 내 친구 할부지가 그날 아침엔 기침소리만 낼 뿐 밖을 나오질 않는다.

그 대신 부엌에 감나무 할매가 빼꼼, 삐그덕거리는 부엌문 틈 사이로 나를 지켜본다.

"아이씨~, 나 얼른 소금 퍼줘요! 추워 죽겠어! 부엌에서 나 보고있는 거 다 보이거든! 아, 빨리 소금줘!" 나는 부엌에서 나를 지켜보는 감나무 집 할매를 향해 소리를 쳤다.

"니, 나한테 소금 맡겨놨나? 저 쥐방울만한 게 어따 대고 아침부터 남의 집 마당에 와서 큰소리를 쳐 대는데? 오줌 싼 게 유세야?" 그러면서 소금을 줄듯 안 줄듯 잔소리가 심하다.

땅바닥에 썩어 떨어진 물컹한 감하나를 주어 감나무 할매의 부엌에 힘껏 던졌다.

파삭 하고 감나무 집 할매 얼굴에 그대로 감이 터져 흘렀다.

주르륵.

누런 감물이 할매 얼굴을 타고 내려온다.

"이런~ 이게, 증말로 한번 해볼꺼여? 나랑!"

감나무 집 할매가 잔뜩 화가 났는지 부엌문을 박차고 나를 향해 단숨에 부엌에서 뛰어 나온다.

한 손에 빗자루를 들고 나를 향해 뛰어오는 할매를 보며 나도 쓰고 있던 소쿠리를 집어던지고 무조건 뛰었다.

감나무 집 할매도 뜀박질을 잘한다는 걸 알기에 발이 시렵다는 게 더이상 느껴지지 않을 만큼 저만큼 하얀 눈을 밟으며 숨이 가쁘도록 뛰었다. 저만큼 끝까지 나를 쫓아 뛰어오는 할매가 참 밉다.

숨을 헐떡이며 숨을 몰아쉬는 할매의 얼굴이 빨개지더니 "허이고~ 죽겄다," 하면서 잠시 숨을 고르더니 다시 뛴다.

부엌문에 던지려고 했던 거지 할매 얼굴을 맞추려고 한 건 아니었다고 나는 열심히도 그렇게 할매와 뜀박질을 하며 큰소리로 말했다.

저만큼 할매가 나를 따라오기를 포기했는지 눈바닥에 펄썩 주저앉아 숨을 고른다.

나는 때는 이때다 싶어 할매를 다시 가로질러 감나무 집 할배 싸리문을 박차고 내 친구 할배 방 문을 발로 빵 걷어차고 들어갔다.

"아이구~ 울 꼬맹이 왔나?"

내 친구 할배가 늘 그랬듯이 반가운 표정을 지어 보인다.

"나 아까 왔는데, 할배 왜 못 들었어? 이씨! 할매한테 빗자루로 맞을 뻔 했잖아!" 숨이 차서 헐떡이며 억울했던 내 감정을 열심히도 토해 내는 나의 행동에 할부지가 미안했던지 나를 얼른 이불로 감싸 안아 준다.

귀가 안들려서 못 들었다고 잘못했다고 연신 미안하다며 나를 처량한 눈빛으로 한참을 쳐다보시는 할부지.

"아이구야, 발가락 동상이 걸려서 고름이 잔뜩 낀네. 이거이 아파서 어떡하나? 이리 내봐라 언릉!"

하면서 동상에 걸린 내 발가락을 앞으로 잡아당긴다.

그러더니 고름을 짜내야 한다며 아파도 꼭 참으라고 미리 겁을 준다.

안된다고 만지지 말라고 소리를 질렀지만 할부지는 조금만 참으라며 동상 걸린 내 발가락의 고름을 손으로 꾹 눌러서 짜내기 시작했다.

"아! 아프다! 피 나온다! 이씨!"

피고름이 잔뜩 묻어나오는 내 발가락을 보며 나는 엉엉 울었다.

아파서라기보다는 더 크게 울면 혹시 엄마가 들을 수 있을까 하는 원망이 잔뜩 섞인 울음이었다.

한 번만 더 참으면 된다며 그러면 박하사탕 한 움큼 준다며 할배는 나를 어루며 4번째 멍들어 보이는 발가락을 힘껏 눌러 누런 고름을 짜낸다. 엄마의 아침 고함소리보다 더 큰 비명소리를 질렀지만 엄마는 못 들었나 보다.

잘 참았다며 고름을 다 짜낸 내 발에 할배의 양말을 꽁꽁 싸매 주며 따뜻한 아랫목에 나를 눕혀주고 이불을 덮어주는 내 친구 감나무 집 할배. 밥상을 들고 들어오는 할매를 야단을 치신다.

"애가 이리 동상이 걸려 신발도 안 신고 소금 타러 왔는데 그냥 얼른 퍼서 줘야지. 왜 애를 이리 고생시키노. 불쌍하지도 않드나. 이노무 할매야!" 할매를 향해 인상을 써보이며 내 친구 할부지가 할머니를 나무라신다.

한 번만 애 추운데 밖에서 더 고생시키면 보따리 싸가지고 아들내미 집으로 쫓아낸다면서 할배는 늘 그랬듯이 내 편이다.

첫눈이 내린 그날 아침….

나는 내 친구 감나무 집 할배 집에서 고등어구이를 처음 먹었다. 김이 모락모락 나는 하얀 쌀밥에 고등어 살을 얹어 나를 연신 먹여주시는 할배.

잘 먹어야지 동상 안 걸린다면서 할머니의 날카로운 곁눈질에도 나는 밥을 두 그릇이나 비웠다.

그것도 모자라 할배의 누룽지 건더기가 둥둥 떠 있는 숭늉까지 염치없이 후루룩 시원하게 들이마시고는 끄억~, 하고 트림을 해댔다.

감나무 집 할배가 나를 지그시 바라보며 얼굴에 미소를 지어 보이신다. 우째 그리 먹는것도 이렇게 복스럽냐며 내가 참 이쁘다고 했다.

감나무 집 할배는 내가 제일 좋아하는 친구다.

친할아버지보다 더 친절하시고 내가 무슨 잘못을 해도 절대 목소리를 높이지 않고, 나를 앉혀 놓고 차근차근 설명을 해주신다. 내가 뭘 잘못했는지를.

“꼬맹아~ 울 꼬맹이, 자꾸 이불에 오줌 싸면 안되. 니그 엄마가 그 겨울 이불 빨래를 하면서 월메나 힘들었겠나 배도 잔뜩 불러 오던데…, 자다가 오줌이 마렵다 싶으면 퍼뜩 일어나서 문 열고 변소까지 가기 귀찮으면 마당에 멍순이 집 옆에 앉아 싸고 들어가면 되지. 그리고 앞으로는 할배 집에 소금 받으러 올 때 밖에서 추운데 기다리지 말고, 그냥 할배 방으로 들어오면 되지…. 저 할매한테 막 소금 달라고 소리 지르고 반말하고 그러면…, 나중에 할배 저 멀리 가면 저 할매한테 소금 받으러 올 텐데…, 할매 나 오줌 쌌다…. 미안한데 소금 좀 주세요…, 하고 공손히 말을 해야지 할매가 퍼뜩 소금 주지 맞재? 하면서 차근차근 차분히 내 눈을 바라보시고 다정스럽게 설명을 해주시는 내가 정말 좋아하는 친구다. 할배 어디 갈 낀데, 저 멀리 어데?

할배가 까주신 박하사탕을 까르르 깨물어 먹으며 나는 물었다.

“있다…, 저 멀리…. 니는 모르는 곳. 나도 가봐야 아는 그곳….”

그러면서 자꾸 멈추기 힘든 기침을 또 해보인다. 할배가 기침이 심하면 또 누워 자야 한다. 약 먹고.

나는 할배 집에서 한 움큼 얻어온 박하사탕을 소금을 반쯤 채워 건네주는 표주박 위에 한 움큼 얹었다.

동생들 하고 꼭 나눠 먹으라고 열심히 잔소리하는 감나무 집 할매의 잔소리는 늘 한마디도 안 틀리고 똑같아서 나도 외우고 다녔다.

함박눈이 많이 쌓여있던 어느 늦은 아침.

나뭇가지만 앙상한 울 집 뒤뜰 감나무에 눈이 하얗게 덮여 가지가 꺾였다. 눈이 많이 마당에 쌓인 날에는 멍순이 혼자 미친 듯 꼬리 치며 여기저기 달리기를 해댄다.

간장 장독대 위에 듬뿍 쌓인 눈을 한 움큼 뭉쳐서 늙은 멍순이를 향해 힘껏 던져본다.

콜록거리며 오래된 마른기침을 하는 울 할아버지의 기침소리가 한나절의 겨울을 대신한다.

화롯가에 앉아서 긴 곰방대에 불을 붙이시는 할아버지가 화롯불에 익은 고구마를 꺼내어 보자기에 돌돌 말아주시며 나에게 심부름을 시키신다. 감나무 집 할배 갖다 드리라면서.

뽀드득 소리를 내는 함박눈을 밟으며 나는 또 신나게 감나무 집 할배 집을 향해 걸어간다. 따듯한 보자기에서 나는 구수한 고구마 냄새를 여기저기 풍겨대면서 뒤를 졸졸졸 따라오는 멍순이를 보고 집에 돌아가라고 소리를 고래고래 질러보면서. 오래 동안 쌓인 눈을 치우지 않아, 감나무 집 할배 싸리문을 열기가 좀 힘이 들었다.

"할배, 내 왔다!" 하며 방문을 박차고 들어간 그 방 안에 할배는 여전히 아파서 누워계신다.

그리고 그 옆에 할매가 눈물을 그렁그렁 해 보이며 앉아있다.

"할배, 내 왔는데…."

하면서 나는 할배가 누워있는 아랫목에 같이 누웠다. 할배가 눈은 떴는데 말은 못하시고 숨소리가 상당 거치시다. 나는 할부지 얼굴에 따뜻한 고구마 하나를 꺼내 보이며 웃었다. 고개만 간신히 끄덕이시는 할배의 얼굴엔 여전히 잔잔한 미소가 흐른다. 고구마 껍질을 까서 할배 입으로 갖다 대며 할배 많이 아프냐며 내가 물었다. 고개만 끄덕끄덕 여전히 말을 못하시는 할배가 참 답답스럽다. 그 와중에도 할매에게 장롱 안에 있는 박하사탕을 나에게 건네주라고 손짓을 해 보이는 할배….

"꼬맹이, 나온나. 할배 아파가 잔단다…."

하면서 나를 이불 속에서 끄집어내는 할매를 나는 또 못마땅한 표정으로 째려봤다.

장롱 속 누런봉투 안에 들어있는 박하사탕 한 움큼을 내 손에 쥐어주시며 등을 떠미는 할매가 그날은 유난히 미웠다. 눈이 많이 내리는 겨울은 장능 연못가에 얼음이 빨리 얼지 않는다. 그래서 할아버지가 만들어준 썰매는 늘 연못가만 빙빙 돌다가 저녁이 되면 집으로 돌아간다.

겨울 해가 빨리 서산을 넘어가는 이유는 하루 종일 노름방에 들어가 있는 울 아부지 빨리 집으로 돌려 보내려고 그런 줄 알았는데… 그날밤엔 아부지가 집엘 들어오시지 않았다. 며칠째 잠잠했던 나의 오줌싸개 버릇이 그날 새벽에 또 튀어나왔다. 동이 트기 전에 버럭버럭 마당이 떠나가라 소리를 지르고 나를 이리 밀치고 저리 밀쳐 보이는 엄마의 행동에 할아버지가 갑자기 더 큰소리를 지르기 시작했다. 빨건 토끼눈을 해 보이며 할아버지의 눈치를 보며 안방으로 들어온 아부지.

"이놈의 자슥이 개버릇 못 갔다 버린다고, 요번에는 또 얼마나 잃었드나? 어이!" 하면서 마당에 빗자루를 들고 안방에 숨어있는 아부지를 향해 들어오셨다.

저번에 잔다리 논문서 다 갖다 박고 그렇게 고생을 시키더니 요번엔 또 뭐냐면서 있는 힘껏 아부지를 빗자루로 내리치시는 할아버지 옆에 엄마가 바짝 긴장을 한다. 요번에는 또 뭐 잃고 왔냐며, 엄마가 바닥에 주저앉아 울며불며 아부지에게 물었다. 아부지는 엄마에게도 할아버지에게도 아무 말도 못하고 그냥 밖으로 쫓겨나갔다. 덤으로 엄마의 성난 표정에 난 자동적으로 내가 먼저 부엌의 소쿠리를 둘러 메고 소금을 얻으러 밖으로 뛰어나갔다. 저만치 아부지가 맨발로 뛰며 도망쳐 간 흔적이 하얀 눈 속에 그대로 세겨져 있다.

너무 춥다….

감나무 집 싸리문 앞에 귀신소리 같은 바람소리만 날뿐 참으로 조용하다. 이상하리만큼 조용하다. 어이구 추워…, 나는 감나무 집이 내 집인 양 방문을 열고 들어갔다. 감나무 집 할매가 반듯하게 누워있는 내 친구 할배 옆에 쪼그리고 앉아 흐느낀다.

"할배야…, 내 왔다. 꼬맹이."

나는 조용히 눈 감고 자고 있는 내 친구 할배의 몸을 내 차가운 몸으로 꼬옥 껴안았다. 내 왔다…. 나는 내 차가운 얼굴을 할배의 얼굴에 비벼보며 응석을 부렸다. 하얀 할배의 얼굴에 뭔가 느낌이 조금 달랐다. 무언지 모를 어색함이랄까.

"꼬맹아, 나와라…. 할배 갔다 멀리…." 할매는 여전히 흐느끼며 말했다. 할매는 할배가 죽었다며 자꾸 할배 얼굴 만지지 말고 이불 속에서 나오라고 했다.

"죽으면…, 할배 열 밤 자도 안오나?"

투정을 부리듯 묻는 나를 보며 조용히 흐느끼던 할매가 갑자기 엉엉 소리를 낸다. 무서웠다. 나도 모르게 눈물이 주르륵 흘렀다. 죽음이라는 단어를 처음 들은 그 순간에 나는 할매의 서럽게 흐느끼는 모습 앞에 할배는 열 밤 자도 깨어나지 못한다는 것을 알고 안절부절못했다.

죽으면…, 멀리 가야 한다는 거,

죽으면…, 그냥 보내줘야 한다는 거,

죽으면…, 눈감고 아무 말도 못한다는 거를,

죽으면…, 더 이상 감나무 할배 집에 올 수 없다는 직감을 나는 그 어린 나이에 할매의 통곡소리를 듣고 잘 알아들었다. 한참을 우시던 할매가 장롱 속에 누런봉투 속에 있던 박하사탕을 꺼내 보이시며 가지고 가란다. 소금은 부엌 장 단지 속에서 알아서 퍼가란다.

"꼬맹아, 저 싸리문 앞 감나무 밑에 할배가 쪼매한 단지를 하나 묻어놨다. 니, 소금 퍼가라고… 앞으로 할배는 이 집에 없다. 할매도 장사 끝내면 아들내미 집으로 간다. 니, 또 이불에 오줌 싸서 엄마한테 쫓겨나면 그냥 알아서 조금씩 퍼가면 된다. 할배가 니 준다고 박하사탕 한 개도 안묵고 아껴뒀다. 가지고 가라. 이거."

그러면서 누런봉투 안에 박하사탕을 통째로 내민다. 평상시와는 다른 잔소리를 하시는 할매. 동생들과 똑같이 나누어 먹으라, 가 아니라 아무도 주지 말고 아껴두었다가 할배 생각날 때마다 하나씩 꺼내 먹으란다. 나는 그렇게 그냥 할매 등에 떠밀려 나왔다.

내 친구 할배한테 잘 가라는 말도 한번 못 해주고 그렇게 등 떠밀려 나왔다. 돌아오는 눈길에 몇 번을 넘어졌다. 자꾸 눈물이 고여서…, 앞이 잘 안 보였다.

"나 이딴거 안 묵어도 돼! 박하사탕 안 먹어도 되는데!"

그러면서 들고 있던 박하사탕 봉지를 눈 바닥에 패댕이쳤다. 여기저기 흩어져있는 박하사탕이 할매보다 더 미웠다.

"할배야…, 나 박하사탕 안 줘도 된다. 나 앞으로 이불에 오줌 안 쌀게…. 나 고등어 반찬 안 해줘도 된다. 할매한테 혼날 때마다 내 편 안 들어줘도 괜찮다. 그니까…, 열 밤만 죽었다가 다시 오면 안되나?"

흩어져 있는 박하사탕에 흙을 털어 보이며 나는 그렇게 흐느껴 울었다. 내 친구 감나무 집 할배 좀 다시 돌아오게 해달라고 울며불며 그 가까운 울 집 마당을 지나치고 장능 연못가를 한참을 돌았다. 눈이 잔뜩 쌓인 그 함박 눈길을 아직 아무도 지나가지 않았나 보다. 움푹움푹 하얀 눈 발자국을 남기며 울고 걷고 있는 나는 그 연못가를 발이 시려워서 더 이상 걸을 수 없을 때까지 그렇게 한참을 걸었다. 늘 내편이 되어주고 나를 예뻐해 준 내 친구 할배에게 참 고마웠다고…. 잘 간다는 인사도 하지 않고 가서 참 밉다고…. 그렇게 나는 내 소중한 친구 감나무 집 할배와 마지막 인사를 하고 집으로 돌아갔다.

내 친구 감나무 집 할배의 죽음에 우리 집 할아버지는 큰소리로 아침 밥상에서 통곡을 하셨다. 종이 꽃다발 상여가 준비되던 그 며칠 후 내 친구 감나무 집 할배는 영영 나를 떠나갔다.

이제 가면, 언제 오나, 어야~ 디야~

가는 세월 허망하네, 어야~ 디야~

이 다음에 나 가거든, 어야~ 디야~

반갑게 맞아주게, 어야~ 디야~

꽃다발 상여 맨 앞에 종을 흔들며 우리 할아버지가 가사를 부쳐 노래를 부르면 뒤에 가마를 메는 사람들이 “어야~디야~.” 장단을 맞춰주고 그 뒤를 할매랑 식구들이 하얀 상복에 머리에 새끼줄 머리띠를 매고 울면서 따라갔다. 나도 따라가고 싶었는데 어린 애들은 같이 따라가면 안된다고 같이 따라가면 귀신한테 잡혀간다고 엄마가 나에게 겁을 잔뜩 줬다.

감나무 집 내 친구 할배가 귀신한테 잡혀간 거다.

늙어서 기침 많이하고 아파서 귀신이 잡아간 거다.

나는 엄마의 귀신 얘기에 내 친구 할배가 불쌍해서 또 한 번 펑펑 울었다. 우리 할부지도 기침 많이 하고 아픈데 차라리 내 친구 할배랑 바꿔치기 하지, 왜 귀신은 내 친구를 데리고 간거냐며 꼬박꼬박 말대꾸를 해 보이며 울고 있는 나.

그날은…, 내가 그렇게 내 친구 감나무 집 할배를 떠나보낸 날이다. 찌뿌둥한 눈발이 날리던 날, 그래도 날씨는 눈이 내리자마자 녹아버리는 따듯한 날이였다.

나는 그 후에도 감나무 집 할배 집을 하루에도 몇 번씩 두리번 거렸다. 아무도 없는 그 빈집에 여전히 감나무 집 할배가 기침을 하며 누워있는 것 같았다. 흰 눈이 차곡차곡 쌓인 그 빈집에, 이불에 오줌을 싸지 않은 날에도 나는 싸리문 앞을 두리번 거렸다.

아껴 먹던 박하사탕이 서너 개 남았을 때 엄마가 그랬다. 감나무 집 할배 집에 누가 이사왔다고…. 아들내미 하나 있는 청상과부가 이사를 왔다고 하면서 아들내미가 나랑 동갑내기인 것 같다고 밥상에서 그랬다. 그랬거나 말거나 난 외로웠다. 여전히 눈이 많이 오는 날에는 감나무 집 할배가 많이 보고 싶었다. 아부지의 노름 빚이 늘어갈 때마다 나는 이상하게 이불에다 오줌을 싸서 엄마에게 쫓겨났다. 엄마의 분노 상태에 따라 어떤 날은 홀라당 다 벗겨진 채 쫓겨나기도 했다. 아부지가 보덕사 앞에 있는 강냉이 밭 문서를 노름으로 잃어버렸던 그날 아침도, 난 그냥 벌거벗겨진 채로 쫓겨났다. 추워죽겠는데…. 동상이 다 낳아갈 즈음 또다시 발가락이 따금따금 가려웠다.

한 손에 들고 있는 표주박으로 앞을 가리고 여전히 무거운 소쿠리를 머리에 이고 습관이 된듯 나는 늘 향했던 감나무 집 할배 집으로 향했다. 저만치 싸리문이 보일 때 즈음 나는 알았다. 저 집엔 더 이상 내 친구 감나무 할배가 아닌 다른 사람이 살고 있다는걸…. 싸리문 앞에서 한참을 망설였다. 춥다…, 발이 시리다…, 아이씨 모르겠다.

어차피 저 감나무 밑 소금 단지는 내 것인데 하면서도 문을 열고 들어갈 용기는 없었다. 한참을 서성이다 작은 용기를 가져 빼꼼히 싸리문을 열었다.

조용하다….

살금살금 까치발걸음으로 빠르게 앞마당 감나무 밑에 묻혀 있는 단지를 열었다.

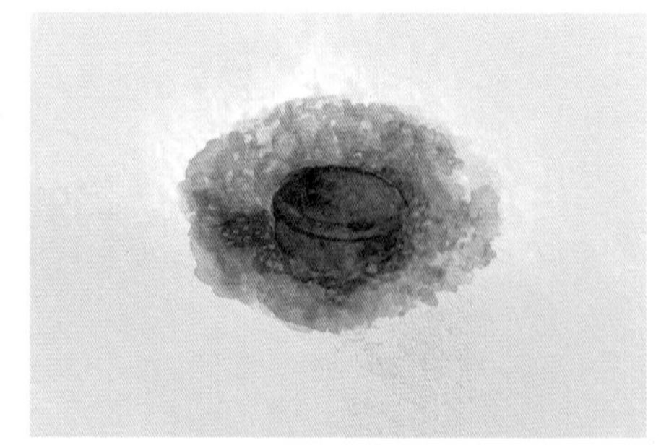

누런 감나무 밑에 늙어 쪼그라진 물렁한 감이 몇 개 올려져 있고 그 밑에 하얀 굵은 소금이 꽉 차있다. 가득한 소금 중간중간 여기저기에 박하사탕도 드문드문 보인다.

갑자기 눈물이 그렁그렁…, 또 앞이 안 보인다. 눈물이 뚝뚝 소금 위에 떨어졌다. 춥고 발이 시린데 소리를 낼 수 없는 눈물은 자꾸 났다. 조그만 한 표주박에 소금만 한 움큼 잡아넣고, 그 위에 동생들과 나누어 먹을 박하사탕 몇 개를 얹고 물컹한 감을 입안에 꽉 물고 나왔다.

바람이 찬 새벽에 감나무 집 할배 집을 빠져 나올 때,

"꼬맹아~, 꼬맹아~."

바람소리와 섞여 들려오는 귀신소리에 잠시 주춤했다. 감나무 집 할배의 목소리는 감나무 가지에 그렇게 한참 걸쳐져 있었다.

달다….

물컹한 감이 박하사탕보다 더 달다는 것을 나는 그때 처음 알았다.

눈이 유난히도 수북이 쌓여있던 그해 겨울은 유난히 길었다. 새벽녘 그 긴 겨울 아침의 까치는 여전히 이불에 오줌을 싸서 쫓겨나는 나만큼이나 분주했다. 생각을 해보니 굳이 감나무 집 할배네까지 소금을 가지러 갈 이유가 없다는 걸 알았다. 어차피 내 소금 단지인데 이번에 가서 그냥 소금 단지째로 들고와서 울 집 뒷마당에 묻어두고, 뒷마당에 가

서 소금을 퍼오면 되는 것을 생각해내는데 왜 그리 오래 걸렸을까…?

저만치 반쯤 열린 싸리문 사이로 부엌문이 열려져 있다. 감나무 집 할배네로 새로 이사 온 집은 벌써 울 엄마랑 아주 친해졌다. 나랑 동갑내기 아들내미 이름은 병기라고 했다. 키는 나보다 더 크고 잘생겼지만 웃을 때 앞니가 빠져 염소 새끼처럼 보였다. 그래서 종종 이빨 빠진 염소 새끼라고 내가 놀렸다. 그 이빨 빠진 염소 새끼, 병기는 그래도 울 동네 아이들한테 상당 인기가 있었다. 특히 나의 영원한 적 선자라는 친구에게.

그러거나 말거나…, 그러거나 말거나가 아니다. 나도 병기놈이 조금 좋아지려고 한다. 내 발가벗겨진 몸이 보일까 봐 나는 소쿠리를 푹 뒤집어쓰고 소금 단지를 향해 쪼르르 참새보다 더 빨리 조용히 뛰었다. 소금 단지를 통째로 꺼내 들고 서있는 내 앞에 이빨 빠진 염소 새끼가 서있다. 팔짱을 낀 채로 나를 내려다보며,

"니, 뭐하노 가시나야. 그 소금 단지 우리 꺼다! 그거 갖고 갈라고?"

순간 아찔했다. 얼마나 놀랐던지 병기의 다그침에 말문이 안 떨어졌다. 어정쩡하게 소금 단지를 들고 서있는 나의 소금 단지를 빼어 챙기는 염소 새끼 병기. 지가 이사왔으니까 소금 단지의 주인은 자기라면서 소금 단지를 다시 파묻으려고 한다.

"야! 이 시끼야!"

"뭐를 이 가시나야!"

"니…, 내 꺼봤어…?"

"뭐를…?"

"니 내 궁디 봤냐고, 이 시끼야!"

갑자기 조용해진 병기,

"몬 봤…다…."

"봤잖아! 이 시끼야!"

내가 버럭 소리를 지르자 병기의 얼굴이 빨개지며,

"딱 한 번 봤다 가시나야! 저번에."

"아! 이 시끼야!"

버럭 소리를 지른 것도 모자라 난 병기의 엉덩이를 몇 대 걷어찼다. 병기의 엄마가 부엌에서 나오며 나 대신 병기를 나무랐다.

"친구가 저리 추워가 밖에 서있으면 따뜻한 방으로 델구 드가야지, 와 밖에서 이리 소리를 지르고 지랄을 하고 아침부터 쌈박질을 해대나!"라고 하면서 나에게는 아침밥 다 됐으니 추운데 밥 먹고 가라고 하셨다.

병기네 이불을 돌돌 감아 몸에 두른 나는 그렇게 병기랑 아침을 같이 먹었다. 그 집에서도 염치없이 밥을 두 공기나 먹었다. 울 집에서 구경도 못한 반찬들이 꽤 많았다. 병기랑 사이좋게 싸우지 말고 잘 지내라고 하면서 따스한 숭늉까지 내미시는 병기의 엄마가 나는 참 좋아지기 시작했다. 울 아들내미 이빨 빠진 염소 새끼라고 놀리지 마라고 당부를 하는 아줌마를 보며 인사만 꾸벅 하고 나오기 뭐해서 소금 단지 위에 안에 있는 몇 개 안 남아 있는 박하사탕 몇 개를 병기에게 건넸다.

너무 오래된 건지 마른 감나무 잎이 배어있어서 그런지 색깔이 누렇게 변해 버렸지만 나로서는 그래도 감사의 표현이였다.

"안 묵는다. 이런거…." 이러면서 내 기분을 좀 슬프게 만드는 병기.

"왜…? 색깔이 똥색이라서…? 이거이 그냥 입안에 넣고 오물오물 하다 보면 안에 하얀색 나오드라~. 그냥 먹어봐! 이빨 빠진 염소 시끼야."

하면서 병기 입안에 사탕을 넣어줬다. 인상을 써보이며 입안에 박하사탕을 한참을 오물오물 거리더니 꿀꺽하고 그냥 삼킨다. 그러고는 주머니 속에서 무엇인가를 꺼내더니 내 손에 쥐어 준다. 과일 향에 굵은 설탕이 다닥다닥 박혀있는 사탕이었다. 지저분한 박하사탕 다 버리고 자기가 준 사탕을 먹어보라고 내민다.

맛있다…. 이씨~, 박하사탕보다 더 맛있다….

서너 개 남은 박하사탕을 소금 단지에서 다 골라서 손에 꽉 쥐고 소금 단지를 들고 병기네 집을 나왔다. 돌아오는 길에 감나무 할배 내 친구에게 고백을 했다. 감나무 집 할배야…, 내는 오늘부터 박하사탕 안 묵는다. 이것만 다 묵고 앞으로는 과일 사탕 묵을 거다. 그러고는 손에 쥐고있던 박하사탕을 모두 털어 입안이 가득찰 때까지 집어넣고 힘든 단침을 삼키며 아그작아그작 한꺼번에 다 깨물어 먹었다. 입안에 박하향이 너무 매워서 눈이 저절로 깜빡여진다.

“감나무 집 할배야~, 앞으로 니 대신 병기가 내 제일 친한 친구가 될거야. 그래도 되지…? 그래도 되지…? 나 정말 그래도 되지…? 앞으로 할배, 니는 나 찾아오지 마라…. 안 와도 된다….”

내 나지막한 목소리의 미안한 고백을 저 감나무 위에서 지켜보고 있는 할배는 분명히 들었나 보다.

“꼬맹아~, 이쁜 꼬맹아~, 할배 괘안타…. 진짜 괘안타….”

나를 위로 해주는 바람 섞인 할배의 목소리가 내 뒤를 졸졸 따라온다. 저만치 나를 따라오는 눈 발자국을 감나무 잎으로 덮어주면서….

Chapter 2

코카콜라는 쥐약이었다

아버지는 아침마다 쥐약을 마셨다. 하얀 종기 그릇 안에 시커멓고 공기 방울이 통통 튀는 이상한 물을 한 번에 들이마시고는 꺼억~ 큰소리를 내며 트림을 하셨다.

"아버지, 그거이 뭐이나…?" 내가 아버지의 트름 소리에 눈을 뜨며 묻자 아버지는 쥐약이라고 했다.

쥐도 아닌 사람이 왜 쥐약을 먹느냐고, 그리고 쥐약을 먹었는데 왜 안 죽고 살아있냐고 물어보니, 아버지는 어른이라 술을 많이 먹어서 아침에 속이 많이 쓰려서 쥐약을 마시면 얼른 낳게 해준다고 했다. 애들이 쥐약을 먹으면 죽는다는 설명을 덧붙이시며….

그 쥐약이 뒤곁에 가면 함박눈 밑에 늘 서너 개 있다. 엄마는 다른 것은 몰라도 아버지 쥐약은 떨어지지 않게 늘 사다 놓으신다. 뒤꼍에서 꺼내온 그 차가운 유리병에 들어있는 쥐약을 아버지는 아침마다 그렇게 하얀 그릇에 담아 드신다. 그날 아침에도 아버지가 쥐약 병을 그릇에 가득 담으시고 마시려는 찰나에 할아버지가 마당으로 불러내셨다. 내 앞에 있는 그 쥐약 그릇을 쳐다보니 신기했다. 보글보글 물방울 사라지는 소리가 '솨~' 하고 났다. 그냥 혀를 날름 대보았다. 혀를 톡 쏘는 듯 달달한 그 맛이 참 신기했다. 몇 번 혀를 대보다가 이번에는 숟가락으로 퍼먹었다. 용기에 들은 콜라가 반이나 줄어들 때까지.

갑자기 코에서 크억 소리가 나더니 코가 띵 아파서 눈이 시큰거린다. 그러더니 끄악 하고 트름이 나왔다.

아~, 나는 이제 죽는 거구나….

하면서 놀라서 방문을 차고 뛰어 나가서 부엌으로 들어갔다. 솥단지 옆에 할아버지가 늘 먹고 남은 진로 소주병을 숨겨놓은 곳에서 소주를 찾아 코를 막고 벌컥벌컥 들이마셨다. 아버지처럼 술을 먹어야 쥐약이 안 아프게 고쳐주는 걸로 알고 그랬더니 코에서 이상한 물이 막 나온다. 목구멍에서도 시꺼먼 물이 트림이랑 같이 막 쏟아져 나오고.

아~, 나는 이제 죽는구나….

눈물이 콧물이랑 범벅이 되어서 마당에 있는 아버지를 향해 뛰어갔다.

"아버지 나 좀 살려줘! 쥐약을 반밖에 안 먹었는데…, 나 죽나 봐." 하면서 아버지의 바짓가랑이를 잡고 울며 늘어졌다. 아버지는 한 손으로 골치가 아픈듯 머리에 손을 얹으시더니,

"아이구, 지랄이야. 애덜 앞에서는 물도 못 마신다…." 하면서 울고 보채는 나를 떼어 놓은 채로 방으로 들어가셨다. 그 다음날부터 아버지는 쥐약

을 나랑 반반씩 나누어 드셨다. 우리끼리만 먹는 쥐약이라면서….

그 맛있는 쥐약을 동생이 달라며 숟가락을 들면서 거들자 아버지는 쥐약을 끊을 때가 됐다며 쥐약의 진짜 이름은 콜라라고 가르쳐 주셨다. 아버지는 그날 이후로 콜라를 끊으셨다. 적어도 우리 앞에서는 절대 콜라를 드시지 않으셨다. 울 집 막내 해일이가 태어나는 밤에 나는 엄마 옆에서 자다가 할아버지 방으로 쫓겨났다. 아버지는 부엌에서 뜨거운 물을 데우고, 할아버지는 미역국을 열심히 끓이시고 계셨다.

아이고 배야, 엄마가 배가 아프다며 이불을 뒤집어 쓰고 우신다.

아이고 배야…, 아 나 죽네….

엄마의 아프고 조심스러운 고통소리에 나는 마루에서 엄마가 누워있는 안방 종이 문을 손가락을 넣어서 뚫었다. 엄마의 얼굴은 안 보이고 남산만 한 배만 보인다. 울며 보채는 엄마에게 아버지는 애들 다 깨운다고 좀 참아 보라고 엄마의 손을 잡아준다. 엄마의 이불에서 피가 주르륵 흐른다. 나는 무서웠다…. 자식들이 깰까 봐 솜이불을 입에 물고 아파서 괴로워하는 엄마의 모습에 나도 자꾸 눈물이 났다. 힘주라고…, 한 번만 더 힘주라고 아버지가 엄마를 나무라자 갑자기 으앙! 하고 엄마 다리에서 아기가 툭 떨어졌다.

"아들이다!"

아버지가 흥분을 하면서 엄마를 보며 말했다. 피가 잔뜩 묻어있는 아기를 겹겹이 이불에 싸서 아버지가 엄마에게 빨리 건넨다. 얼른 젖 먹이라고…. 헝클어진 머리를 감아 묶으며 엄마가 일어나 앉아 우는 아기에게 젖을 먹였다. 그렇게…, 우리 집 막내 해일이가 태어났다.

아침이 새기도 전에 나는 병기네 집으로 후다닥 달려갔다. 며칠 전에 동네 친구들한테 아기가 어디서 나오냐고 내가 물었을 때 병기가 그랬다. 아기는 엄마 배꼽에서 나온다고. 그건 새빨간 거짓말이다. 나는 봤다. 아기가 어디서 나오는지. 새벽부터 날도 안 샜는데 남의 집에 쳐들어오냐고 눈치를 주는 병기 엄마에게 내가 큰소리로 말했다.

"울 엄마, 아들 낳드래요!"

그 말에 병기 엄마도 반가워하면서도 시큰둥했다.

"아따마…, 니그 아부지 좋아하겠네. 아들이라고. 참내 지뿔도 가진것도 없으면서 뭔 놈의 자식들 욕심은 그리 많드나! 동네 사람들 욕하는 것도 안 들리나 보네…."

하면서 어린 내가 들어도 별로 썩 듣기 좋지 않은 말을 한다.

"병기야! 아기는 배꼽에서 안 나온다…. 이 바보야…, 내가 두 눈으로 똑똑히 봤다. 어제밤에…."

이불 속에서 일어나지도 않고 눈만 비벼대는 병기에게 내가 신이 나서 말했다. 여자들은 다리 사이에 구멍이 큰 개 하나 있는데 아기는 거기서 나온다면서 잠이 들깨서 멍청하게 앉아있는 병기에게 열심히 설명을 했다.

"그럼 니도 구멍이 있나? 다리 사이에…."

"읍찌! 바보야! 난 아직 어린아이인데, 시집 가서 얼라를 가져야 구멍이 생긴다. 바보야!"

"그럼 아기는 언제 구멍으로 들어가 있는데…?"

병기가 나에게 좀 어려운 질문을 했다. 집에 돌아와서 내가 할아버지에게 물었다. 아기는 언제 구멍으로 들어가냐고….

아기는 이 다음에 시집가서 논에 가서 일 열심히 하고 밭에 가서 일 열심히 하고 밥도 잘 짓고 남편 말도 잘 듣고 그렇게 착한 사람이 되면 제비가 호박씨를 물어다 베게 밑으로 넣어 준단다. 그리고 그 호박씨를 먹으면 아기는 엄마 배에서 그렇게 잘 자라다가 다 커지면 다리 구멍 사이로 나온다고 할아버지가 잘 가르쳐줬다. 나는 할아버지께 들은 이야기를 동네친구들한테 한 명도 빠지지 않고 다 가르쳐줬다.

맨날 선자 하고만 잘 노는 병기는 나에게 똑똑하다는 칭찬을 자주 해줬다.

Chapter 3

다리 4개 달린 텔레비전

울 동네에 문짝이 조그맣게 달려있고 다리가 4개나 달린 텔레비전이 들어왔다. 주인공은 바로 울 친구 중에서 제일 부잣집인 선자네 집이다. 그 텔레비전 안에 사람들이 나와서 노래도 하고 춤도 추고, 가끔씩 비오는 밤에 귀신도 내보낸다.

선자는 친구들 중에서 나를 제일 싫어한다. 나도 선자가 좋아본 적은 한번도 없다. 병철이도 창석이도 미옥이도 다들 선자보다는 나를 좋아하지만 선자네 집에 텔레비전이 들어오고부터는 선자랑 더 많이 논다. 병기는 우리 집에서 제일 가깝게 살지만 나보다 울 집에서 한참 떨어진 선자네 집에 가서 매일 놀았다. 가끔씩 공주님 놀이를 할 때만 나를 데리고 갔다. 선자네 집에 시녀가 필요하다면서…. 나는 시녀가 하기 싫었지만 선자의 텔레비전을 보기 위해선 어쩔 수 없었다. 선자는 안방에서 텔레비전을 틀기 전에 항상 친구들의 발 검사를 했다. 내발이 더럽다고 집에 가라고 등을 떠미는 선자에게 나는 화가 났다.

"아까 내가 하기 싫어도 너 시녀했잖아!"

하면서 아무리 내 등을 떠밀어도 나는 끄떡도 하지 않고 방을 죽치고 앉아있었다. 그랬더니 선자가 텔레비전을 끄고 문을 닫는다.

노래 나오는 시간인데….

병철이랑 미옥이가 나보고 그냥 빨리 집에 가라고 그런다. 나 때문에 지들도 텔레비 못 본다고….

"흥! 간다. 집에 간다! 다시는 나한테 시녀만 시켜봐. 너! 죽을 줄 알아."

그러면서 겸연쩍게 나 혼자 나왔다. 병기가 같이 따라 나와 주길 바랐지만 병기는 내가 나가자마자 선자 옆에 바짝 다가가 앉았다. 그리고는 그 다음날 우리 집에 와서 어제 본 텔레비전 얘기를 참 재미있게 해주는 병기다. 그렇게 병기는 선자네 집에서 보고 온 텔레비전 귀신 얘기를 자주 해줬다.

"형아야~, 나도 따라가면 안되나…?" 하면서 동생 해기가 병기의 뒤를 따라 붙었다. 병기가 선자에게 먼저 물어보고 다음에 데려가겠다고 해기의 손가락에 약속을 해보인다. 그리고 며칠 후 병기가 아침밥을 먹고 우리 집에 왔다. 얼른 세수하고 발 씻고 머리 이쁘게 빗으란다. 나랑 해기 보고…, 선자네 집에 텔레비전 보러 가자고 찬물에 세수를 하고, 발목의 때까지 빡빡 밀어주는 병기 덕에 우리는 아침부터 때 빼고 광을 낼 수가 있었다. 아침부터 어딜 그렇게 이쁘게 하고 가나? 하고 물으시는 할아버지를 향해 우리는 큰소리로 텔레비전 보러 가요! 하고 집을 나와서 셋이서 그렇게 손을 꼭 잡고 선자네 집으로 갔다.

"누나야~, 우리 발 깨끗이 씻고 왔떠."

하면서 해기가 먼저 방에 들어가서 앉았다. 참 재밌다. 가수들 노래도 재미있고 늦은 저녁에 귀신이 나오는 순간 '꺄악' 하고 다 같이 이불을 뒤집어쓰고 무서워서 벌벌 떨었다.

집으로 돌아오는 그 늦은 깜깜한 밤길을 우리는 손을 꽉 잡고 벌벌 떨면서 집으로 향했다. 전등 불빛 하나 없는 그 밤길을 서로 말 한마디 못하고 걷다가 저만치 우리 집 마당 불빛이 보이자마자 우리는 꺄악 거리며 죽어라 뛰었다. 다시는 그 귀신 나오는 테레비를 안 볼 거라면서…. 우리는 몇 밤이 지난 후에 또 그렇게 선자네 집에 가서 어우~ 하고 여우소리를 내는 귀신을 보고 왔다.

선자가 또 나에게 심통을 부리기 시작했다. 병기가 나랑 노는 걸 볼 때마다 그렇게 못마땅해서 나에게 화풀이를 했다. 그래서 나는 그런 선자랑 자주 말다툼을 했다. 그럴 때마다 병기는 늘 선자 편이다.

"병기야~, 니는 내가 더 좋나, 선자가 더 좋나…?" 내가 병기에게 심통하게 물어보자, 병기는 선자가 더 좋다고 얼른 말을 해버린다. 내가 선자보다 뜀박질도 더 잘하고 딱지치기도 더 잘하는데 왜 선자가 더 좋냐고 물으니 선자는 이쁘게 생겨서 좋다고 했다. 그 말에 나도 이쁘게 생겼다고 우겼다. 우리 아버지랑 할아버지가 나보고 늘 이쁘다고 한다고….

"니는 못생겼다. 지지배야."

하면서 병기가 내 얼굴을 보고 인상을 쓰면서 말했다.

"이 시끼…, 앞으로 우리 집에 놀러오지 말고 선자하고만 놀아라." 하고 내가 으름장을 놓으며 병기에게 화를 냈다. 그랬더니 진짜로 병기가 우리 집에 오질 않았다. 세 밤이 지나도 오질 않았다. 병기가 안오니 텔레비전이 많이 궁금해졌다. 우리도 텔레비전 사자고 엄마 옆에 누워서 보채고 우는 해기에게 엄마는 테레비보다 더 재미있는 옛날 얘기를 해준다며 달래준다. 호랑이 이야기란다.

"옛날에 엄마가 나물을 뜯으려고 바구니를 들고 산엘 올라 갔드랬어요. 산에서 나물을 한참 캐고 있는데 갑자기 내 옆에 야옹야옹~ 하면서 새끼 고양이가 바짝 다가오는 거래요. 아이구~, 월메나 복스럽고 이쁜지…, 아이고 야야 니가 어떻게 이렇게 높은 산에까지 올라 왔드나 아직 젖도 안 뗀 거 같은데. 니 엄마는 어디에서 잃어버렸드나…? 하면서 불쌍해서 그 새끼 고양이하고 한참을 놀아줬드래요. 그래 고마 이제 집에 갈라고 하니 산에 혼자 남은 새끼고양이가 너무 불쌍 했드래요. 그래서 집에 데려다가 키워야지 하고 나물 바구니에 새끼고양이를 담아 일어 서려는 순간, 어흥! 하면서 뭐이 시끄먼 그림자가 나를 확 덮치는 거 아니래요…? 그래서 벌떡 누워서 눈을 떠보니 황소만한 호랑이가 나를 어흥! 하면서 입을 크게 벌리고 쳐다보고 있는 게 아니래요…? 엄마가 얼마나 무섭고 놀랬던지 바지에다가 오줌을 질질 쌌드랬어요…. 나는 그거이 새끼고양이인 줄 알았지 호랑이새끼라고는 생각도 못했지…. 그래도 나를 안 잡아먹고 그냥 지 새끼만 입에 물고 휭하니 가드라니까요. 엄마는 그때 놀래가지고 식겁을 했드래요." 하면서 엄마는 그때 호랑이를 처음으로 봤다고 했다. 엄마의 호랑이 얘기는 선자네 집에서 나오는 귀신 이야기보다 훨씬 더 재미있었다. 엄마의 옛날이야기를 병기에게 해주니 병기도 선자네 집 대신 저녁시간이 되면 울 집 엄마 방에 들어와 호랑이 옛날 얘기를 듣고 간다.

엄마의 어흥! 하는 소리에 마당에 있는 멍순이도 귀를 쫑긋하고…. 우리 집 변소 볏짚 지붕 위에 잠시 쉬어 앉아있는 도깨비 할아버지도 엄마의 호랑이 이야기를 빼먹지 않고 다 듣고 가신다.

Chapter 4

노란 삐딱구두

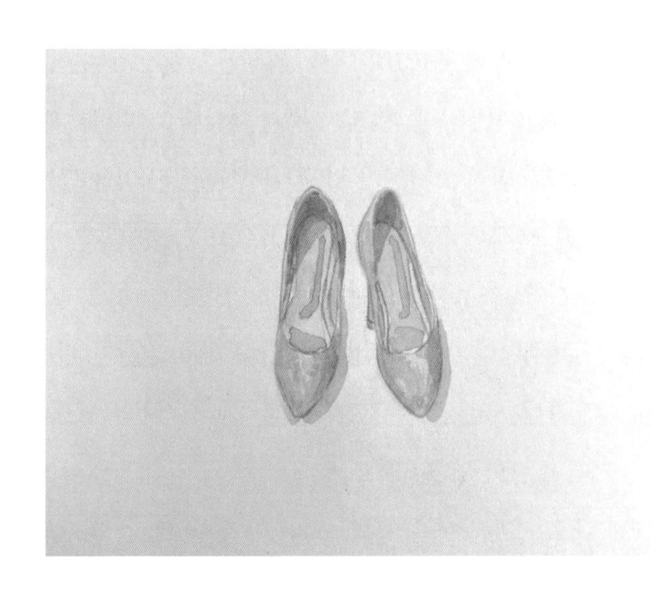

우리 집 마루 밑에 생전 처음 보는 이쁜 노란색 뾰족구두가 할아버지 고무신 옆에 나란히 놓여져 있다. 안방에선 오랜만에 엄마의 웃음소리가 들리고 귀에 익숙지 않은 이쁜 웃음소리도 함께 들린다. 누구일까 궁금해 하면서 신발을 마당으로 홀라당 벗어 던지고 방으로 들어가자, 분홍색 무릎까지 내려오는 화사한 원피스에 피부가 하얗고 키가 크고 날씬한 이쁜 여자가 엄마 옆에 앉아있다. 다소곳이 무릎을 돌려서 앉아있는 그 이쁜 여자의 몸에서 기분 좋은 화장품 냄새가 난다.

저렇게 이쁜 여자가 엄마랑 제일 친한 고향 친구라고 했다. 그 눈부시게 예쁜 아줌마 옆에 손으로 그냥 주리주리 틀어 말은 엄마의 머리. 화장은 커녕 세수도 안 했는지 그날따라 얼굴은 더 까매 보이고…. 주섬주섬 주워 입은 몸뻬 바지에 반찬 물이 뚝뚝 떨어져 있는 엄마의 모습은 초라하기 그지없었다.

종합 과자세트라는 과자 박스를 서울에서 사 오신 이쁜 엄마의 친구. 과자 박스 안에는 내가 처음 보는 과자도 많았고 과일 사탕에 껌도 있었다. 신이 난 동생 해기는 만세! 라는 복창을 수시로 해 보이고 해구 오빠는 그냥 의젓하게 과자 박스를 바라보고 웃기만 했다.

저녁을 먹으려고 집으로 들어오시던 아버지가 방문을 여시더니 그 이쁜 엄마의 친구를 보고 활짝 웃는다.

"아이고~ 분이씨, 오셨는 겨…?"

그 이쁜 아줌마의 이름은 분이었나 보다. 아버지는 그 이쁜 엄마 친구의 얼굴에서 눈을 띠지를 못한다. 호호호…, 웃을 때 한 손으로 입을 가리며 수줍게 이쁘게 웃는 그 아줌마를 한참을 쳐다보다가 그 아줌마랑 눈이 마주치면 아버지의 얼굴이 새빨개졌다.

고깃간에 가서 고기 2근만 사오라고 아버지의 등을 떠미는 엄마. 아버지는 싱싱한 돼지고기를 5근이나 사오셨다. 우리 분이씨 많이 해먹여야 된다면서. 엄마는 돈도 없는데 너무 많다고 아버지에게 다시 돈으로 바꿔 오라고 했지만 오랜만에 서울에서 친구 보러 온 사람한테 그 정도도 못 해 먹이냐면서 오히려 엄마를 나무라신다.

부엌에서 엄마의 고기 볶는 냄새가 진동을 한다. 마당에 멍순이가 부엌으로 몰래 들어와서 비계 덩어리라도 한입 얻어먹을까 낑낑거리고 앉아 있으면 엄마는 부지깽이를 들어 보이며 밖으로 멍순이를 내쫓는다. 엄마가 밥상을 세 군데로 나누어서 차렸다. 애들은 애들끼리 할아버지는 고기 듬뿍 얹은 밥상 따로 그리고 아버지와 엄마 그리고 이쁜 친구의 밥상. 애들은 고기 많이 먹으면 안 된다면서 엄마는 노란 배추 잎사귀에 고기를 몇 개씩 넣어서 밥을 잔뜩 넣고 주먹 만한 쌈을 사서 입안에 꾸역꾸역 집어넣으시면서 엄마 친구에게 말을한다. 입안에 있던 밥알이 자꾸 튀어나오자 아버지가 엄마를 나무라셨다. 무식하게 밥을 먹는다면서….

밥 먹을 때는 개도 안 건드린다면서 엄마가 아버지에게 친구 앞에서 잔소리 좀 그만하라고 하시며 얼굴을 붉히셨다.

그날 그 이쁜 엄마는 엄마랑 안방에서 둘이 같이 잤다. 늦은 밤까지 이어지는 이야기 속에 간간이 한바탕 웃음이 터져 나온다. 코를 열심히 고시는 할아버지 옆에 누웠던 아버지는 잠을 설친다. 그 다음날 아침을 먹고 그 이쁜 아줌마가 가신다고 했다. 다음에 오실 때는 더 많은 과자를 부탁한다고 내가 그랬더니 새끼손가락을 먼저 내 손에 걸어 보이신다.

저만치 버스가 보인다.

분이씨, 또 와요…. 하면서 아버지가 수줍게 인사를 했다.

옥이야, 잘 있어. 자주 올게….

하면서 그 이쁜 아줌마가 여전히 기분 좋은 화장품 냄새를 풍기며 그렇게 버스에 올랐다. 또 언제 이쁜 아줌마가 와줄지 모르는 내 섭섭한 마음을 아버지도 똑같이 느꼈나 보다. 이쁜 엄마 친구가 있을 때 행복했던 그 웃음은 없어지고 다시 그 전 화가 나서 굳어진 모습으로 얼른 돌아갔다. 아버지의 팔짱을 끼어 보이는 엄마를 아버지는 화난 얼굴로 쳐다봤다.

나는 생전 처음 씹어보는 껌을 병기에게 자랑하고 싶어서 병기에게 큰 맘 먹고 한 개 줬다. 병기는 별거 아니라는 듯 오물오물 조금 씹더니 땅바닥에 '혹' 하고 뱉어버렸다.

"야! 이 촌놈아! 껌을 그렇게 빨리 버리면 어떡해!"

하면서 내가 병기가 뱉은 흙 묻은 껌을 털어 보려고 했다.

"단물 다 빠지면 버리는 거지 바보야!"

"그걸 아깝게 벌써 버리면 어떡해 새끼야! 울 엄마가 껌 단맛이 빠지면 벽에 붙여 놓았다가 심심하면 박혀있는 고춧가루만 떼어 내고 그 다음날 또 씹고 이틀 더 씹고…, 새 껌 꺼내 씹으라고 했는데 이 새끼야!"

하면서 병기의 궁둥이를 한 번 걷어찼다. 그런 내 행동에 병기가 있는 대로 인상을 쓴다. 내가 참 더러워 죽겠단다. 그래서 나랑 놀기 싫단다. 껌도 하나 제대로 씹을 줄 모르는 그 병기 촌놈이…. 투덜거리며 집으로 돌아온 나는 마루 밑에 자고 있는 멍순이의 꼬리를 잡아 끌어내며 자꾸 멍순이를 귀찮게 굴었다. 왜 허구한 날 만만한 멍순이를 괴롭히냐며 엄마는 나를 향해 부지깽이를 들었다 놓았다 한다.

"그니까 테레비 사달라고!"

엄마에게 버럭 소리를 지르고 신발을 마당 한가운데로 훌라당 차 버린 나는 방으로 들어가서 벽에 다닥다닥 붙어있는 시꺼먼 껌들을 하나씩 하나씩 뜯어냈다. 껌은 단물만 빠지면 얼른 확 뱉어서 발로 뭉게 버리는 거라면서 엄마는 왜 그것도 모르냐고 잔뜩 입이 나와서 엄마에게 투정을 부렸다.

Chapter 5

병기가 쌍코피 터진 날

3월의 꽃샘추위는 간간이 함박눈을 데리고 다닌다. 선자가 병기네 집에 놀러 왔다. 지그 엄마에게 선물로 받은 안에 털이 복실복실 달린 굽이 조금 있는 빨간 부추를 자랑하고 싶었나 보다. 겨울에도 늘 까만 고무신을 신고 다녔던 나에게는 선자가 참 부러웠다.

동네 사람들은 늘 선자의 젊은 엄마에 대해 할 얘기가 많다. 읍내에서 청자 다방을 하는 선자 엄마는 늘 뽀글뽀글 굵은 파마머리에 빨간 립스틱에 높은 삐딱구두를 상당히 좋아한다. 동네 사람들이 읍내에서 다방에 들어오는 젊은 남자들이랑 바람이 났다고 선자의 늙은 아버지에게 알려주지만 선자의 아버지는 그냥 못 들은 척한다. 늙은 영감탱이 돈 보고 얼라 하나 낳아놓고 다방 차려 줬다는 말을 선자도 가끔 듣지만 선자는 못 들은 척한다.

"야, 선자야…, 나도 푹신한 신발 한 번 신어 보면 안될까…?"

기대도 않는 희망이었지만…, 나는 꼭 한번 신어보고 싶은 마음에 선자에게 부탁을 해봤다. 역시나 그 지지배는 못돼먹었다. 발 더럽다고 절대 안 된단다.

"선자야, 해인이 요즘 발 잘 씻는다. 한 번 신어보게 해주면 안되나…?"

병기가 처음으로 내 편을 들어주며 선자에게 물어 봐준다. 그럼에도 불구하고 절대 안 된다고 그러면서 자기네 집에 가서 숨바꼭질하고 놀자며 병기의 팔짱을 끼었다. 나도 질세라 병기의 팔짱을 끼었다. 어쩔 수 없이 병기는 나와 선자의 기싸움에 강제 팔장을 낀 채로 선자네 집까지 끌려가다시피 했다.

선자의 아버지는 무척 착하신 분이다. 우리 할아버지를 형님이라고 부르며 잘 따르신다. 선자네 젊은 엄마는 선자가 좋아하는 아이한테만 과자를 주는데, 선자의 늙은 아버지는 선자가 누굴 데리고 오던 과자를 골고루 나누어 주시며 선자랑 재미있게 마당에 가서 놀라고 하다.

“아, 나한테 무슨 놈이 또 붙었다고 잔소리여. 이 영감이!”

선자 엄마가 늙은 선자 아버지에게 삿대질을 해 가며 소리를 지른다. 애들 듣는다고 목소리 좀 낮추라는 선자 아버지의 잔소리에도 선자의 엄마의 목소리는 카랑카랑 접시 깨지는 소리가 난다. 참다못한 선자의 아버지도 막 소리를 지르기 시작했다.

“고깃간 김씨가 그러더라! 떡집 배 사장 하고 천일 여관에서 나오더라고! 이게 내가 집에 가만히 있다고 누구는 귀도 없는 줄 알아! 다방 때려치우고 집구석에 들어와 살림이나 해!”

선자 아버지가 들고 있던 담뱃대를 집어던지며 선자 엄마에게 엄포를 놨다. 쥐뿔도 없는 영감탱이가 툭하면 때려치우란다고…, 떡집 배 사장이 우리 다방에 얼마나 큰 단골인데 여관에 커피 배달 댕겨온 것도 잘못이냐며 늙어가면서 자꾸 구질구질 해지지 말란다. 자꾸 그러면 선자 데리고 보따리 챙겨 나가 버린다는 협박을 열심히 하는 선자 엄마. 그 무서운 협박에 선자 할아버지의 기가 팍 죽어 버린다. 그리고 그 무서운 협박에 손을 덜덜 떨며 기어들어가는 목소리로 선자 엄마를 타이르듯 말한다.

"추운데 치마 안에 내복도 좀 껴입고 다녀라~. 감기 걸리면 어떻게 하려고 그래~. 오늘 저녁 맛난 거 해놓을 테니 일찍 들어오고…."

하면서 선자 엄마의 엉덩이를 툭툭 쳐 보인다. 의기양양해진 선자 엄마는 빨간 립스틱을 덧칠해 보이며 껌을 짝짝 씹어댄다.

삐딱구두를 신고 대문 밖을 당당하게 나가는 선자 엄마가 나를 한번 쭉 훑어보더니 선자에게 그런다. 거지 같은 애하고 노는 거 아니라면서…. 나도 선자 아버지처럼 얼른 기가 죽어서 선자 엄마의 눈을 잘 쳐다보질 못했다.

나를 볼 때마다 거지 취급을 하는 선자 엄마가 상당히 불편했다. 선자 아버지가 나누어준 초코파이를 얼른 입안에 넣고 오물오물 삼켜버렸다.

"병기야…. 우리 이제 집에 가자…. 선자 엄마가 우리 거지라고 놀면 안 된데…."

하면서 내가 병기의 팔을 잡아당겼더니 선자가 나 혼자 가라며 병기의 팔을 낚아챘다. 병기는 조금 있다가 애들 오면 텔레비전 같이 볼 거라면서…. 병기는 얼굴만 빨개진 채 아무 말도 못하고 주춤했다.

"병기, 너 나 따라 집에 같이 안 가면 나 너하고 다신 안 놀아준다!"

씩씩거리며 내가 마지막으로 병기에게 준 경고였다. 병기는 나의 협박에도 불구하고 나랑 같이 가지 않겠다며 선자 옆에 섰다.

"니가 엊그제 나한테 그랬지! 니네 엄마가 그랬다고! 선자 같은애랑 놀면 안 된다고! 선자네 엄마가 선자네 늙은 아버지 버리고 젊은 남자들하고 바람났다고 니가 그랬잖아!"

생각지도 못한 내 행동에 병기가 얼굴이 빨개지며 고개를 숙인다.

"니가 정말 그렇게 말했어. 해인이한테…?"

선자가 눈물을 글썽이며 병기에게 묻는다. 흐려지는 말투로 기억이 잘 안 난다고 했다. 좀 지난 일이라서 본인은 잘 기억이 안 난다고 이상한 변명을 늘어 놓는 병기에게 난 너무 화가 났다.

"니가 그랬잖아. 엊그제 이 시끼야! 나랑 같이 딱지치고 놀면서 그랬잖아!"

나는 너무 화가 나서 엉겁결에 병기의 다리를 걷어차며 말했다. 병기는 또 기억이 안 난다고 한다. 선자의 눈치를 보면서….

선자가 갑자기 내 머리채를 잡았다. 징징 울면서 나쁜 지지배라고 하면서…. 나도 질세라 선자의 머리채를 잡고 같이 엎어졌다. 병기가 싸움을 뜯어말리고 있었지만 역시 병기는 내 팔만 잡았다 선자가 다칠까 봐….

"너는 비켜 이 시끼야!"

하면서 날아간 주먹이 병기의 얼굴을 때렸다. 아~, 내 손등이 너무 아파서 눈물이 핑그르 돌았다.

"아! 나 코피 난다! 나 어뜨캐!"

그러면서 갑자기 꺼억꺼억 소리를 내며 우는 병기의 얼굴에서 피가 주르륵 흐른다. 무서웠다…. 콧구멍 두 군데서 피가 흐른다. 선자의 아버지가 놀라서 신발도 안 신고 뛰어나와서 병기를 챙긴다. 나를 보고 호된 호통을 치는 선자 아버지가 그날은 너무 무서웠다.

"이놈의 자슥아…, 지지배한테 줘 터져서 코피나 질질 흘리고…. 아이고 달린 고추 확 잡아 띠어 버리기 전에 얼른 뚝 눈물 못 그치나…?"

선자의 아버지는 나를 야단쳤던 만큼이나 병기도 야단을 쳤다. 수건을 쭉 찢어서 돌돌 말아 병기 코에 막아주고 우리를 내쫓는 선자의 아버지….

집으로 걸어가는 동안 병기랑 나랑은 한참을 말을 안 했다.

"아프나…?"

내가 먼저 조심스레 물었다.

"그럼 아프지 지지배야! 쌍코피가 터졌는데…."

하면서 코가 막혀 답답한 소리를 내는 병기에게 나는 많이 미안했다.

"니가 거짓말 시키니까 그랬지. 이 시끼야! 니가 나한테 그 말 했잖아. 엊그제!"

"거짓말 했다! 선자가 우는데 불쌍한데 어떡해? 그럼!"

하면서 나를 째려보면서 씩씩거리는 병기에게 난 미안했다. 그리고는 나를 앞질러 간다. 나랑 안 놀거라면서….

"니네 엄마한테 일러주면 안되!"

멀어져 가는 병기의 등 뒤에 나는 기어들어가는 목소리로 말했다. 병기는 우리 집에 오지 않았다. 열 밤이 다 지나도 오지 않았다. 엄마가 병기네 집으로 심부름을 시켜서 가 봐도 병기는 집에 없었다. 선자네 집에 놀러 갔나 보다. 정말 나하고는 안 놀 건가 보다.

집 앞 연못가에 여기저기 흩어져있는 노란 개나리가 몽글몽글 올라온다. 그 몽글몽글 개나리가 장독대 위에도 퍼져 피기 시작할 때 병기가 울 집 마당엘 들어왔다. 엄마 심부름을 왔다며…. 아직 미안한 내 마음이 가시질 않은 건지 나는 병기를 일부러 본체만체했다. 동생 해기가 무지 반가운 얼굴 표정으로 구슬치기를 하자며 병기를 졸랐다. 병기도 나에게 말 한마디 걸지 않았다.

주머니 속에 사탕을 한 움큼 해기에게 건네주며 이따가 누나랑 같이 나눠 먹으라며 나보고 들으라는 듯 말을 하는 병기에게 내가 물었다.

"초코파이는 안 가지고 왔냐…? 나 초코파이 좋아하잖아!"

그러자 병기는 바지 속 주머니에 있던 초코파이 하나를 바스락 소리를 내며 꺼내서 나에게 건넨다. 그러면서 그동안 내가 보지 못했던 텔레비전 이야기를 옛날이야기 해주듯 재미있게 말해주는 병기. 우리는 한참을 또 그렇게 깔깔 웃어가며 같이 즐거운 수다를 떨었다.

재미있다….

텔레비전을 앞에서 보고 있는 것처럼 병기의 수다는 우리 셋이 깔깔거리며 웃기엔 충분한 이야깃거리였다. 나랑 병기는 아무일 없었다는 듯, 언제 싸웠냐는 듯… 그렇게 다시 친해졌다.

병기를 다시 내 친구로 만들어준 텔레비전이 너무 착해서 좋았다.

Chapter 6

창꽃 문둥이는 못생긴 애들은 잡아먹지 않는다…

봄이 오는 소리는 참 요란스럽다. 집 앞 연못가 다리 밑으로 겨우내 얼어있던 물이 녹아 쏟아져 흐르고…. 산언덕 모퉁이에 복상꽃이 하나둘씩 터질 때 엄마는 겨우내 덮고 잤던 텁텁한 이불을 빨래터에서 발을 걷어붙치며 억척스럽게도 빨고 계신다. 겨우내 마루 밑에서 게으름을 피웠던 멍순이가 제일 먼저 논두렁을 달리고 그 뒤를 소순이를 끌고 가는 아부지…. 할아버지도 망탱이를 들고 한 손에는 담뱃대를 무시고 콧노래를 부르시며 아버지의 뒤를 따라가신다.

"이랴, 이랴! 어허! 이놈의 소가 왜 또 말을 안 듣고 지랄을 떨어!"

하시면서 마른 똥딱지가 더듬더듬 붙어있는 소순이의 궁둥이를 번갈아

치는 할아버지. 그 논두렁 사이를 손가락만한 제비꽃이 수줍게 얼굴을 내밀며 할아버지를 기다린다. 연못가 하얀 강아지꽃을 손에 넣고 호호 불어가며 연신 까르르 거리는 해야는 이제 막 걸음마를 뛰었다.

버들강아지 꽃이 지고 나면 여기저기 산언덕에 창꽃들이 피기 시작한다. 산에 창꽃이 만발할 때 엄마는 늘 큰 밥 보자기 하나에 커다란 주전자를 하나 들고 산에 창꽃을 따러 간다. 아버지가 창꽃 술을 참 좋아하시기 때문에 엄마는 해마다 아버지를 위해 창꽃 술을 담그신다. 그날도 그랬다.

엄마는 막내 해일이를 포대기로 메어 업으시고는 커다란 주전자를 내게 주시며 나를 앞장세워 산을 올랐다. 여기저기 잔뜩 피어있는 창꽃 사이사이로 산두릅이 손가락만하게 올라왔다. 엄마의 얼굴에 미소가 찾아든다. 엄마는 창꽃도 좋아하지만 산두릅을 정말 좋아한다. 많이 뜯어서 읍내에 내다가 팔면 은근 기분 좋은 용돈이 되기 때문이다. 엄마는 창꽃을 대충 주전자에 따 담고 산두릅을 향해 계속 높은 곳으로 올라갔다.

“엄마! 너무 높은 곳으로 올라가면 안되! 아부지가 그러는데 산에 요즘 창꽃 문딩이 있대! 어린 애들 보면 잡아먹는데!” 내가 걱정스러운 듯 엄마에게 일러줬다.

“아이구야! 창꽃 문둥이도 보는 눈이 있어. 너같이 못생긴 애들은 갖다줘도 안 잡아 먹는데…, 그런 걱정은 안 해도 돼.” 그러면서 심부름을 가란다. 창꽃이 잔뜩 들은 주전자를 집으로 가지고 가서 부엌 소쿠리에 붓고 이 주전자를 다시 들고 산으로 올라오란다.

“나 혼자 안 가! 무서워서 못 가! 가다가 창꽃 문딩이한테 잡아먹히면 어뜨캐! 못생겨도 배가 너무 고프면 잡아먹을 수도 있잖아!” 하면서 나는 절대로 혼자 못 내려간다고 엄마에게 떼를 써보이자, 엄마는 낼 읍내 장에 가서 산두릅 팔면 운동화 한 켤레 사준다는 아주 신선한 제안을 한다. 한참을 고민해 보다가 엄마의 제안에 나는 그리 썩 내키지 않는 동의를 하고 혼자 조심스레 산을 내려오기 시작했다.

"창꽃 문디야…, 창꽃 문디야! 니 아무리 배고파도 나처럼 못생긴 아는 잡아먹으면 안 된다. 니가 나 한번 봐주면 다음에 산에 올 때 울 동네에서 제일 이쁜 선자를 데리고 올게. 그럼 나 대신 선자를 잡아먹으면 되잖아…."

나는 그 무서운 산을 혼자 내려오면서 이상한 주문을 혼잣말하듯 읊어대기 시작했다.

"우리 엄마도 잡아먹지 마라. 우리 해일이 배고파서 울면 젖 줘야 된다. 알았지! 한번 봐주기다!"

무서웠던 내 마음을 이렇게라도 애원해보고 싶었는지 나는 열심히도 그렇게 정신나간 듯 주문을 외워본다. 그렇게 숨죽이며 한참을 내려온 것 같은데 그래도 아직 먼 것 같다. 갑자기 뒤에서 부스럭 소리가 났다. 그 부스럭 소리에 뒤조차 돌아볼 용기가 나지 않았다.

가만히…, 가만히….

숨소리도 죽이며 서있었다. 또다시 바스락바스락 나뭇가지 흔들리는 소리가 들렸다.

"저…, 잡아먹지 마세요…. 못생겨서 맛이 없어요…." 하면서 흐느끼며 말했다. 한참을 그렇게 서서 흐느끼며 울었다. 여전히 바스락 소리는 뒤에서 들린다. 조용히 조용히 발걸음을 뒤로 돌렸다. 창꽃 문둥이 아저씨 얼굴을 보고 애걸하면 봐주려나…, 하는 마음으로.

창꽃 문둥이 아저씨는 보이지 않고…, 나무 사이에 가만히 앉아있는 사슴이랑 눈이 마주쳤다. 사슴은 나무 사이에 풀잎을 뜯어먹다가 나를 쳐다보다가를 반복하며 또다시 자기 일에 열중이다.

“사슴이야! 너도 빨리 다른 곳으로 숨어. 창꽃 문둥이 아저씨가 배고파서 너를 보면 너도 잡아먹을지도 몰라.”

하면서 나는 사슴에게 얼른 도망가라는 손짓을 해보였다. 사슴은 도망가지 않고 계속 나무 그늘 밑에서 열심히 풀을 뜯어먹는다. 나는 이제 살았구나…, 라는 안도감에 심호흡을 크게 해 보이며 주전자를 잡고 산등성이를 뛰었다.

저만치….

산등성이 너머로 아버지가 소를 몰고 일하시는게 보인다.

“아부지야!”

나도 모르게 손을 흔들며 소리를 쳤다.

“아부지야~.”

반대편 메아리가 따라서 아부지를 부른다.

“아부지야, 나 보이나?” 내가 다시 한번 아버지에게 손짓을 해 보이며 큰소리를 쳤다. 메아리도 나를 똑같이 따라한다.

“시끄럽다. 메아리 시끼야! 니가 우리 아부지나?”

나는 자꾸 시끄럽게 나를 따라하는 메아리 소리가 싫었다. 산을 뛰어 내려오는 나를 보시고 아버지가 걱정스럽게 물으신다. 산에 혼자 올라가지 말라고 했는데 왜 말을 안 듣느냐면서 아버지는 나를 못마땅하게 쳐다보신다. 엄마가 나 꼴뵈기 싫다고 창꽃 문둥이한테 잡혀먹히라고 일부러 산꼭대기까지 데리고 가서 혼자 내려가라고 했다며 열심히 엄마를 일러바치는 내 모습에 아버지는 너털웃음을 지어보이신다. 창꽃이 잔뜩 든 주전자를 아버지 앞에 팽개치고 아버지가 대신 산에 가서 엄마 데리고 오라며 줄행랑을 치는 내 모습에 아버지는 엄마 있는 쪽이 어느 쪽이냐고 큰소리로 물으신다. 나는 한참을 뛰어가다가 뒤돌아서서 아버지에게 소리를 쳤다.

"창꽃 문둥이 마이 사는 산 있잖아! 그쪽으로 가면 사슴도 있어! 사슴이한테 물어봐!"

라고 하면서 아버지께 알송달송한 대답만 하고 집으로 뛰어왔다. 창꽃 문둥이는 그날 친구네 집에 부침개 부쳐 먹으러 간 건지 그 산에 없었다.

Chapter 7

엄마는 소리 내지 않고 울었다

해구 오빠는 어릴 때 소아마비로 몸이 굳어져 사지가 배배 꼬이고 거의 죽음의 문턱에까지 갔다 왔다고 엄마가 그랬다. 그 많은 논과 밭을 팔아서 오빠의 병마를 고치느라 온 식구가 몇 년을 고생했고 그 결과 몸은 거의 다 고치고 귀만 들리지 않았다.

4살까지 동네에서 똘망똘망 말 잘하기로 소문난 해구 오빠는 아들 못 낳아 온갖 설움을 다 견뎌온 엄마의 자존심이었다. 오빠는 말을 못했다. 아버지는 수화는 절대 배우면 안 된다고 오빠에게 늘 입 모양을 보고 말을 따라 하라고 시켰지만 모든 게 부담이고 좌절이었던 오빠는 아예 어느 순간부터 말 배우는 것조차 귀찮아 했다. 그 대신 눈치 하나는 무지 빨랐다. 해구 오빠는 큰 사슴처럼 눈이 크고 깨끗하게 맑다. 오빠는 귀머거리여서 그런지 눈물이 그렁그렁 가득차 있어도 소리 내 울지를 못한다. 엄마는 오빠를 학교에 입학시키려고 했지만 장애인들이 모여있는 특수반이 아직 짜여지지 않아서 학교를 제 나이에 넣을 수가 없었다.

“아버님, 아이 귀 수술 한 번 더 시켜 보는 게 낳지 않겠습니까?”

아침 밥상에서 엄마는 할아버지의 눈치를 살피며 조심스레 말을 건넨다.

“저번에도 논 두 마지기 팔아서 수술했는데…, 개뿔 하나도 안 들리는데 뭘 또! 그냥 학교도 보내지 말고 집에서 농사일이나 가르치면 되지 뭘 또!"

할아버지가 엄마에게 따끔한 잔소리를 하신다.

"아버님! 내 새끼가 더 중요하지, 그깟 논 몇 마지가 뭐이 대수라고 그리 내 새끼한테 아무것도 가르치지 말고 농사나 지으라고 합니꺼! 아버님 그러시면 참 섭섭하지요. 지가 시집올 때 울 친정에서 아버님 앞으로 해준 논 마지기가 몇 마지기나 되는지 알면서 어찌 그리 지 눈에 피눈물 나는 말만 그렇게 골라서 합니꺼?"

시끄럽다고 그만하라고 엄마를 다그치는 아부지의 질책에도 엄마는 계속 할아버지에게 서운함을 내비쳤다. 밥상머리에서 시아버지한테 막 대드는 못돼먹은 버릇을 어디서 배워 왔냐며, 밥 먹다가 밥숟가락을 내던지며 방문을 나가시는 할아버지를 보며 아버지는 갑자기 해구 오빠의 머리를 쥐어박는다. 나이가 몇 살인데 밥을 질질 흘리고 먹냐며….

겁에 잔뜩 질려 아버지 눈치를 살피는 오빠의 머리를 아버지는 자꾸 쥐어박았다.

"내 새끼 쥐어박지 마!"

엄마가 아버지에게 큰소리로 울먹이며 말했다. 귀머거리 자식 그냥 아부지 말처럼 농사꾼이나 시키면 되지. 더 이상 무슨 욕심을 그리 부리냐며 이번에는 아버지가 엄마에게 화를 내신다. 해구 오빠는 밥을 먹다 말고 밖으로 슬쩍 빠져나간다.

앞마당 멍순이 집 앞에 웅크리고 앉아 멍순이의 머리를 자꾸 쓰다듬으며 쏟아져 나오려는 눈물을 억지로 참아보려는 오빠는 절대 소리 내어 울지 않는다. 그날 하루 종일 엄마랑 아버지랑 할아버지는 서로 아무런 말을 하지 않았다. 엄마랑 해구 오빠는 저녁을 부엌에서 둘이서만 따로 먹었다.

엄마는 아부지가 미워서 밥도 같이 먹기 싫다고 했다.

봄의 저녁노을은 서산을 지나가지 않는다….

그냥 연못가에서 잠시 머물렀다가 엄마를 불편해하며 마루에 앉아 담뱃대를 물고 있는 할아버지의 얼굴만 살짝 비추고 빨리 지나간다. 그날 밤 엄마는 안방에서 자지 않고 자식들이 자는 사랑방에 누웠다. 이제 말을 배우기 시작한 여동생 해야가 옛날 얘기를 해달라고 보채자 엄마는 막내 해일이를 앞에 눕혀놓고 우리 자식들이 좋아하는 호랑이 옛날 얘기를 시작한다.

옛날에… 옛날에… 호랑이가 살았드래…

평상시의 힘 있고 생기있는 엄마의 목소리가 아니라, 주르륵 흐르는 눈물을 닦아내며 눈물에 젖은 엄마의 옛날이야기가 시작된다.

"할멈~, 떡 하나 주면 안 잡아묵지~."

엄마는 무서운 호랑이 얘기를 하는데…, 엄마의 눈에선 자꾸만 눈물이 흐른다. 그 떨어지는 눈물을 엄마 옆에 있던 동생 해기가 고사리같은 작은 손을 뻗어서 엄마의 눈물을 닦아준다.

"어흥!"

평상시 같으면 엄마의 입에서 이 소리가 나면 동생 해기와 나 그리고 동생 해야는 기다렸다는 듯이 까르르 웃음을 마당이 떠나갈 듯 터트리지만 그날 밤은 자꾸 눈물이 났다. 엄마처럼…. 해구 오빠는 빨개진 눈으로 울고 있는 엄마를 빤히 쳐다봤다.

불쌍한 내 새끼…, 나한테는 심장인데….

엄마가 해구 오빠의 얼굴을 엄마의 얼굴에 비비며 나오는 울음소리를 베개로 덮어보며 숨죽이며 울었다. 아버지가 들을까 봐 그랬나 보다…. 엄마의 호랑이 옛날이야기는 더 이상 재미나고 무서운 게 아니라 슬픈 이야기라는 걸 나는 그때 처음 알았다.

큰언니 해순이가 국민학교 졸업을 했다. 빛나는 졸업장을 받은 날에 엄마도 아부지도 아무도 가지 못했다. 졸업장 하나만 달랑 들고 온 해순이 언니가 많이 삐졌나 보다. 저녁밥도 안 먹고 이불만 뒤집어쓰고 드러누워 울기만 한다. 엄마는 큰언니 해순 언니의 눈치를 보며 달랜다.

집에서 일 년 동안 살림 잘하고 있으면 형편 나아지면 내년이라도 중학교에 보내준다며 꺼억꺼억 울고 있는 언니를 조심스레 달래보지만 남들은 중학교 간다고 교복 맞추고 구두 사고 자랑하는데…, 하면서 해순이 언니는 서럽게 꺼억꺼억거리며 운다. 지지배가 국민학교만 나와서 살림이나 배우다가 시집이나 잘 가면 되지 뭘 그리 학교 욕심이 많냐며 할아버지가 큰언니를 나무라시니 큰언니가 더 서럽게 운다.

"할아버지, 울 언니한테 왜 그래!"

참고 있던 내가 할아버지에게 소리를 질렀다. 할아버지는 큰언니랑 해구 오빠한테는 소리도 지르고 매도 잘 되지만 나한테만 이상하리만큼 관대하시다.

"웅~, 알았어. 할부지 소리 안 지를게~. 할부지가 잘못했네~."

그러면서 여전히 큰언니를 화난 표정으로 쳐다본다. 큰언니는 공장엘 가기로 마음을 먹었나 보다. 학교 선생님이 엄마를 찾아와 공부를 워낙 잘하고 똑똑하니 웬만하면 야간학교 딸려있는 공장이라도 보내는 게 어떻겠냐고 엄마에게 상의를 하러 오셨다. 큰언니는 야간학교라는 말에 더 이상 망설임이 없었다.

"몸이 너무 약해서요. 쟈가…, 키도 제일 작아서 6년 내내 1번이었잖아요…. 공장을 보내더라도 집에서 몇 년 더 있다가 보내는 게 낳지 않을까요?

선생님…?”

하면서 엄마는 극구 말리셨다.

“선생님…, 우리 해순이가요. 저한테는 그냥 자식이 아녀요…. 제가 17에 시집을 왔는데요. 그때까지 생리가 없었어요. 열여덟 살에 생리 나오고 얼마 안돼서 쟈를 가졌어요. 근데 쟈 아부지가 군대 영장이 나와서 군대를 간데요. 배가 불러오는데 쟈 아부지가 군대를 갔어요. 그렇게 쟈 애비가 군대를 가니, 시어머니가 시집살이를 월메나 심하게 시키던지…. 배가 잔뜩 불렀는데도 뙤약볕에 밭매고 논에 가서 일하고…, 7개월쯤 됐는데 부엌에서 저녁밥을 짓는데 배가 슬슬 아픈거래요…. 그래서 변소를 가는 도중에 뭐이가 툭 하고 바지 속에 떨어지는 거래요…. 얼른 바지를 벗어보니 쟈가 나온거래요…. 월메나 작은지 낳아 보니 꼭 쥐새끼모냥 몸에는 털이 보송보송한데 얼굴은 핏덩어리가 안 벗겨져서 빨개가지고 그래 나왔는데…, 애가 잘 울지도 않고 시어머니는 애가 아니라 이상한 괴물이 나왔다고 막 소리를 지르며 화를 내면서 자루에 넣어서 갖다 버리래잖아요…. 동네 사람들한테 소문나기 전에…. 제가 그날 밤 일을 생각하면 지금도 너무 소름이 끼쳐요. 울지도 않은 쟈를 저도 첨에는 죽었다고 생각했어요. 그래서 한참을 껴안고 서럽게 울다가 홑이불에 돌돌 말아 감자 자루에 넣고 있었는데…, 갑자기 아기 숨소리가 보스락보스락 들리는거여요. 그래서 얼른 다시 꺼내보니까 쟈가 숨을 자근자근 쉬고 있는 거래요…. 새벽 동이 틀 때까지 한참을 생각했어요. 어떻게 해야 될 지를…. 그리고 보따리를 쌌어요. 아기 배넷저고리도 아직 준비를 못해서 이불에 돌돌 싸고 시집올 때 친정엄마가 챙겨준 몇 푼 안 되는 비상금, 그리고 지 옷 2벌을 챙겨서 그 새벽에 동트기 전에 밖을 나왔는데 함박눈이 얼마나 쌓여있던지 눈이 무릎까지 차올라오는데…, 그냥 무작정 걸었어요.

그 하얀 눈밭을 걸어나가면서 추운 것보다 시부모님께 잡힐까 봐 그게 더 무서웠어요. 그렇게 쟈를 이불에 싸안고 읍내까지 걸어가서 거기서 첫 기차를 타고 쟈 아부지가 있던 강원도 철원부대를 물어서 물어서 찾아갔드래요. 거가 월메나 춥던지…. 쟈 아부지가 이불에 덮여있는 쟈를 보더니만 나보고 얼른 집으로 다시 돌아가라고 하네요. 군에 있는데 찾아와도 아부지가 해줄게 아무것도 없으니까 그냥집으로 돌아가라고…. 아님 총 들고 탈영해 버리겠다고 나를 협박을 했어요. 쟈들 아부지가…. 그런데 도저히 저도 다시 저 혼자 쟈를 안고 집으로 돌아올 용기가 없었어요. 그래서 이 생각 저 생각 하다가 거기에 있는 사단장을 찾아가서 무릎 꿇고 빌었어요. 쟈들 아부지랑 같이 있게 해달라고 살려달라고…. 사단장이 고민을 많이 해보더니 군인들 밥 해주는 식당에서 밥을 해주면 월급을 주겠다고. 군 밖에 조그만 방을 하나 얻어주면서, 그렇게 고마운 사람도 세상에 드물어요. 그래서 지가 쟈를 군에서 업어서 키웠어요. 28개월을. 쟈들 아빠가 군에서 제대할 때 우리 셋은 같이 제대를 하고 집으로 왔어요. 그래서 쟈가 같은 또래의 친구들보다 덩치가 반밖에 안 되는 거여요. 저렇게 작고 마른 애를 지가 공장엘 어떻게 보내요. 선생님…, 몇 년 더 같이 있다가 한번 생각해 볼게요…."

하면서 엄마는 선생님의 제안을 받아들이지 않았지만 큰언니는 꼭 가야 한다며 엄마의 허락이 떨어질 때까지 밥도 안 먹고 울고불고 며칠을 떼를 써보였다.

가서 정 힘들면 다시 집으로 돌아오는 것을 약조로 엄마는 언니를 이기지 못하고 반허락을 해줬다. 언니가 떠나기 며칠 전 할아버지는 몸보신을 좀 시켜서 보내야 한다며 언니가 애지중지 길렀던 닭을 잡는다고 했다. 거의 매일 아침마다 누런 달걀을 낳아 할아버지가 아침밥을 드시기 전에 젓가락으로 톡 구멍을 내어 마시는 계란의 주인은 큰언니가 자식처럼 키운 닭이었다. 닭장 속에서 파닥거리며 밖으로 안 나오려는 해순 언니의 닭모가지를 꽉 쥐고 할아버지가 닭을 끌어냈다. 그랬더니 닭이 뾰족한 입으로 할아버지의 팔을 물어뜯었다. 깜짝 놀란 할아버지가 엄마에게 도움을 구한다. 닭이 너무 억세다며…, 엄마 보고 잡으란다. 엄마는 닭을 잡아본 적이 없다. 그래서 일단 빨랫방망이로 마구 두들겨 팼더니 닭이 닭 날개를 접고 나뒹굴었다.

때는 이때다 싶어 할아버지가 그 닭을 잡아 뜨거운 물에 담그려고 하자 죽었다고 생각한 그 닭이 또다시 날갯짓을 크게 해 보이며 최악의 발악을 해댄다. 엄마는 또다시 방망이를 한참 휘둘렀다. 그리고 뻗어버린 그 닭은 뜨거운 물에 삶아질 때까지 움직이지 않았다. 왜 다른 닭도 많은데…, 내가 키운 닭을 먹냐며 할아버지에게 큰소리로 대드는 해순 언니에게 할아버지는 그랬다. 다른 닭은 너무 늙어서 질겨서 맛이 없다고….

그날 저녁 울 집 저녁상엔 큰 양지기에 죽어 누워있는 해순 언니의 귀한 닭이었다. 여기저기 멍이 노랗게 파랗게 들어있는 닭살을 보며 우리 식구 모두는 아무 말이 없었다.

"아버님 먼저 드릴까요…?"

엄마가 묻자 할아버지는 밥 생각이 별로 없다며 해순 언니 많이 먹이라며 손을 안 댄다. 그 멍이 잔뜩 든 닭을 보며 해순 언니는 동네가 떠나가게 큰소리로 울었다. 무식하게 닭을 방망이로 패서 잡냐며 아버지가 엄마를 나무랐다. 그날 우리 식구는 그 백숙을 바라보기만 했지 아무도 숟가락을 대지는 못했다.

엄마는 양지기 통째로 그 백숙을 변소에 쏟아붓고 나왔다. 그 후로 아주 오랫동안 우리 식구는 백숙을 먹지 않는다. 이른 새벽 꼬기오 하며 외치는 닭장 속에서 엄마는 달걀들을 꺼내어 삶으시고는 공장을 향해 집을 떠나가려는 큰언니의 보자기 속에 넣어주셨다. 버스를 기다리며 엄마는 언니를 꼭 끌어안고 한참을 우셨다.

부모 잘못 만나서 미안하다며 엄마가 울었다. 힘들면 꼭 다시 와야한다고 절대 아프면 안된다고…. 엄마의 말 한마디 말 한마디에는 언니에 대한 미안하고 죄스러운 마음이 그대로 묻어있다. 비가 오려고 비구름이 새까맣게 하늘을 가릴 때처럼 엄마의 마음은 한없이 불안하고 무서웠다.

언니를 버스에 태워 보내며…, 버스가 지나간 지 한참 후에도 멍하니 한참을 그렇게 울며 서있던 엄마는 나에게 말했다.

"해인아…, 이 봄이 지나고…, 여름이 다가오면 그때는 날씨가 뜨거워서 엄마 눈물이 빨리 마르겠지…? 빨리 여름이 왔으면 좋겠다…. 엄마의 눈물이 뜨거운 뙤양볕에 빨리 마를 수 있게…."

Chapter 8

아버지는 엄마 친구를 좋아했다

✐ 병기가 덥다고 연못가에 수영을 하러 가자고 왔다. 물살 깊은데 가면 절대 안 된다고 할아버지는 몇 번의 주위를 강조했고 그것도 불안했던지 해구 오빠를 같이 딸려 보낸다. 동생 해기가 팬티만 입고 먼저 앞서 나선다. 여름은 후덥지근한 날씨를 참 좋아하나 보다. 병기가 으아! 소리를 지르며 먼저 물속으로 들어갔다.

"니보다는 내가 헤엄을 더 잘쳐!"

그러면서 나는 열심히 병기 앞에서 개헤엄을 해 보였다. 해구 오빠는 해기를 등에 업고 조심스레 물가로 들어왔다. 푸르름을 안고 흐르는 조그만 강가에 우리들의 비명소리가 산에 부딪혀 메아리로 강가에 은은히 퍼진다.

"형아야! 여 물고기 좀 봐라! 이거 쏘가리 맞지!"

병기가 신이 나서 해구 오빠의 팔을 잡아끌며 물었다. 연신 고개를 끄덕이며 함박웃음을 지어 보이는 해구 오빠가 해기를 내려놓고 첨벙첨벙 거리며 물가를 뛰어 나가 고무신 한 짝을 들고 처걱처걱 물살을 가르며 숨 가쁘게 들어온다. 그리고 그 시꺼먼 고무신으로 물고기를 잡는다. 신기하게 걸려든 물고기…. 거기에 허연 수염을 기른 아기 새우도 있었다. 쏘가리한테 쏘이면 아프다고 만지면 안 된다고 해구 오빠는 엉성한 어투로 전혀 알아들을 수 없는 말을 했지만 우리는 듣지 않아도 다 알아들었다.

뜨거운 뙤약볕에 얼굴이 금방 새까맣게 그을린 우리들…. 해기 다리 사이로 물고기들이 숨바꼭질을 한다. 그 물고기들을 잡아보려고 해기는 일어났다 앉았다 갖은 몸부림을 다 해 보인다. 그래도 안 잡히는 물고기들에게 화가 났던지 동생 해기가 물속에 머리를 박고 한동안 머리를 들지 않는다. 불안했던 해구 오빠가 해기의 머리채를 잡아 올렸다. 물을 많이 먹었던지 해기가 고개를 못 든다. 놀란 해구 오빠는 해기를 들쳐 업고 물 밖으로 첨벙첨벙 뛰어 나갔다. 물을 얼마나 먹었는지 벌렁 앞으로 누워 숨을 발딱거리며 기침을 해 보이자 입안에서 물이 주르륵 흘러나온다. 해구 오빠가 겁을 잔뜩 먹었는지 손을 부르르 떤다. 해기의 코에서도 입에서도 물이 주르륵 흘러나오고 해기가 으앙! 울음을 터트리자 해구 오빠가 울지마, 라며 한참을 달랜다.

"이 시끼! 물에 따라오지 말라니까! 따라와 가지고! 죽을 뻔했잖아! 수영도 못하면서! 대가리를 물에 처박고 있다가 숨차면 확 들어 올려야지! 이 멍청한 시끼야!"

나는 동생 해기의 궁둥이를 한 대 걷어차면서 화를 냈다. 한 번만 더 강가에 데려 오나 봐라. 저 시끼…, 병기도 단단히 화가 났는지 해기에게 한마디 쏘아붙였다.

아까 해구 오빠가 들고 있던 고무신 안에 쏘가리 한 마리랑 아기 새우들은 이미 저만치 둥둥 떠내려간다. 오빠의 고무신 한 짝이 둥둥 강줄기를 떠내려간다. 동생 해기를 들쳐 업고 남은 고무신 한 짝만 달랑 신고 집으로 향했다.

"오빠, 그냥 맨발로 걸어…. 고무신 한쪽도 그냥 버려!"

내가 한쪽만 신고 있는 오빠의 고무신을 벗겨보려고 했지만 오빠는 발바닥 뜨겁다고 안된다고 한다. 그러면서 몇 발 걷다가 한쪽 고무신을 다른 발에 바꿔 신는다.

“해기, 너 이 시끼 할부지한테 오늘 강에 빠져 죽을 뻔했다고 일러주면 나한테 죽는다!” 하면서 나는 해기에게 비밀을 요구했다.

“응, 절대 얘기 안 할게. 그 대신 담에 강가에 갈 때 나 또 데리고 가야 해! 약속!” 하면서 새끼손가락을 내미는 해기. 집으로 들어선 마당에 예전에 봤던 노란색 삐딱구두가 보인다.

“우와!”

나도 모르게 행복해서 터져 나오는 비명소리였다. 상상했던 대로 엄마의 예쁜 친구가 또 왔다. 그날도 종합세트 과자박스를 한아름 들고왔다. 연분홍 분홍 드레스에 아주 진한 화장을 하고 여전히 좋은 냄새를 풍기는 엄마의 이쁜 친구가 동생 해기를 먼저 안아보며 우리를 반겨준다. 할아버지 여름 셔츠랑 아버지 파란 여름 셔츠까지 사 들고 와서 엄마에게 건네주는 엄마 친구 분이 아줌마. 직장생활 하느라 바쁜 여름에 이 시골까지 또 와주었냐고 반기는 엄마에게 분이 아줌마는 휴가를 받아서 온 거라며 활짝 웃는다. 엄마가 나에게 막걸리가 든 주전자를 내밀며 아부지 더운데 목타니까 얼른 갖 주고 오란다. 분이 아줌마 오셨으니까 해지기 전에 일 마치고 들어오시라는 심부름도 같이….

이 뙤약볕에 해구 오빠가 달리기 더 잘하는데 왜 내가 가야 하냐고 나는 엄마에게 심한 투정을 부렸다. 엄마는 또다시 부지깽이를 잡았다 놓았다 나에게 협박을 해 보인다.

‘아, 진짜! 엄마는 늘 나만 미워하는 걸까….’

엄마에게 등 떠밀려 나오면서 마루 밑에 놓여있는 분이 아줌마의 노란색 삐딱구두를 들고 나왔다. 더워 죽겠는데…, 잔다리까지 걸어가려니 기운이 축 처진다. 지나는 길에 병기를 불렀다. 같이 가자고 하니 더워서 안 간단다.

"병기야…, 나 따라오면 내가 막걸리 몇 모금 마시게 해줄게…." 내 제안에 병기가 벌떡 일어나 나를 따라온다. 어른들이 신는 그 큰 삐딱구두는 웬 거냐며 비틀거리며 걷는 나에게 병기가 물었다.

"어때? 나도 이쁘지? 삐딱구두 신으니까."

내가 병기 앞에 서서 한참을 비틀거리자 병기가 넘어진다고 얼른 벗으라고 잔소리를 한다. 삐딱구두에 흙 묻으면 또 니네 엄마한테 부지깽이로 두들겨 맞는다고 병기가 누누이 잔소리를 하면서 따라왔지만 나는 발이 아파서 비틀거려도 그 삐딱구두가 좋았다. 잔다리 굴이 보인다.

"병기야, 막걸리 한 모금 먹어봐 더운데…."

하면서 내가 병기 입으로 막걸리를 부었다. 병기가 한 모금 먹더니 "우웩!" 하면서 다 뱉었다.

"씨겁다!"

하면서 병기가 얼굴을 찡그렸다.

"원래, 설탕 타서 먹는 거여. 애들이 먹을 때는…." 하면서 나도 막걸리를 한 모금 입에 넣고 삼켰다. 아, 진짜 씨겁다…. 그래도 병기 앞에선 내색을 하고 싶지 않았다. 잔다리 굴을 지나가면서 병기랑 나랑 둘이서 번갈아 가면서 막걸리를 입안에 넣고 꿀꺽꿀꺽 삼켰다. 맛이 없어도 무조건 삼켰다. 날씨가 너무 뜨거워서 입에 뭐라도 담아야 했다.

아버지 드릴 것 반은 남겨야 한다고 하면서도…, 나는 잔다리 굴을 빠져나가기 전에 알았다. 주전자에 막걸리가 너무 조금 남아서 흔들면 찰랑찰랑 소리가 난다는 것을…. 덥다…. 억수로 덥다. 저만치 논에서 허리 구부리고 일하는 아부지가 보이는데 난 왜 이렇게 잠이 쏟아지는 걸까. 얼굴도 뜨겁고 머리도 어지럽고 아부지~! 하고 큰소리를 쳐도 아부지는 자꾸 시야에서 멀어져만 간다.

쏴르르…, 쏴르르….

풀벌레 소리가 시끄럽게 귓가에 들린다. 병기도 옆에서 잠을 자는 건지 조용하다.

찌르르…, 찌르르….

얼마나 잤을까…? 풀벌레 소리는 여전히 시끄럽다. 또 잠이 온다….

개굴개굴…, 깨굴….

개구리 식구가 노래자랑을 나가나 보다. 시끄러워 죽겠다.

"아이고 이놈의 시끼들이 또 뭔 일을 벌인거여! 퍼뜩 안 일어나!"

아버지가 흙이 잔뜩 묻은 나무작대기로 내 몸을 툭툭 쳐보며 우리를 깨웠다.

“이놈의 시끼들 오늘 또 막걸리 쳐 묵었네! 쪼매한 것들이 겁도 없이 일캐 어른들이 먹는 막걸리를 쳐 묵고!”

어이가 없다는 듯…, 아버지는 이마에 땀을 닦으시며 우리를 챙겼다. 내가 신고 왔던 노란색 삐딱구두 한짝이 논바닥에 떨어졌다. 흙이 잔뜩 들어가고 그 속에 어린 개구리 한 마리가 들어와 앉아있다. 저 신발은 뭐냐고 아부지는 묻지 않았다.

“분이 아줌마 왔드나…?”라고 물었다.

“다른 한쪽은 어디다 갖다 버렸드나?”

아버지가 부산하게 잃어버린 한쪽 구두를 찾아보지만 보이지 않았다. 논바닥 밑으로 있는 풀숲에 떨어져 있을지도 모른다며 열심히 다른 한쪽을 찾으려는 병기의 행동에 아버지는 소달구지에 얼른 타라고 기운 빠져있는 병기를 태우고 그 옆에 나를 태웠다.

“아저씨요, 울 엄마한테 말하지 마세요….”

울상을 지어 보이며 사정을 하는 병기의 말을 들은 척 만척하는 아버지.

“아버지야! 한번만 봐주면 안되나!”하고 나도 빌어 보았지만 아버지는 발걸음만 재촉할 뿐 아무 대답이 없다. 빨리 가자며 소순이의 걸음을 보채는 아버지…. 삐그덕거리는 소달구지에서 망태가 몇 번 떨어졌다. 덜거덕덜거덕 바쁘게 걷는 소달구지에서 주전자가 통통거리다가 저만치 떨어져 데구르르 굴러간다. 그럴 때마다 병기는 얼른 뛰어내려 망태도 줍고 주전자도 주워서 다시 소달구지를 향해 열심히 던져본다. 소달구지에 빨간 노을이 쉬어 가려나 보다….

눈이 부신 햇살이 가득 들어와 우리 옆에 앉아있다. 시꺼멓게 그을린 우리들의 얼굴에 노을이 스며들어 눈살을 살짝 찌푸려보며 헤헤헤 웃어본다.

"아이고~, 우리 분이씨 왔는겨…?"

아버지의 밝은 목소리가 마당에 들려오자 기다렸다는 듯이 분이 아줌마가 마당으로 얼른 나왔다. 손이 추해서 악수도 못 하겠다며, 아버지는 마당 한가운데 있는 우물가에 가더니 고무대야에 물을 퍼담아서 푸샤푸샤 요런스러운 세수를 한다. 엄마 친구가 사온 파란 여름 셔츠를 입은 아버지는 시꺼먼 얼굴이 창피하다며 엄마 친구가 전에 엄마를 사다 준 구루모 크림을 몰래 얼굴에 찍어 발라본다.

"웅이씨, 잘 지내셨어요? 안 본 사이에 더 멋있어지셨네요…?" 아버지를 보고 분이 아줌마는 그렇게 말했다. 엄마는 아버지를 부를 때 해순이 아부지 아니면 해경이 아부지라고 부르는데 분이 아줌마는 아버지를 우리 '웅이씨'라고 불렀다. 그리고 자주 멋있다고 아버지에게 칭찬을 해줬다. 그 멋있다는 칭찬이 아버지는 꽤 좋으셨나 보다. 계속 정신나간 사람처럼 실실 웃는다. 조금은 겸연쩍어하며 그렇게 실실 웃다가도 엄마랑 눈이 마주치면 당황해서 얼굴이 빨개진다. 아버지는 분이 아줌마의 활짝 웃는 모습이 참 좋았나 보다.

"아부지, 아부지는 왜 아줌마만 보면 얼굴이 빨개지나?"

저녁 밥상에서 내가 물었다. 대답 대신 얼굴이 홍당무처럼 빨개진 아부지에게 엄마보다 분이 아줌마가 더 좋으냐고 물었다. 당황해 하는 아버지의 모습을 엄마는 좋아하지 않으셨나 보다.

"아이구, 이 쥐방울만한 게 별걸 다 묻네. 얼른 밥이나 처묵고 자빠져 자야지! 야, 엄마 친구가 이렇게 이쁜데 아부지도 기분이 좋은 거지 바보야!"

하면서 엄마가 대신 얼버무려 줬다.

"나도 분이 아줌마 좋아해요. 울 엄마보다 엄청 더 이쁘고 맘도 착하고 울 엄마처럼 소리도 안 지르고 맛있는 과자도 사주시고."

엄마가 밥상을 부엌으로 내가고 걸레질을 도와주는 분이 아줌마에게 나는 좋아한다는 내 마음을 전했다.

"해인아, 아줌마도 니가 참 좋고 니그 아부지도 참 좋아한데이. 나도 니그 아부지 좋아해도 되나…?" 그 물음에 아부지는 헛기침만 할 뿐 안절부절 어쩔 줄 몰라 한다. 울 아부지 좋아해도 된다고, 내가 웃으며 대답했다. 그 대신 울 집에 올 때 더 맛있는 과자를 많이 사와 달라는 조건으로.

"근데요…, 울 엄마보다 울 아부지를 더 많이 좋아하는 건 안 되요. 울 아부지는 울 엄마가 이 세상에서 제일 좋아하는 아부지래요. 울 엄마는요, 고기반찬 있어도 할아버지도 안 주고 숨겨 두었다가 아부지 들어오면 주고요. 저번에 울 아부지가 화투 치다가 보덕사 감자밭이 넘어갔을 때, 할아버지가 아부지 다리 몽둥이 부러뜨린다고 싸리 몽둥이 잔뜩 해놓았는데 그때도 울 엄마가 싸리 몽둥이 부엌 아궁이에 다 태웠어요. 아부지 때리지 말라구요." 그러면서 열심히 분이 아줌마가 엄마보다 아부지를 더 좋아하면 안 되는 이유를 열거했다.

아부지가 쪼그마한 게 뭔 말이 그리 많냐며 얼른 가서 자라고 나의 등을 떠밀었다. 그러면서 분이 아줌마가 다리가 아프다고 발을 뻗자 분이 아줌마의 발을 마사지 해주며 만져준다.

"아부지! 뭐해!"

엄마한테 단 한 번도 해주지 않은 발 마사지를 아버지는 분이 아줌마에게 해준다. 뭔가 좀 억울했다. 나도 다리 많이 아프니까 발 마사지 해 달라고 조르는 나를 아버지는 번쩍 들어 안아 할아버지 방에 가둬 두었다.

"할부지…."

주무시는 할아버지의 얼굴을 만지며 내가 물었다.

"할부지도 분이 아줌마가 참 좋드나?"

귀찮다는 듯 나를 쳐다보시는 할아버지가 대답했다.

"참 이쁘제, 참 이쁘제~. 근데 와 묻노…?"

"그냥, 울 아부지가 엄마보다 분이 아줌마를 더 좋아한다."

내 그 대답에 할아버지는 계속 코만 드르렁 고신다. 이튿날 아침 아버지는 뒤꼍에 있던 자전거를 마당에 꺼내오시며 읍내를 간다고 하신다. 어제 내가 잃어버린 삐딱구두 때문에 이쁜 분이 아줌마에게 신발을 한 켤레 사주라고 엄마가 아버지에게 부탁했단다. 어짜피 기차 타고 서울 가는데 신발도 사주고 맛있는 점심도 사주고 가서 차비까지 끊어 주고 오라고 엄마는 아버지에게 부탁을 했다. 아버지의 자전거는 뒷좌석에 항상 내가 타고 아버지 앞에 항상 동생 해기를 태우는 나와 동생의 제일 소중한 물건인데 내 자리에 아버지는 분이 아줌마를 태웠다. 절대 안 된다고 했다. 나도 따라간다며 나는 마당에 뒹굴면서 떼를 썼다. 엄마의 부지깽이도 먹히질 않았다.

"해인이를 뒤에 태우고 자전거를 끌고 저 아주메랑 같이 걸어서 가면 되지…, 뭘 다 큰 아주메를 뒤에 태우고 사람들 보는 눈도 있는데…."

하면서 할아버지가 못마땅해하셨다. 아버지는 할 수 없이 나를 뒤에 태우고 할아버지가 시키는 대로 그렇게 자전거를 끌고 읍내를 한참 걸어 내려갔다. 읍내 시장에 가서 신발가게 두 집을 들러 제일 이쁘고 비싼 신발을 사주시며 식당 안으로 들어가서 맛있는 밥도 사주시고 기차역에서 기차가

오기를 기다리며 아이스께끼도 사주셨다. 분이 아줌마는 아이스께끼를 한 번 물고 아버지에게도 건넨다. 쑥스러워하는 아버지의 망설임에 아이스께끼 다 녹으니까 얼른 꿀꺽 삼키라고 내가 아부지를 보챘다.

그렇게, 저기 기차가 다가올 때까지 아버지는 분이 아줌마 손을 잡고 다음에 보자는 약속을 해 보이며 아쉬운 인사를 건넸다. 나를 자전거 뒤에 태우시고 집으로 향하시는 아버지가 허리 꼭 잡으라며 행복한 페달을 밟으신다.

"아부지야, 엄마가 더 좋드나? 분이 아줌마가 더 좋드나?"

내 끈질긴 물음에도 아버지는 답이 없으셨다. 그냥 쪼그마한 게 별걸 다 묻는다고만 하셨다. 집으로 돌아온 아버지는 언제 싱글벙글 했냐는 듯 엄마를 보고 또 짜증을 낸다. 읍내에 가서 돈을 너무 많이 쓰고 왔다고 잔소리하는 엄마를 보고 아버지는 또 분이 아줌마랑 엄마를 비교한다. 이쁘게 좀 하고 다니라고 무식한 욕도 좀 하지 말고 좀 여자 같아지라면서….

그렇게 또 엄마를 분이 아줌마랑 비교하면서 짜증을 낸다. 부엌에서 저녁을 준비하느라 땀이 송글송글 맺힌 엄마의 얼굴을 보며 내가 조용히 말해줬다.

"엄마!"

"왜, 또!"

"엄마도 발 깨끗이 씻고 다녀. 아부지가 분이 아줌마 다리 아프다니까 발 마사지도 해주면서 우째 이리 발도 예쁘냐고 했다. 엄마는 맨날 고무신 신고 밭에 가서 일만 하니 발이 시꺼메져서 아부지가 발 드럽다고 마사지를 안 해주는 거잖아! 엄마도 발 씻고 이쁘게 화장도 하면 아부지가 엄마 보고 방글방글 웃을 거 같은데 분이 아줌마 좋아하는 것처럼…."

엄마는 투정하듯 내뿜어대는 내 말에 잠시 조용해졌다.

"아부지가 분이 아줌마 발 마사지를 해주더나…?"

"응, 엊그제 밤에 엄마 부엌에서 설거지할 때."

"오늘 읍내에 가서 아부지가 분이 아줌마랑 손도 잡았다. 방글방글 웃으면서…. 아이스깨끼도 서로 먹여주고 아부지는 오늘 너무 행복했다."

나는 내가 보고 느낀 것을 엄마에게 말해줬을 뿐인데 행주를 들고 있는 엄마의 손은 떨렸다. 그날 밤 안방에서는 아버지와 엄마의 말다툼이 심했다. 아가 그냥 한소리를 가지고 뭘 그리 민감하냐며 아버지는 엄마에게 더 큰소리로 화를 냈다. 잠잠히 듣고 계시던 할아버지가 안방 문을 벌컥 열더니 아버지에게 막 소리를 지른다.

"니 마누라한테 좀 그리 잘해 봐라! 이노무 자슥아!"

하면서 빗자루로 아버지를 때리실 작정이시다. 아버지랑 엄마가 다툴 때 할아버지는 늘 엄마의 편을 들고 아버지를 쫓아버리신다. 그날도 아버지는 할아버지한테 쫓겨났다.

그리고 그 바쁜 여름 농사일에 게으름을 피우며 또다시 노름판에 손을 댄다. 아부지는 이쁜 분이 아줌마랑 화투를 제일 좋아했다.

Chapter 9

염소이야기

✎ 아버지가 밥먹듯이 가출을 일삼았다. 그러다가 돈이 다 떨어지면 집으로 다시 슬며시 기어들어올 때마다 읍내에 가서 염소 한 마리씩을 사서 엄마에게 건네줬다. 엄마에게 미안하다고 잘못했다는 마음을 아버지는 늘 그렇게 전했다.

그렇게 해서 엄마에게 사다 준 염소가 7마리였다. 할아버지는 그렇게 집으로 들어온 아버지에게 삐쳐서 며칠을 말을 안 하시다가도 아버지의 도움이 필요할 땐,

"야야~, 그걸 이리하면 되겠나?" 하면서 먼저 말을 걸으신다. 염소의 주인은 엄마였지만 염소를 관리하는 허드렛일은 내가 맡아서 했다. 나는 생긴 것도 똑같고 우는소리도 똑같았던 염소 7마리에게 이름을 다 지어주었다. 눈곱이 유난히 많이 끼는 염소에게는 눈곱이라는 이름을, 뜀박질을 나보다 더 잘하는 염소에게는 뜀박이, 7마리중에 유독 못생긴 염소에게는 호박이라는 이름을 주었고, 늘 내 옆에만 붙어서 풀을 뜯는 새끼염소를 애기라고 불렀다. 이유 없이 자꾸 다른 염소에게 까불대는 염소에게는 까불이, 염소똥을 아무 데나 막 싸질러놓는 염소에게는 똥싸개, 그리고 늘 혼자 따로 놀고 말도 더럽게 안 듣는 염소에겐 짜증이라는 이름을…. 나름대로 다

특색있는 이름을 우리 식구도 똑같이 그렇게 불러줬다.

아침 먹기 전에 7마리를 끌고 연못가 다리 옆에 아카시아 나무 밑에 묶어놓으면 자기들이 다 알아서 풀을 뜯어 먹는다. 점심때는 병기랑 같이 가서 염소들을 풀어놓고 자주 숨바꼭질하며 논다. 아기 염소가 나를 졸졸 따라다녀서 어디든 내가 잘 숨을 장소는 없다. 아기 염소를 안고 숨어있어도 자꾸 울어서, 그 소리에 병기가 금방 나를 찾아낸다.

연못가의 시원한 물소리를 자장가 삼아 낮잠을 잘 때도 많았다. 저녁 해가 서산을 넘어갈 때쯤 염소 7마리를 불러 모았다. 어…? 근데 한 놈이 안 보인다. 까불이를 암만 찾아봐도 안 보인다.

병기도 먼 거리까지 풀숲을 헤쳐 보이며 찾았지만 까불이는 보이지 않았다. 해는 벌써 서산을 넘어가는데….

내 마음은 너무 급해진다. 어둑어둑 해 지기 전에 얼른 찾아야 하는 부산한 마음에 마음이 더 불안해진다. 6마리의 염소를 병기에게 먼저 집에 데리고 가라고 하고 나는 어둑해진 연못가에서 까불이의 이름을 목청이 떠나가라 불러댔다. 깜깜해진 연못가에…, 별들이 하나둘씩 고개를 내민다.

눈물이 났다….

하늘에 별이 총총해서 눈이 부신 그 연못가에서 나는 까불이의 이름을 부르며 그렇게 한참을 울었다. 집으로 돌아온 나는 엄마를 보며 또 울었다. 까불이가 도망갔다고 서럽게 울자 엄마는,

"그러니까 평상시에 까불이한테

좀 잘하지 그랬어…. 동물도 잘 해주지 않으면 아부지처럼 툭하면 가출한 데이!"

하면서 엄마가 나를 다독여주려고 위로의 말을 하지만 나에게는 전혀 위로가 되지 않았다.

아버지처럼 가출을 했다면 다시 돌아올 수 있겠다는 희망으로 나는 새벽 동이 트기 전에 일어나서 연못가를 가서 까불이를 찾았지만 그럼에도 불구하고 까불이는 여전히 보이지 않았다. 미안한 마음에 새벽마다 까불이가 보일까 봐 연못가를 서성이고 저녁 늦은 시간까지 연못가 다리 밑에서 까불이를 기다려 보기를 한 달쯤…, 엄마는 염소를 지키고 있는 나에게 막걸리 심부름을 시키셨다.

잔다리 아부지한테까지 다녀오라고, 심부름을 부리나케 하고 다시 연못가로 갔다. 그런데 이번에는 눈곱이가 없어졌다. 다시 쿵쾅대는 내 심장에 내 얼굴은 벌써 놀래서 사색이 되어버렸다. 그날은 병기도 선자네 집에서 텔레비전을 보고 있는 건지 나 혼자 까만 밤이 되도록 미친 듯이 풀숲을 헤매고 다녔다. 찾다가, 찾다가 지쳐서 5마리의 염소를 끌고 마당에 들어오는 나를 보고 엄마는,

"아이구, 요번에는 또 눈곱이가 가출을 했나 보네." 하신다.

눈물이 벌컥 나와서 염소 우리에서 새벽녘까지 엉엉 울다가 염소 우리에서 잠이 들었다. 아침 먹기 전에 병기네 집엘 먼저 가서 같이 눈곱이를 찾자고 하자 병기도 얼른 따라 나선다. 눈곱이도 가출을 했나 보다. 저번에 없어진 까불이가 눈곱이도 와서 데리고 갔나 보다.

눈곱이에게는 화도 잘 안 냈는데….

나는 아침밥도 거르고 점심도 거르고 저녁노을이 질 때까지 연못가에

앉아서 집 나간 염소들을 기다렸다. 병기가 감자를 쪄온 소쿠리를 내게 내밀면서 조용히 말을 꺼낸다.

"해인아…, 아까 내가 점심 먹으면서 울 엄마한테 들었는데 까불이랑 눈곱이는 가출을 한 게 아니라 니그 엄마가 잡아서 니그 할아버지 친구들한테 점심으로 해줬다고 하드라…."

나는 병기가 도대체 무슨 말을 하는지 이해를 못했다.

"울 엄마가 눈곱이랑 까불이를 잡아먹은 거라고…?"

내가 몇 번이나 물었다. 병기는 고개만 끄덕일 뿐 아무 말도 하지 않았다. 나는 급했다. 다른 5마리의 염소들도 분명히 잡아먹을 엄마랑 할아버지가 괴물처럼 무서웠다.

"병기야! 얼른 풀어줘. 다른 염소들! 다른 데로 도망가게!"

나는 정신없이 염소의 줄을 풀어주며 병기에게 도움을 청했다. 염소들을 다 풀어주고 산으로 도망을 가라고 그 깜깜한 밤에 나는 막 소리를 질러댔다. 뜀박질을 잘하는 뜀박이는 산으로 열심히 뛰어간다. 못생긴 호박이는 내가 도망가라고 막대기로 막 몰아쳤다. 내 옆에서 껌딱지처럼 늘 붙어다니는 아기 염소는 내가 아무리 화를 내도 내 발목에 꽉 붙어서 안 떨어지려 한다. 병기가 짜증이를 다른 산으로 내몰았다. 아기 염소를 깊은 풀숲 낭떠러지에 떨어뜨리고 나서 나는 혼자 집으로 들어갔다.

"염소는?"

엄마가 마당에서 나를 보시며 물었다.

"오늘은 한꺼번에 5마리가 다 가출을 해버렸네! 먼저 가출한 눈곱이랑 까불이가 와서 다섯 마리 다 데리고 가출을 했다고!"

나도 화가 나서 엄마에게 바락바락 대들며 소리를 질렀다. 엄마의 놀란 얼굴이 새까매졌다.

"아이구야~, 일 났뻿네!"

하면서 할아버지가 고무신도 안 신고 후레쉬 하나만 챙겨서 밖으로 뛰어나가신다. 그 뒤를 엄마도 정신없이 뛰쳐나가고 나는 가출해서 없는 염소를 왜 잡으러 가냐고 잡지 말라고 울고불고 난리를 치면서 엄마의 다리를 꽉 붙들었다.

그 깜깜한 밤에….

연못가의 밤별들은 왜 그리 촘촘히도 반짝이던지 그 밝은 불빛으로 엄마와 할아버지는 내 껌딱지 아기 염소와 짜증이를 붙들어왔다. 나머지 3마리는 안 보인다며 할아버지가 화가 이만저만이 아니시다. 나는 그날도 혹시라도 아기 염소와 짜증이를 잃게 될까봐 염소 우리 안에서 아기 염소를 안고 잠이 들었다. 그날 아침에도… 그 다음날 아침에도 몇 달이 지난 아침에도 도망간 3마리 염소는 끝내 집으로 돌아오지 않았다. 다행히 아기 염소와 짜증이는 늘 내 옆에 붙어 있어서 아버지 막걸리 심부름을 다녀올 때도 내가 데리고 다니곤 했다.

Chapter 10

아버지가 도망갔다… 이쁜 분이 아줌마네 집으로

뜨거운 뙤약볕에 막내 해일이를 등에 업고 밭을 매는 엄마의 모습은 늘 예쁘지 않다. 그 이쁘지 않음이 아무렇지도 않은 우리 식구는 비가 오는 날을 무지 좋아했다. 비가 오면 엄마가 밭에 나가서 일을 하지 않아도 된다. 대신 작은 애호박을 길게 썰고 뒤꼍에 있는 매운 고추를 넣고 감자를 갈아서 감자 부침개를 부친다. 비가 오는날의 기름 냄새는 동네 사람들을 우리 집 마당으로 들어오게 한다. 엄마는 부치기 한 솥 하고 가라며 들어오는 동네 사람들에게 막걸리도 한 사발 내밀어 주신다. 우리 아버지는 막걸리를 조금만 마셔도 금방 술이 취하신다. 오랫만에 부엌에서 감자 부침개에 막걸리 한잔을 나누어 마시던 엄마와 아부지….

"옥이야~, 내왔다~."

하면서 낯익은 목소리가 들려왔다. 아, 이쁜 분이 아줌마가 우산을 받쳐 들고 마당에 서있었다. 아버지는 너무 반가웠는지 얼른 마당엘 뛰쳐나가시고 엄마는 반가움보다는 이 바쁜데 뭔 일냐면서 예전과는 사뭇 다른 분위기를 보이셨다.

"니, 내 안 반갑드나?"

분이 아줌마가 엄마에게 투정부리듯 물었다.

"그게 아니라 좀 놀래서…. 다녀간 지 얼마 안 되는데 갑자기 들이닥치니…."

하면서 말끝을 흐렸다. 그런 엄마를 아버지는 또 나무랐다. 분이씨 배고픈데 얼른 저녁상 차리라면서 분이 아줌마를 안방으로 모셨다. 할아버지는 분이 아줌마를 싫어했다. 저녁 밥상에서 자꾸 이유 없이 뭔 볼일이 있어서 자꾸 남의 집에 찾아오냐고 대놓고 분이 아줌마를 꾸짖으셨다. 저녁만 먹고 막차로 다시 내려간다고 분이 아줌마가 할아버지의 눈치를 잔뜩 보면서 말했다.

아부지는 낼 아침 기차로 가시라고 했지만 엄마는 아부지에게 얼른 자전거로 기차역까지 데려다 주라고 했다. 저녁도 먹는 둥 마는 둥, 아버지는 자전거 뒤편에 분이 아줌마를 태우고 읍내로 갔다. 그리고 한참 뒤에 돌아오셨다. 그리곤 엄마랑 또다시 말다툼을 벌이셨다. 왜 반가운 친구한테 그리 섭섭하게 하냐고, 못돼먹었다고, 하면서 엄마에게 소리를 질렀다. 그 야단에 엄마가 기가 한풀 꺾였는지 담에 오면 잘해 주면 되지 뭐…, 하면서 말끝을 흐렸다.

그 다음날 아침 논에 일을 하러 가셨던 아버지가 점심도 채 안 되어서 집으로 돌아와 옷을 갈아입으신다. 읍내에 사시는 친구분 어머니가 돌아가셨다면서 얼른 가봐야 한다고 자전거 페달을 부지런히도 밟으시는 아버지. 장례식 끝날 때까지 못 올 수도 있다는 말을 넌지시 건네며 아버지는 그렇게 정신없이 나가셨다. 아버지는 3일이 지나셔도 집에 오시질 않으셨다. 비가 오는 날 부엌에서 부침개를 부치시는 엄마의 부엌에 병기의 엄마가 들어오셨다. 부침개 한 토막을 호호 불어가며 뜨겁다고 입에 넣으시는 병기 엄마에게 엄마가 막걸리 한잔을 권했다.

"야야, 니 지금부터 내 말 잘 들으라. 니그 애덜 아부지 아직도 집에 안 들어왔제…? 내가 이 말을 할까 말까 고민을 많이 했는데…아무래도 해야 될 것 같아서…."

"뭔데 그리 뜸들이나, 빨리 해라 부침개 다 탄다." 엄마가 막걸리를 한모금 마시면서 말했다.

"내가 어제 병기 운동화 사려고 읍내를 갔는데…, 천일 여관을 지나가는데 니그 남편하고 뭔 여자가 손을 붙잡고 나오길래, 깜짝 놀라서 골목 앞에 숨어서 자세히 보니까…, 딱 그 여자 드라. 니 친구! 며칠 전에도 왔다 갔드만 아직 서울 안 올라갔나베. 니그 남편하고 그 여편네하고 와 손을 잡고 여관에서 나오노? 내가 암만 골 아프게 생각해도 답은 하나다. 니그 남편 바람났데이. 니 정신 똑바로 차리고 니그 남편 딴데 못 가게, 집에 꽉 잡아 놓아라! 니 그 친구년이 참 나쁜년이네. 우예 할 짓이 없어서 친구 남편을 꼬득이고 참내!"

병기 엄마가 혀를 쯔쯧 차며 엄마를 동정하듯 말했다.

"우리 해순이 아부지가 확실했드나…? 니 잘못 보고 헛소리했다가 나한테 맞아 죽는 거 알지!"

엄마가 눈을 동그랗게 뜨며 병기 엄마에게 몇 번을 확인한다. 맞다고…, 두 눈으로 똑똑히 봤다고 엄마에게 남편 간수 단단히 하라고 부엌을 나가는 병기 엄마.

엄마는 솥뚜껑에 달라붙어서 떨어지지 않는 부침개를 뒤집기로 마구 휘젔더니 솥뚜껑을 그대로 솥에다 확 부어버린다. 그리고는 저녁상을 차리라는 할아버지의 잔소리를 뒤로 한 채 부엌에 한참을 그렇게 멍하니 앉아만 계셨다. 엄마는 그날 밤새도록 깜깜해진 마당 멍순이 집 옆에 앉아서 아버지를 기다렸다.

한 손에는 술이 받지 않아 드시지도 못하는 소주를 쥐고는 술이 바닥이 날 때까지 그렇게 빈속에 술을 마시며 아버지를 새벽녘까지 기다렸다. 아버지는 돌아오지 않으셨다. 그날 아침에도 그리고 그 다음날 아침에도…. 며칠이 더 지난 어느 날 새벽, 멍순이 짖는 소리에 엄마가 마당을 나가니 아버지가 엄마의 눈을 피해 슬그머니 부엌으로 들어갔다. 엄마도 아버지를 따라 부엌에 들어갔다. 아버지는 부엌 부뚜막에 궁둥이를 데고 조심스레 앉았다. 엄마는 그런 아버지 앞에서 한참을 말없이 아버지를 노려봤다.

"그년, 지금 어디 있드나…?"

엄마가 한참의 조용한 적막을 깨고 아버지에게 물었다.

"니, 그년이랑 오입질도 했드나…?"

엄마가 다그치며 또 물었다. 말 좀 가려서 하라며 무식한 여편네라는 아버지의 말이 끝나기도 전에 엄마가 아버지의 따귀를 세게 후려쳤다.

"그년이랑 오입질했드나!"

엄마가 그 조용한 새벽에 아버지가 늘 싫어하던 무식한 말을 서슴없이 한다. 눈엔 눈물이 그렁그렁 한 채로…. 아버지는 어이가 없다는 듯 여편네가 어디 감히 남편 따귀를 때리냐며 엄마를 밀쳤다. 엄마가 불 지피는 아궁이 옆으로 넘어졌다. 염소 우리 안에서 이 광경을 지켜보던 나는 얼른 부엌으로 달려가 엄마를 일으켜 세웠다.

"아부지! 그년이랑 오입질했어?"

내가 화가 난 얼굴을 해 보이며 아버지에게 대들며 큰소리로 물었다. 아부지는 기가 막혀서 말문이 막힌 것일까…. 놀란 눈으로 나를 바라만 본다. 그 단어가 무슨 뜻인지는 나는 몰랐지만 엄마를 아프게 만든 단어라는 건 어린 나이에도 알았다.

흐느끼며 울고 있는 엄마를 밀치며 아부지가 한 말은 자식 교육 똑바로 시키라는 말이었다. 여편네가 맨날 무식한 말만 하고 욕을 하니까 애도 저런 말을 배우는 거 아니냐면서 엄마에게만 소리를 버럭버럭 지르고 집을 또 나갔다. 그리고 또 며칠을 들어오지 않았다. 엄마는 막내 해일이를 등에 업고 읍내에 있는 천일 여관에도 청자 다방에도 수시로 가서 아부지가 있나 확인을 해보았지만 아부지는 보이지 않았다.

"아이구, 장롱 속에 논문서가 안 보인다! 니, 못 봤드나..?" 할아버지가 아침부터 엄마에게 급하게 묻는다. 못 봤다는 엄마의 말에 할아버지는 마루에 주저앉아서 버럭버럭 소리만 지른다.

"아이구, 이놈의 새끼가 또 훔쳐 도망을 갔네."

하면서 엄마랑 같이 읍내를 이 잡듯이 며칠을 뒤집고 다녔지만 아버지는 찾을 수 없었다. 엄마가 막내 동생 해일이를 등에 업고 매일 밤마다 연못가에서 혹시나 아버지가 와주기를 기다리며 운다. 그러기를 한참….

엄마는 아부지를 찾아서 서울을 다녀오겠노라고 할아버지께 말을 했다. 할아버지는 엄마의 손에 돈을 구겨 넣어주며 그놈의 시끼 찾거들랑 모가지를 비틀어서 끌고 오란다. 엄마, 언제 오냐고 물어보는 동생 해기와 해야에게 엄마는 열 밤만 자면 온다고 한다.

나에게 동생들 잘 챙기고 오빠도 잘 챙기라는 당부와 함께. 식구들 식사 잘 챙기라는 부탁은 둘째 언니 해경이에게 했다. 열 밤이 지나도 오지 않던 엄마는 세 밤이 더 지나고 돌아왔다. 새벽녘 염소 풀을 먹이고 있던 내 눈앞에 저만치 새벽안개를 뚫고 뚜벅뚜벅 가까이 다가오는 엄마의 모습은 잠을 못 잔 건지 너무 피곤해서 걷기조차 힘들어 보였다. 등에 업혀서 배고파서 젖 달라고 우는 해일이의 울음소리도 안 들리는 건지, 엄마는 반쯤 풀어진 해일이의 퍼대기에서 해일이가 바닥으로 뚝 떨어져서 숨이 넘어갈 듯 울어대자 그때서야 정신을 좀 차린 듯 하다. 해일이를 끌어안고 주저앉아 대성통곡을 하는 엄마를 할아버지가 일으켜 세우며 마당까지 부축을 해준다.

"아버님, 절대 안 온다고 하네예. 내가 아무리 가자고 해도 절대 안 오고 그년이랑 살림 차릴 꺼라 하네예."

하면서 엄마는 아주 한참을 그렇게 마당에 주저앉아 대성통곡을 했다. 기운 없이 앓아누워있는 엄마에게 죽을 쑤어서 죽그릇을 엄마 머리 옆에 놓아두시고 할아버지가 그랬다.

"먹어라…, 먹어야 산다! 살아야지, 그놈의 새끼도 미워할 수 있는 거이고. 그냥…, 우리끼리 살자! 나도 자식 한 놈 없는 셈 치고 살 테니, 너도 그냥 그 인간 같지도 않은 놈 놓아주고 우리끼리 살자! 그놈 없어도 우리끼리 잘 살 수 있다. 산 입에 거미줄 치겠드나…? 우리끼리 악착같이 열심히 살다 보면 쥐구멍에도 해 뜰 날 안 있겠나…?"

하면서 눈에 고인 그렁그렁한 눈물을 닦아 보이시며 한참을 엄마를 위로해 주는 할아버지. 엄마는 그런 할아버지의 위로에 그나마 혼자 우는 시간이 조금씩 조금씩 줄어들었다.

그리고 며칠 후, 엄마는 할아버지께 읍내 시장에 가서 빵 장사를 한번 해 보겠다고, 그래서 돈을 좀 벌어보고 싶다고 했다. 빵을 만들어 본 적도 없는 엄마지만 할아버지는 엄마의 큰 계획에 잘 생각했다고, 할 수 있다는 희망을 격려로 많이 보여줬다.

집에 있는 소순이를 팔았다. 농사지을 땅도 이제 없는데 남의 땅 농사지어 주면서 쌀 몇 마지기 받으면 된다고 할아버지가 그렇게 아끼던 소순이를 팔아서 엄마가 빵 장사를 하기 위해 필요한 물품들을 손수 구입해 주셨다. 내가 키우던 염소들을 읍내 시장에 내다 판다고 해서 참고 있던 눈물을 펑펑 쏟아내며 울고 서있는 나를 보고 할아버지는 그랬다.

"해인아~, 울지 마래이. 니가 자꾸 이리 울면 니그 엄마 또 마음아프다. 아이가…? 엄마 빵 장사 해가 돈 마이 벌면 할아버지가 이쁜 염소 새끼들 또 사줄게."

하면서 눈이 퉁퉁 불도록 울고 서있는 나를 달랬다. 염소를 팔고 할아버지 손을 잡고 연못가를 걸어오면서 나는 더 이상 울지 않았다. 나중에 이쁜 염소들 다시 사준다는 할아버지의 말보다 내가 자꾸 울면 엄마 마음이 더 아프다는 사실에 더 이상 울지 않겠다고 할아버지 손을 꼭 잡으며 약속했다.

엄마가 밀가루를 사서 반죽을 해보며 빵을 쪘는데 참 맛이 없었다. 베이킹 소다가 너무 들어가서 색깔이 누렇다며 할아버지의 잔소리는 빵을 열심히 쪄대는 엄마를 향해 늘어만 간다.

엄마가 몇 번이고 실패한 빵을 할아버지는 밥 대신 우리에게 먹였다. 하루가 멀다 하고 설사를 해대는 우리 식구….

드디어 엄마의 찐빵이 성공을 했다. 빵 반죽을 잔뜩 해서 리어카에 싣고 할아버지랑 엄마랑 읍내로 향하신다. 엄마가 찐빵 장사를 처음으로 한 그날….

리어카를 끌고 저만치 올라오는 엄마의 얼굴에 웃음이 보였다.

"아버님예, 이것 좀 보시래요."

하면서 앞치마에서 그날 번 돈을 할아버지께 열심히 자랑을 하는 엄마의 얼굴에서도 할아버지의 얼굴에서도 오랜만에 행복을 보았다. 엄마가 장사를 하는 바람에 둘째 해경이 언니는 막내 해일이를 포대기로 등 뒤에 메고 학교에 갈 때도 종종 있었다.

배고파서 젖 먹일 시간에 언니는 학교에서 동생 해일이를 업고 엄마가 있는 시장엘 가서 젖을 먹이고 다시 학교로 업고 갔다. 해야는 엄마 얼굴이 생각이 안 난다고 했다. 아침에 일어나면 엄마가 없고 저녁 늦은 깜깜한 시간에 엄마가 들어오면 해야는 자고. 우리는 그렇게 서로에게 처한 현실에 천천히 적응해 나가야 했다.

해경이 언니는 학교에서 돌아오자마자 할아버지랑 같이 저녁을 준비하고 해구 오빠에게 기역 니은을 가르친다. 입모양을 잘 보고 말해야 한다며 오빠의 얼굴을 항상 손으로 잡고 눈빛으로 책을 따라 읽는 방법을 매일 매일 가르쳤다. 해경이 언니는 해구 오빠를 우리 식구 중에서 제일 많이 사랑한다.

불쌍한 내 동생….

이라는 이름을 부른다. 해구라는 이름 대신에. 할아버지가 해구 오빠에게 소리치고 나무랄라 하면 해경 언니가 할아버지를 향해 거친 반항을 서슴없이 한다. 할아버지는 해경이 언니를 무서워한다. 화나면 할아버지한테 막 소리 지르니까….

그런 언니를 엄마도 조심한다. 동생 해일이를 업고 학교에 가주고 집안일도 척척 잘해주니까…. 아부지가 없는 울 집에서 똑똑한 대장노릇을 잘 해주니까….

Chapter 11

최 씨네 빵집 아저씨

한동안 엄마의 얼굴을 구경 못 했던 해야가 드디어 울음이 터졌다. 엄마 보고 싶다고…, 엄마한테 데려다 달라고 옹알대며 예전에는 못 알아듣던 말을 말문이 터졌는지 입만 열면 엄마한테 데려다 달라고 보채고 운다. 해구 오빠는 그렇게 우는 해야를 등에 업고 연못가를 몇 바퀴를 돈다. 울어서 지쳐서 잠이 들 때까지…. 그래도 잠을 자지 않고 울고 보채는 날이 있다. 엄마는 아무리 해야가 울고 보채도 엄마 장사하는 시장엔 오면 안 된다고 하셨다. 그냥 집에서 잘 놀고 있으면 저녁에 집에 올 때 맛있는 과자도 사온다는 약속과 함께….

해구 오빠는 엄마 말을 제일 잘 듣는 착한 아들이다.

“형아야~, 몰래 잠깐만 먼 데서 엄마만 살짝 보고 오면 되잖아.”

해기가 보채는 해야를 달래보며 해구 오빠를 꼬드긴다. 안된다고…, 절대 안 된다고 고개를 젓는 해구 오빠에게 내가 먼저 얼른 갖다 오면 된다고 뒤곁에 세워져 있는 리어카를 끌어 내왔다. 나까지 동참을 해서 그런지 해구 오빠도 서둘러 리어카를 정리하며 이불을 깔았다. 그리고 그 푹신한 이불에 해야를 앉히고 해기도 앉히고, 나보고도 앉으라고 한다.

“나는 뒤에서 밀게.”

하면서 내가 리어카를 끄는 오빠를 다그쳤다. 할아버지가 와서 들키기 전에 빨리 가자고…. 저만치 연못가 다리 밑 언덕길을 내려갈 땐 오빠와 내가 위치를 바꿨다. 내가 제일 좋아하는 리어카 놀이를 할 수 있기 때문이다. 오빠가 힘있게 밀어주는 언덕길에서 내가 끄는 리어카는 땅에 발이 닿았다가 공중으로 쑹~ 하고 올라가는 그런 재미있는 놀이였다.

"으아! 오빠야, 더 밀어!"

하면서 내가 끄는 리어카 앞쪽이 공중에 떠있을 때 나는 행복한 비명을 아주 시끄럽게도 질러댔다. 해기도 신나서 덩달아 소리를 지르고 해야는 해기 다리를 꼭 잡고 앉아서 무섭다고 징징 울어댄다. 내가 크게 소리 내서 웃을 때 그때는 해구 오빠도 크게 소리를 내서 같이 따라 웃는다. 그렇게 우리는 신나는 리어카를 끌고 읍내 아침 시장이 보이는 모퉁이에서 엄마를 한참 쳐다봤다. 엄마의 모습을 오랜만에 본 해야가 엄마한테 가자며 오빠의 등 뒤에서 자꾸 보채고 운다.

그래도 우리는 안다. 엄마한테 들키면 작살난다는 것을….

그래도 해야가 자꾸 우니, 우리는 어느새 엄마가 정면으로 보이는 그곳 골목 모퉁이까지 와있었다. 그런데 갑자기 엄마 옆에 있던 최 씨네 빵집 아저씨가 큰 소리로 엄마한테 욕을 하면서 엄마에게 다가온다.

상황을 잘 들어 보니 어느 손님이 최 씨네 빵집에서 빵을 한 접을 주문하고 다시 엄마한테 와서 빵을 먹어보더니 최 씨네 빵집에서 주문한 빵을 취소하고 엄마한테 다시 주문을 했다고 한다. 그래서 화가 잔뜩 난 최 씨네 빵집 아저씨가 다짜고짜 엄마에게 달려가서 엄마한테 큰소리로 욕을 한다.

남의 손님 뺏어가는 도둑년이라고 심한 욕을 하면서 지 친구년한테 서방 뺏긴 멍청한 년이 남의 손님까지 뺏어간다며 지나가는 사람들도 다 쳐다보는 큰소리로 엄마에게 욕을 한다. 화가 난 엄마가 최 씨네 빵집 아저씨 멱살을 잡고 흔들었다. 말 조심하라면서 찢어진 입이라고 그렇게 함부로 막 말하는 거 아니라면서 엄마도 최 씨 아저씨를 향해 바락바락 소리를 쳤다.

최 씨네 아저씨가 갑자기 엄마의 머리채를 휘어잡으며 엄마의 얼굴을 후려쳤다. 어디서 배은망덕한 년이 누구를 가르칠라고 하냐면서…. 그 순간 옆에 있던 해구 오빠가 최 씨 아저씨에게 달려들었다. 울 엄마 왜 때리냐면서 엉성한 말을 해 보이자 최 씨 아저씨는 건방지게 쪼만한 새끼가 말도 못하는 벙어리 새끼가 누구한테 덤비냐면서 오빠의 따귀를 마구 때렸다. 그 순간 해기가 달려들어 최 씨 아저씨의 다리를 물어뜯었고 나는 머리로 최 씨 아저씨의 얼굴을 힘껏 박았다. 머리가 띵하니 너무 아팠지만 최 씨 아저씨의 머리는 나보다 더 아팠는지 그대로 뒤로 넘어지셨다. 해구 오빠가 넘어진 최 씨 아저씨를 발로 한 번 걷어찼다. 종종 걸어오던 해야는 누워있는 아저씨의 젖꼭지가 떨어져 나갈 정도로 꽉 물고 놓지 않았다.

"아아! 나 죽네! 사람 좀 살려요! 내 젖꼭지 다 떨어져 나가네!"

하면서 최 씨 아저씨는 고통의 몸부림을 쳤다. 엄마 옆에서 부침개를 부쳐서 파는 은호네 할머니랑 배추장사 아저씨가 나서서 그 싸움을 뜯어말렸다.

"아이고, 나 죽네~. 야들 좀 보이소!"

하면서 시장 바닥에 드러누워 아파 죽는다고 엄살을 피우는 최 씨 아저씨. 누가 신고를 한 건지 방범대원이 자전거를 끌고 왔다.

"저 대가리에 피도 안 마른 새끼가 어른을 발로 걷어찼어요!" 하면서 오빠를 가리키자 옆에서 있던 은호 할머니가 하는 말,

"아니, 그럼 지 엄마가 이유 없이 남자한테 머리채 끄댕기며 두들겨 맞는데 그걸 보고 참는 아들이 있어요? 최 씨도 그렇게 사는 거 아니여! 왜!

남편 없는 여자는 이렇게 아무한테 이유 없이 맞아도 되는 거여? 방범대원 아저씨요! 잡아가려면 저 양반부터 잡아 가둬요. 다 물어봐요. 여기 장사하는 사람한테 누가 잘못을 한 건지!" 하면서 은호 할머니가 방범대원에게 상황을 상세히도 잘 말해줬다.

"아저씨가 먼저 울 오빠 따귀 때려서 입술에 피나게 했잖아요. 우리 오빠 말 못하는 벙어리라고!"

나도 큰소리로 방범대원에게 일러바쳤다. 주위의 모든 사람이 엄마의 편을 들어 주자, 최 씨 아저씨가 눈치를 본다. 그러더니 먼저 엄마에게 잘못했다고 사과를 한다. 서로 때리고 맞고 잘못했으니까 없던 걸로 하자면서 방범대원 앞에서 사과를 한다. 엄마도 알겠다며 다음부터는 서로 조심하자며 더 이상의 싸움을 피했다.

그날 다 엎질러진 쟁반의 찐빵을 엄마는 다 버려야 했다. 그리고 장사를 접고 우리를 리어카에 싣고 시장을 나왔다. 집에 오는 길에 엄마는 우리를 짜장면 식당에 데리고 갔다. 난 짜장면을 그때 처음 먹어봤다. 세상에 이렇게 맛있는 게 있었구나…, 오늘 시장엘 오길 참 잘했다는 생각이 들었다. 입술이 터져 따가웠는지 오빠는 짜장면을 잘 먹질 못했다.

"해구야~, 어른한테 그렇게 막 대들면 안 돼…." 엄마가 따금한 오빠의 입술을 닦아주며 타일렀다. 그리고 한 번만 오빠 꼬드겨서 시장에 또 오면 그땐 아주 다리 몽둥이 뿌러질 줄 알라는 경고를 짜장면을 열심히 먹고 있는 나에게 하는 엄마. 집에 오는 길에 엄마는 우리에게 핑크색 쭈쭈바를 하나씩 사주셨다. 엄마가 앞에서 끄는 리어카를 오빠가 뒤에서 열심히 민다. 엄마 말을 죽어라고 안 듣는 나를 엄마는 타지 말고 리어카 옆에서 걸어가라고 했다.

투덜투덜 거리며 오빠 옆에서 걷는 나를 보며 오빠가 올라타라는 눈짓을 해 보인다. 나도 피식 웃음을 해 보이며 얼른 뛰어 올라탄다. 리어카를 끌고 조용히 말없이 걷는 엄마의 뒷모습…. 막바지 여름을 재촉하는 빠알간 태양은 울고 있는 엄마의 눈물을 빨리 닦아주고 싶었나 보다.

그래서 그렇게 뜨거웠나 보다….

Chapter 12

나는 그날… 죽었다 살아났다

✎ 선자의 생일이라며 아침 일찍 병기가 울 집엘 왔다. 생일이 뭐냐고 내가 궁금해 했던 걸 동생 해기가 대신 물었다.

바보들….

생일은 태어난 날을 축하해서 맛있는 것도 먹고 선물도 받고 하는 날이라고 병기가 잘 가르쳐준다. 난 몰랐다. 내가 태어난 생일이 언제인지도. 함박눈이 억수로 많이 내린 음력 2월 초 닷샛날이라고 내 생일을 캐묻자 할아버지가 알려주었다. 선자의 생일이라고 친구들 다 불러서 생일잔치를 한다며 병기가 얼른 가자고 나를 재촉한다.

선물을 들고 가야 한다는 마음 불편한 진실에, 같이 안 가고 싶다고 했다. 선물 같은 거 없어서 가서 선자한테 쫓겨날 것 뻔히 알아서 미리 안 간다고 혼자 다녀오라고 병기를 내보냈다. 집으로 간 병기가 다시 돌아왔다. 노란 보자기에 공책 몇 권을 챙겨서 나에게 건네주며 같이 가자고 한다.

"해인이, 니 선물 가지고 왔드나?"

밖에서 나랑 병기의 모습을 본 선자가 나에게 먼저 다가 와 물었다. "여있다!" 하면서 노란색 보자기를 선자에게 보란 듯이 던지고 나는 병기의 팔을 끌고 선자네 집으로 들어갔다. 다른 친구들이 다 와있었다. 호야도 와있었다.

호야는 우리 집 담장 넘어 두 칸 건너있는 집에 사는데 친구들이랑 잘 어울리지 않는다. 앉은뱅이에다 말도 못 하는 코 흘리는 여동생을 맨날 업고 다녀야 하기 때문이다. 호야는 친구들이랑 놀고 싶어도 그 동생 때문에 집 밖에는 나갈 수 없다.

"호야, 니는 선물 뭐 들고 왔드나…?"

내가 호야에게 다가가 물었다. 선물을 못 들고 왔단다. 가져올 게 없어서 그래도 선자가 들어오라고 했단다. 맛있는 것 많이 있다고….

선자의 늙은 아버지가 하얀 밥에 미역국을 끓여 우리에게 맛있게 먹으라며 잔뜩 차려진 생일상을 우리 앞에 내려 놓으시며 나를 쳐다보시더니 제발 좀 선자하고 싸우지 말고 잘 놀아주라고 했다. 밥상을 치우고 사탕이랑 과자를 잔뜩 나누어 주면서 누런 봉지 안에 있는 빵도 하나씩 나누어 준다. 단팥빵이라고 했다. 시장에서 엄마가 쪄서 파는 찐빵 하고는 비교할 수 없이 고급지고 먹기에도 아까운 그런 빵이었다. 한입을 깨물고 나머지는 동생들 갖다주려고 누런 종이에 돌돌 말아 바지 주머니 속에 집어넣었다.

병기는 선자에게 이쁜 책받침이랑 연필을 담는 필통을 선물했다. 선자는 너무 좋아했다. 기역, 니은도 아직 쓸 줄 모르는 나는 병기의 선물에 그닥 관심 갖지 않았다. 선자 아버지가 선자에게 이쁜 빨간 구두를 선물로 주셨다. 참…, 얼마나 이쁘던지…. 신발을 신겨주며 선자가 좋다고 깡충깡충 뛰면서 웃자 선자의 늙은 아버지도 함께 좋아라 웃는다. 나는 그 광이 반짝반짝 나는 옆으로 빨간 줄이 있는 똑딱이 구두가 너무너무 신어보고 싶었다. 뒤에 굽이 조금 들어가 있어서 더 예뻤다.

선자가 신발을 벗어서 방에 놓고 숨바꼭질을 하고 놀자고 했다. 선자네 집엔 숨을 곳이 참 많다. 빈방도 많고 마당에 큰 대추나무도 세 그루나 있다. 주렁주렁 아직 설익은 대추들이 땅으로 늘어져 있는 대추나무 뒤에 빈 장독이 몇 개나 있었다. 나는 늘 그곳에 숨었다. 선자는 바보같이 나를 한 번도 제때 찾아본 적이 없다. 그날은 내가 늘 숨는 그 장소가 아니라 선자의 방으로 숨었다. 그 방에서 선자의 구두를 보며 나도 한번 신어만 보고 싶었다. 그래서 신발을 신어보려는데 병기가 문을 열고 들어와서 너무 놀라서 나도 모르게 선자의 구두를 뱃속에 감추었다.

"빨리 내려놓아라! 지지배야! 선자가 보면 또 쌈난데이~!"

병기가 내 당황한 표정을 보더니 구두를 내려놓으란다. 나는 왜 그랬을까…. 병기의 재촉에도 불구하고 그 뱃속에 감춰진 구두를 가지고 무조건 집을 향해 뛰었다. 병기도 내 그런 행동에 많이 놀랐지만 그래도 나를 따라오지는 않았다. 병기까지 따라서 오면 선자가 너무 빨리 눈치를 챌까 봐 그냥 선자네 집에서 열심히 놀았다.

선자의 구두를 집으로 가져와서 신어봤다. 기분이 너무 좋았다. 조금 작아서 발뒤꿈치가 아프긴 했지만 나는 그 구두를 신고 연못가를 몇 바퀴를 돌았다. 그러면서 또 고민하기 시작했다. 이 구두를 어떻게 다시 돌려줘야 하는지에 대해서. 이따가 병기에게 몰래 갖다놓고 오라고 해야 하나…. 이런저런 생각으로 고민을 해보아도 마음이 상당 무겁다. 해기가 구두를 한 번만 신어보자며 보챈다. 빨간색은 여자애들만 신는 거라고 했지만 자꾸만 애걸하는 해기에게 딱 한 번만 신어보라고 했다. 해기도 그 신발을 신고 팔딱팔딱 뛰어 보이며 좋아라 했다.

그리고 조금 지났나 보다, 해기가 변소에서 울면서 나온다. 똥간에 구두 한 짝이 빠졌다면서 징징거린다. 여름의 변소 안은 억수로 시끄럽다. 변소 안의 바글바글 구더기 뭉쳐서 노는 소리는 파리가 윙윙대는 소리보다 훨씬 더 시끄럽다. 그 바글바글한 구더기 안에 해기는 내가 선자네 집에서 훔쳐 온 구두 한 짝을 떨어뜨렸다.

"야! 이 시끼야! 똥간에 구두를 신고 가면 어떡해!"

너무 화가 나서 해기를 발로 몇 대 걷어찼다. 해구 오빠가 긴 장대로 떨어져 있는 구두를 건져보려고 했지만 구두는 점점 더 깊숙이 들어가더니 아예 보이질 않는다. 심장이 쿵쾅거린다. 병기가 집으로 뛰어왔다. 아까 뱃속에 들고 훔쳐 온 선자의 구두를 자기가 빨리 갖다놓고 올 테니 얼른 내놓으라고 독촉했다. 해기가 한 짝을 똥간에 빠트려서 너무 깊숙이 들어가서 못 건졌다고 남은 한쪽만 내밀었다. 큰일 났다며 나보다 병기가 더 불안해한다.

"이씨! 더 이상 나도 몰라!"

그러면서 병기가 자기네 집으로 갔다.

숨겨야 했다….

나머지 한쪽을 어디에 숨겨야 할지를 고민 끝에 마루 밑에 깊숙이 집어넣었다. 상당히 불안한 내 마음을 엄마가 알았던지 어디 아프냐고 물었다. 맨날 더운데 빨빨거리고 다녀서 더위를 먹었다면서 할아버지가 꿀물을 타서 한 그릇 가져왔다. 얼른 후루루 마시고 자라고 하면서.

해야는 저녁상을 치우고 설거지를 하는 엄마 옆에서 쫑알쫑알 똥간의 빨간 구두 이야기를 열심히 하지만 엄마는 하나도 알아듣지 못했다. 이부자리를 펴고 누우려는 찰나에 밖에서 선자 엄마의 고함소리가 났다.

"도둑년들 있어!"

갑자기 조용했던 그 저녁에 우리 집 마당에서 시끄러운 선자 엄마의 목소리가 들렸다.

"도둑년들! 빨리 나와봐!"

쩌렁쩌렁한 선자 엄마의 목소리에 옆집에 사는 이웃들도 나왔다. 무슨 영문인지 모르고 밖으로 얼른 나간 엄마를 보고 젊은 선자 엄마는 삿대질을 해대며 소리를 쳤다. 자식교육 잘 시키라는 말과 함께.

"야! 이 다방 년아! 니가 지금 누구보고 도둑년이래!"

엄마가 다그치며 물었다. 니네 딸년이 우리 선자 새로 산 구두를 훔쳐갔다며 잡아뗀다고 누가 믿을 것 같으냐면서 여전히 쩌렁쩌렁한 목소리로 우리 엄마에게 대드는 선자 엄마. 이웃집 사람들이 하나둘씩 다 나와서 구경을 한다. 그 속에 병기도 있다. 고개를 푹 떨구고 있는 병기가 내 눈에 제일 먼저 띄었다.

증거있냐고 팔 걷어붙이고 따져 묻는 우리 엄마. 증거는 찾으면 되지 않냐고 하면서 열심히 마당 여기저기를 휘젓고 다니는 선자 엄마가 드디어 멍순이 집안에 있는 멍순이가 씹다가 만 빨간 구두 한 짝을 발견했다. 그리고는 이래도 발뺌이냐면서 그 걸레가 된 구두를 엄마 앞에 패대기쳤다. 순간 엄마는 당황했는지 아무런 말대꾸를 못 했다.

"해인아! 니 이거 오늘 선자네 집에 가서 훔쳐 왔드나…?"

엄마가 벌벌 떨고 있는 나에게 물었다. 나는 너무 무서워서 대답을 못하고 고개만 떨구었다. 도둑년을 키우면서 자식교육 하나 못 시키면서 누구더러 더러운 다방 년이라고 욕하냐면서 선자 엄마의 행패가 더 커진다. 엄마는 그런 선자 엄마의 행동에 아무런 대꾸도 못하고 그냥 서있다.

"아이고 참내! 아들이 놀다 보면 그럴 수도 있지! 별것도 아닌 것 가지고 그리 남의 집에 찾아와서 소리를 버럭버럭 질러대고! 같이 자식 키우면서 너무 그렇게 유난 떠는 거 아냐!"

하면서 병기 엄마가 선자 엄마를 나무랐다. 엄마는 방으로 들어가서 앞치마에서 그날 빵을 팔아서 벌은 돈을 선자 엄마에게 건네주며 자식교육 잘 못 해서 미안하다고 했다.

그 신발이 얼마나 비싼 건데 이걸로 퉁치냐며 선자 엄마는 엄마의 사과에도 수그러들지 않는다. 병기 엄마가 선자 엄마의 등을 떠밀며 제발 좀 그만하고 돌아가라고 하자 이웃 사람들도 선자 엄마 욕을 한마디씩 했다. 선자 엄마가 마당을 나가자, 엄마는 부엌에 가서 싸리가지 나무를 한 움큼 들고 내 팔을 끌고 방으로 들어갔다. 할아버지도 못 들어오게 문고리를 걸어 잠궜다.

"잘못했어요. 엄마…. 그냥 딱 한 번만 신어보고 갖다주려고 했어요…."

나는 화가 잔뜩 나있는 엄마 앞에 무릎을 꿇고 살려 달라고 손을 비벼가며 빌었다. 엄마는 아무 말도 하지 않고 쥐고 있던 싸리가지로 나를 때리기 시작했다. 얼마나 아프던지…. 죽을 것만 같았다. 살려 달라고, 아프다고, 안간힘을 쓰며 엄마에게 빌어봐도 엄마는 싸리가지로 팔이고 다리고 등이고 그냥 마구마구 힘껏 때렸다. 경악하며 울고 비는 내 울음소리에 밖에 있던 할아버지와 병기 엄마가 문 열으라고 애 잡는다고 막 소리를 지른다. 너무너무 아팠다…. 죽을 것같이 너무 아팠다.

더 이상 울음소리도 나지 않고 몸에 아픈 통증도 더 이상 느껴지지 않았다. 엄마의 흐느낌이 들려왔다. 땅바닥에 축 늘어져 피 흘리고 누워있는 내 모습에 엄마가 흐느껴 우는 소리가 들렸고 문을 부수고 들어온 할아버지가 나를 흔들어 깨우더니 업고 뛰신다. 그 뒤엔 엄마도 흐느끼며 따라온다.

잠을 잤다….

오랫동안 잠을 잤다. 꿈을 꾸었는데 나는 창꽃 문둥이가 산다는 그 산

을 혼자 헤매고 있었다. 지나가던 어떤 하얀 옷을 입은 할아버지가 내 손을 꼭 잡고 있었고,

"야야~, 나 따라가자~. 나 따라서 저 산만 잘 넘으면 이제 아플 일도 없어…. 할아버지 따라가제이~."

하면서 내 손을 꼭 잡고 나를 보고 웃는다. 그 잡은 손이 참 따뜻했다. 저만치…, 산 밑에 엄마가 보인다.

"할아버지요! 내 새끼 데려가지 마세요! 제발 부탁이예요. 뭐든지 시키는 대로 다 할게요! 제발 내 새끼만 데려가지 마셔요!"

하면서 엄마가 산 밑에서 울면서 애걸하시는 모습이 보인다.

"야야~, 니 나 따라갈래~? 아니면 저 밑에 니 엄마한테 내려갈래~?"

하고 할아버지가 물으셨다. 아무 말 없이 한참을 생각하다가 내가 그랬다.

"나…, 울 엄마한테 갈래요. 울 엄마 너무 많이 울잖아요. 엄마 따라갈래요."

그랬더니 할아버지가 잡고 있던 손을 놓아주시며 산 밑으로 내 등을 힘껏 떠밀었다. 놀라서 벌떡 깨어보니 엄마가 내 옆에서 훌쩍이고 있었다.

"아이구야! 살았다! 야 눈떴다!"

하면서 내 몸에 침을 놓아주시던 동네 할아버지가 소리를 쳤다. 눈은 떴지만 이마에도 머리에도 얼굴에도 침이 꽂혀 있고 엄마는 깨어있는 내 모습을 보고 엉엉 우셨다. 나도 눈물이 났는데 목이 따가워서 울음소리가 나질 않았다.

"아들이…, 놀다 보면 친구 것 갖고 싶을 때도 있는 거지. 맨날 시꺼먼 고무신만 보다가 부자 친구가 구두를 신고 있는데 월메나 한번 신어 보고 싶었겠나…. 그걸 가지고 아를 이렇게 기절을 해가 며칠을 눈도 못 뜨게 두

들겨 패놓나…? 참 안 죽은게 천만다행이고 고마운 일이데이…."

할아버지가 나를 등에 업고 오면서 엄마를 조용히 나무랐다. 집으로 돌아온 나는 며칠을 그렇게 집에만 누워서 아팠다. 종아리에 피멍이든 게 잘 낫지 않는다며 계란으로 종아리를 문지르려는 엄마가 미워서 고개를 돌렸다.

"해인아, 마이 아프나…? 엄마가 잘못했다."

나지막한 목소리로 엄마가 내 머리를 만지며 말했다.

"나는…, 나는 엄마가 참 싫다. 나도 아버지처럼 엄마보다 분이 아줌마가 더 좋다. 나도 분이 아줌마 사는 서울로 보내주라."

여전히 엄마랑 눈이 마주치지 않은 채 나는 엄마에게 상처가 되는 말을 했다. 알았다고 한다. 엄마가….

다리 얼른 다 낫고 기운 내서 연못가를 팡팡 뛰어다닐 때 그때 아부지가 있는 서울로 데려다 준다고 한 엄마는 그 후로 나랑 눈을 잘 마주치려고 하지 않았다. 병기가 집에서 엄마가 끓여준 거라며 소고기 뭇국을 냄비째로 들고 왔다. 온몸에 아직 멍이 가시지 않은 내 모습을 보고 병기가 눈물을 닦는다.

"해인아…, 나는 니가 죽었는 줄 알았다. 니네 엄마가 정말 너무 미웠다. 선자 지지배도 너무 미웠다!"

훌쩍이면서 내 옆에서 우는 병기가 내 편이라서 참 좋았다. 병기 엄마가 끓여준 소고기 뭇국을 병기는 자기 입에 한 숟갈 내 입에 한 숟갈 넣어주면서 냄비 반 정도를 다 비웠다.

"이담에 서울에 사는 형이 집에 내려오면 삐딱구두 하나 사달라고 해서 나 줄 거란다."

그리고 다시는 선자 지지배랑 안 놀거라고…. 텔리비전이 보고 싶어도 절대 그 집에 가지 않겠다고 내 손가락에 자기 손가락을 걸며 약속을 해 보인다. 종아리에 멍이 다 지워지고 온몸이 기운이 넘쳐 연못가를 몇 바퀴를 돌았다. 병기랑 해기랑 셋이서 누가 뜀박질을 제일 잘하나, 시합을 하면서.

병기는 뜀박질을 잘 못한다. 해기는 요이 땅! 해서 먼저 앞서 가다가 지겠다 싶으면 벌러덩 누워서 몇 번이고 다시 해야 한다고 우긴다. 자기가 이길 때까지 다시 해야 된다고 말도 안 되는 억지를 잘 쓴다.

저녁 장사를 마치고 돌아온 엄마가 내 앞에 인형이 그려진 노란색 구두를 내민다. 선자 것처럼 좋지는 않지만 하루 종일 빵 팔아서 사온 거라며 잘 신으라는 당부와 함께…. 선자 것처럼 이쁘진 않았지만 그래도 내 서운한 마음을 달래주기에는 충분히 기분 좋은 엄마의 선물이었다.

사람으로 태어나서 절대로 하면 안 되는 두 가지 중 첫 번째는 남의 것을 훔치면 안 되는 것이고 두 번째는 남의 마음을 다치게 하면 안 된다고 엄마가 그랬다.

Chapter 13

병기가 서울로 떠났다…

연못가 듬성듬성 피어있는 코스모스가 한들거릴 때 산에 산머루가 까맣게 익어간다는 것을 나는 알고 있었다. 주전자를 들고 병기를 앞세워 산머루를 따러갔던 날, "엄청 달다!"라는 말을 반복하는 병기는 입이 시꺼매질 때까지 나랑 같이 산머루를 배가 부를 때까지 따먹고 주전자에 담아서 내려왔다. 논에 벼타작 할 날이 얼마 남지 않았다고 누구네 집 벼타작을 먼저 해야되는지 동네 사람들과 열심히 의논하는 할아버지가 보인다.

노랗게 묶여있는 볏짚단 속으로 메뚜기가 팔딱팔딱 뛰어다닌다. 다리가 긴 방아깨비를 잡아 병기에게 메뚜기랑 방아깨비랑 싸우면 누가 이기겠냐고 물어봤다. 메뚜기랑 방아깨비는 사촌 사이라 같은 식구끼리는 서로 싸우지 않는다고 병기가 그랬다. 그 말이 사실인지 방아깨비랑 메뚜기를 잡아 주전자 속에 넣어보았더니 병기의 말이 맞았다. 서로 싸우지 않고 그냥 가만히 바라보고만 있다.

병기는 책도 읽을 수 있고 글씨도 잘 쓰고 똑똑한 말을 잘한다. 그래서 동네 사람들이 커서 크게 될 놈이라고 그랬다. 귀뚜라미 소리가 시끄럽게 들려오던 어느 가을날 병기가 공책을 들고 울 집엘 찾아왔다. 나한테 글씨를 가르쳐준다면서 기역, 니은도 못 쓰는 나에게 내 이름 쓰는 것부터 가르쳐준단다. 공부는 싫다고 딱 잘라 거절을 하니 싫어도 배워야 할 거는 꼭 배워야 한다고 병기가 우겼다. 학교 들어가기 전까지는 글씨도 읽고 쓸 줄 알아야 한다며 병기가 공책에 내 이름부터 써 보여준다. 학교에 가면 다 배울 텐데 왜 미리 머리 아프게 하냐며 공책을 발로 쑥~ 차버렸다. 화가 난 병기가 공책을 그대로 들고 집으로 돌아갔다.

"병기네 서울로 이사 간단다…."

이른 새벽 마당을 쓸던 할아버지가 새벽잠이 많아 눈이 떠지질 않는 나를 깨우며 말해줬다.

"서울에 형 보러 놀러 간데? 병기가…?"

내가 눈을 비비며 물었다.

"아니, 서울 형 사는 데로 아예 이사를 간데. 서울에서 학교도 다녀야 하고 하니까 가는가 보지…."

순간 마음이 이상했다. 마음속에서 뭐가 빠져나간 듯, 눈에 눈물이 그렁그렁 고일 정도로 뭔가 대단히 섭섭한 마음에 이부자리에 누워서 일어

나지 못하고 베개에 얼굴을 파묻고 계속 울었다. 왜 내가 좋아하는 사람은 다 서울로 가는 건데…, 서울이 참 너무 싫었다. 점심이 지난 시간에 병기가 주전자에 산머루를 잔뜩 따와서 내 앞에 내밀었다. 산머루 따는데 발밑에 뱀이 스르르 지나가서 놀라서 기절하는 줄 알았다면서 주전자에 가득 담아온 산머루를 나에게 내미는 병기에게,

"니, 서울로 이사 간다며…?" 원망스런 눈빛으로 병기를 바라보며 물었다.

"응…, 쪼매 있으면 엄마가 서울로 이사 간단다. 형 있는 데로…." 병기가 풀죽은 말투로 말했다.

"병기야…, 니그 엄마한테 부탁해서 나도 서울로 데리고 가면 안 되나? 한번 물어봐 주면 안 되나…?"

"안 그래도 내가 몇 번이나 물어 봤다. 안 된다 했다. 엄마가! 니는 우리 식구가 아니라서 갈 수가 없다고 했다."

여전히 풀이 잔뜩 죽어있는 병기를 보며 나는 또 눈물을 글썽였다.

"그럼 니가 울 집에서 같이 살면 안 되나…? 니그 엄마 혼자 서울로 이사 가라고 하고 우리 집에서 나랑 같이 살자. 울 엄마한테 내가 빌어 볼게."

내 제안에 병기는 서울이 좋다고 했다. 서울 가서 공부도 잘하고 싶고 서울 가서 좋은 빌딩도 보면서 살고 싶다고 했다. 병기의 섭섭한 말에 화가 난 나는 주전자에 가득 따온 산머루를 발로 찼다. 데구르르~ 산머루가 마당 여기저기에 굴러다닌다. 병기도 화가 났는지 그냥 자기 집으로 나가버렸다. 그리고 한동안 병기가 오질 않았다. 내가 먼저 가볼까…, 고민만 했을 뿐 나도 가지 않았다.

첫눈이 왔다. 감나무에 아직 감이 많이 달려있는데도 첫눈이 벌써 내린다. 춥다고 이불 속에서 나오지 않고 세수도 안 하고 있는 나에게 할아버지는

한없이 게으르다고 잔소리를 하신다.

밖에서 병기가 조용히 내 이름을 부른다. 멋진 잠바에 하얀 빵모자를 쓰고 가방을 메고 내 앞에 서있는 병기. 좀 있다가 버스 올라오면 버스 타고 서울 간다고 나에게 마지막 인사를 건네러 온 것 같다. 가방 속에서 사탕이랑 초코파이랑 잔뜩 꺼내서 내 손에 건네주며 이 다음에 크면 기차 타고 서울에 놀러 오라고 한다. 동생 해기 때리지 말고 잘 놀고 국민학교 들어가기 전에 기역, 니은 다 배워서 가라고 잔소리를 한다. 나는 고개만 끄덕일 뿐 잘 가라는 말도 못 했다. 자꾸 목이 메어와서….

"형아야~, 가지 마라!" 하면서 마당을 나가는 병기의 뒤를 해기가 졸졸 따라 나간다. 그 뒤를 나도 엉거주춤 해 보이며 따라 나갔다. 그렁그렁했던 눈물이 물 흐르듯이 얼굴에 떨어졌다. 병기가 옷 소매를 걷어 내 눈물을 닦아주면서 추운데 울지 마라고 했다. 병기랑 병기 엄마가 연못가 다리 밑에서 추워서 발을 동동 구르며 버스를 기다릴 때 나랑 해기는 제발 그 버스가 안 오길 마음속으로 빌었다.

저만치…, 버스가 기어온다. 나는 그 버스가 참 미웠다. 눈이 많이 와서 미끄러운 건지, 거북이처럼 느릿느릿 기어 올라온다.

"오라이! 스톱!"

버스 안내양의 명령이 떨어지자 버스 문이 열린다. 병기가 먼저 버스에 올라 탔다. 뒤 창문 옆으로 다가가 앉더니 나를 보고 잘 있으라는 손을 흔들어준다. 눈물이 자꾸 가려서 병기 얼굴이 잘 안 보인다. 춥다고 얼른 들어가라며 병기 엄마도 우리에게 손짓을 해 보인다.

병기를 태운 버스가 차랑차랑하며 다시 저만치 기어 내려간다. 나랑 해기랑은 미끄러운 눈길을 뛰어가며 병기 이름을 불렀다. 저만치…, 아주 저만치. 더 이상 병기를 실은 버스가 보이지 않을 때까지….

헉헉 숨이 차서 울지도 못할 때까지 해기랑 나는 한참을 뜀박질을 했다.

"누나야, 발 시리다! 집에 가자!"

해기가 내 팔을 잡아끌며 집을 향해 먼저 앞장을 선다. 집으로 오는 내내 흐느껴 울었다. 저녁 늦게까지도 눈물이 나왔다.

"아이고, 울 딸내미 불쌍해서 어떡하나. 병기 갔다고 저래 하루 종일 우네."

엄마가 땅콩이 들어간 엿을 사와서 내게 내밀며 위로를 해보지만 나는 자꾸만 눈물이 났다. 겨우내 그렇게 텅텅 비어있는 병기의 집을 맴돌며 병기가 없는 그 겨울이 길게만 느껴진다.

Chapter 14

해경언니가 버스 안내양이 되었다

함박눈이 많이 쌓여있는 추운 날은 처마 끝 고드름이 잘 녹지 않는다. 겨울 내내 했던 자치기 놀이도 지겹고, 화롯불에 고구마 구워 먹는 것도 지겹다. 할아버지는 친구한테 얻어온 귀한 꿀을 비싼 거라며 찬장 위에 올려놓고 아무도 손대지 말라고 한다.

두꺼비 진로 소주병 안에 들어있는 꿀을 나는 부엌에 갈 때마다 쳐다보다가 젓가락을 집어넣어 꿀을 조금씩 조금씩 꺼내 먹는 재미에 취해있었다. 그런데 어느 날 보니 병 안에 있는 꿀에 젓가락이 두 개나 빠져있었다.

'흔적을 남기면 안 되는데….'

분명 해기가 나랑 똑같은 짓을 하다가 젓가락을 빠뜨린 게야. 처마 끝 긴 고드름을 따서 아그작아그작 씹어먹고 마루에 앉아있는 해기를 나무랐다.

"야! 시끼야! 젓가락 빠뜨리면 할아부지가 다 알잖아! 멍청한 시끼야!"

하면서 내가 해기를 몇 대 쥐어박으니 자기가 절대 안 그랬다고 한다. 곧 죽어도 자기는 안 그랬다고 우기는 해기가 옆에 있던 해구 오빠를 가리키며 해구 오빠가 그랬다고 했다. 해구 오빠도 본인이 그랬다고 고개만 끄덕인다.

할아버지가 친구 집에 간 그날, 점심에 우리 셋은 처마 끝 긴 수정 고드름을 따다가 젓가락 대용으로 꿀병에 있는 꿀을 마구 퍼먹었다. 꿀이 잔뜩 묻어있는 고드름을 아이스깨끼처럼 아그작아그작 머리가 띵~하고 아플 때까지 씹어먹고 희희낙락거리며 즐거워했다.

할아버지가 마당에서 지켜보는 것도 모르고…, 꿀 병에 꿀이 물처럼 녹아있자 해기는 병을 들고 후루루 다 마셨다.

이상하다. 할아버지가 평상시 같았으면 빗자루를 벌써 잡으셨을 텐데 그날은 그냥 씨익 웃음 짓고 우리 입 주위를 손목으로 닦아주시며,

"다 마셨나…? 아이구, 그지 똘망이들 그거이 그리 맛있드나…?"

하면서 우리를 혼내지 않으셨다. 해구 오빠 혼자 한 일이면 분명 호통을 쳤을 텐데 나랑 해기가 같이 동참해서 한 일이라 할아버지는 그냥 넘어갔나 보다. 꽁꽁 얼어붙었던 땅바닥이 조금씩 녹기 시작했을 때 둘째 언니 해경이가 국민학교 졸업을 한다. 졸업식 날 머리에 밀가루를 눈처럼 허옇게 묻힌 엄마가 울긋불긋 목에 거는 종이 꽃다발을 사서 나를 주며 앞장세워 간 졸업식. 머리 좀 빗고 밀가루 좀 털고 오지 그러냐면서 해경 언니가 엄마의 초라한 몰골을 창피해 한다. 꽃다발 주고 사진을 찍느라 운동장이 분주한 가운데 키 크고 양복 입으신 분이 엄마한테로 다가와 인사를 하신다.

졸업 축하한다며 연신 해경 언니의 머리를 쓰다듬는 분을 언니는 교감 선생님이라고 불렀다. 참~ 착하고 인자하게 생기신 분이셨다. 같이 식사라도 하자며 엄마에게 호의를 베풀자 엄마는 됐다고 말만 들어도 감사하다고 한사코 사양을 한다. 꼭 드릴 말씀이 있다며 엄마를 한사코 짜장면 집으로 데려가신 교감 선생님. 나랑 해구 오빠 엄마를 비롯해 해경 언니까지 합쳐 짜장면 5그릇을 시키셨다. 난 시커먼 짜장면을 보자 함박웃음이 나왔다. 짜장면을 조심스럽게 비비고 있던 교감 선생님이 먼저 말을 꺼내셨다.

"해경 어머니 지난번에 말씀드린 거 한번 생각해 보셨어요?" 교감 선생님의 물음에 엄마의 얼굴은 불그레 빨개지셨다. 무언가를 망설이고 있는 엄마를 보며 교감 선생님이 말을 이어가셨다.

"해경이가 얼굴도 참 예쁘고, 성격도 참 밝고 공부도 워낙 잘하고, 아주 똑소리 납니다. 제 아내가 해경이를 너무 예뻐해요. 우리는 자식이 없어서 나이가 드니 아내가 양녀를 하나 들이고 싶어하는데 해경이를 아주 좋아해요. 해경 어머니 형편을 제가 익히 들어서 잘 아는데 저번에 부탁드렸던 것처럼 해경이를 우리 집 양녀로 허락하시면 참 이쁘게 대학공부까지 시키고 좋은 사람 만나서 시집도 잘 보내고 행복하게 잘 키우겠습니다. 그러니 제발 허락해 주십시오." 하면서 엄마에게 정중한 부탁을 하셨다. 엄마는 교감 선생님이 말씀하실 때 한참 동안 고개를 숙이고 계셨다. 마치 죄인인양…. 나는 짜장면 그릇을 다 비웠는데 엄마의 그릇은 손도 되지 않은 채 그대로였다.

"교감 선생님요, 우리 해경이를 참 예뻐해 주셔셔 지는 몸둘 바를 모르겠습니다. 그런데요…, 지가 사는 게 아무리 힘들고 없어도 지 새끼를 어떻게 남에게 줍니까…? 저는 제가 아무리 밥 벌어먹기 힘들어도 같이 굶어 죽으면 죽었지 내 새끼 남한테 줄 그런 독한 애미가 못 됩니다요. 정말 죄송하고 미안합니다…."

그리고는 엄마는 한참을 훌쩍이셨다. 그럼 중학교 고등학교까지만이라도 잘 가르치고 싶으니 그때까지만이라도 거처를 교감 선생님 집으로 옮길 수 없겠냐고 교감 선생님은 또 물으셨다. 그것도 안 된다고 엄마는 또 거절을 하셨다.

짜장면 집을 나오면서 엄마는 말없이 고개만 숙이고 걸으셨고 해경 언니는 눈물이 그렁그렁했지만 소리 내서 울지는 않았다.

"엄마…, 나 괜찮아요…. 중학교 안 가도 되요. 나 취직할거야. 그래서 엄마랑 나랑 같이 돈 벌어서 우리 불쌍한 해구 잘 가르치면 돼!"

하면서 엄마 손을 꼭 잡고 위로해주는 해경 언니….

그 순간 나는 아주 기발한 생각을 해냈다.

"나를 그 집 양딸로 주면 되잖아! 해경 언니는 돈 벌면 되고! 나는 그 집 양딸로 들어가서 맨날 짜장면 먹을 거야! 다시 가서 교감 선생님한테 언니 대신 나를 주겠다고 한번 사정해봐!"

나의 그 기가 막힌 생각을 엄마는 한마디로 뭉개 버렸다. 나는 못생겨서 안 된다면서….

졸업한 지 일주일도 되지 않아 언니가 처음으로 찾은 직업은 영암 운수 버스 안내양이었다.

"오라이~, 오라이~, 기사님 스톱! 기사님! 문 열어주세요!"

언니는 코맹맹이 목소리를 내보이며 안내양 연습을 거울 보고 열심히 한다. 할아버지가 기분 좋은 미소를 지어 보이며 해경 언니를 칭찬한다.

"아이구, 울 이쁜 손녀 딸내미! 버스 안내양도 다 하고! 얼굴이 예뻐서 니는 뭐이든 잘할 수 있어!"

하면서 용기를 팍팍 넣어주는 할아버지에게 언니도 함박웃음을 지어 보이며 첫 출근을 했다. 버스를 타본 적이 없는 언니가 첫날 12시간 이상을 버스를 타고 집으로 퇴근했을 때 얼굴이 하얗게 변색이 돼서 걸음도 비틀거리며 집을 걸어왔다. 차멀미가 심해서 밥도 못 먹고 바지에 오줌까지 쌌다며…. 얼마나 많이 토하고 울었던지 얼굴이 누런 호박이 되어서 왔다.

엄마는 그만두고 다른 직장 알아보자며 언니를 말렸다. 한 달은 다녀야 월급이 나온다며 해경 언니는 그렇게 한 달을 죽기 살기로 버텼다. 그리고 첫 월급을 타오는 날 우리 동생들에게 보지도 못했던 신상품 과자를 잔뜩 사가지고 왔다. 할아버지 담배도 한 보루 사고 엄마 이쁜 앞치마를 사서 엄마 손에 꼭 쥐어 주면서, 이제는 어느 정도 적응되어서 차멀미 안 한다면서 아주 씩씩하게도 집안의 가장 노릇을 척척 해 보이는 해경 언니의 존재는 엄마가 우러러보는 우리 집의 하늘이었다.

해구 오빠의 특수반 입학 문제로 매일 학교를 엄마 대신 가서 일 처리를 하고 해구 오빠는 불쌍한 동생이었지만 엄마보다 더 의지할 수 있는 적어도 해구 오빠에게 해경 언니는 엄마보다 더 나은 엄마 같은 존재였다. 해구 오빠가 학교를 다녀서 집에는 나랑 해기, 해야 이렇게 셋만 논다. 해일이는 할아버지가 퍼대기로 업고 친구 집에 놀러 가면 하루 종일 보이지도 않는다. 봄이 오는 길목이 너무 길어서 심심해진 어느 날…, 나는 동생들을 리어카에 태우고 엄마가 있는 시장을 구경 갔다. 엄마가 알면 절대 안 되니까 엄마가 보이지 않는 곳에서도 볼거리는 많았다. 엄마 반대편 시장바닥에서 북 치는 소리도 크게 들리고 마이크로 크게 떠드는 소리도 들린다.

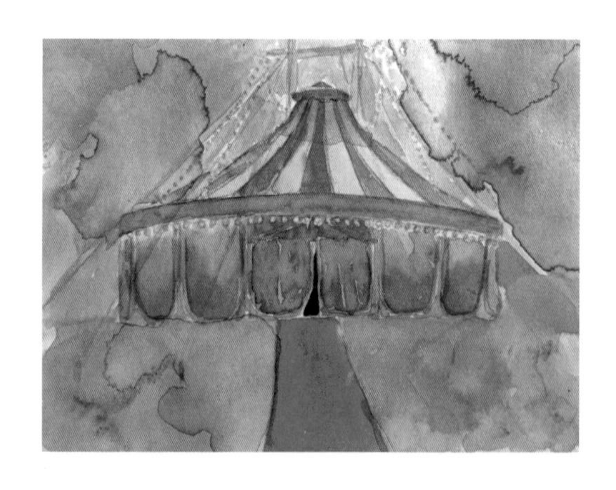

"날이면 날마다 오는 거이 절대 아니여라우~. 우리 노인네들 소화 안 될 때 이거이 몇 알 주어 먹으면 직빵이여라! 우리 얼라들 배가 슬슬 아프다고 배앓이할 때도 요거 몇 개만 먹이면 언제 그랬냐는 듯 깔깔 웃는다요!"

구경꾼들이 쭉 둘러싼 그곳에 약장사라는 사람이 텐트 안에서 소란스럽게 약을 팔았다. 키가 작고 배도 나오고 콧수염이 까만 약장사 아저씨가 등에는 북을 달았고 어깨 위에 원숭이를 앉혔다.

태어나서 처음 원숭이를 보는 순간이었다. 너무너무 신기해서 눈을 뗄수가 없었다. 동생 해기는 아예 넋을 잃고 침을 질질 흘리고 쳐다보며 땅바닥에 주저앉았다. 갑자기 시끄럽게 떠들던 약장수 아저씨가 우리에게 다가온다. 동생 해기를 일으켜 세우더니 몇 살이냐고 묻는다. 5살이라며 이름도 큰 소리로 씩씩하게 말해주는 해기에게 돈 이백 원을 준다. 그러면서 약병에서 약을 꺼내더니 약을 먹어보겠냐고 묻는다.

"네!"라는 대답과 동시에 약장수가 해기를 사람들 가장자리로 끌고 가서 세우더니 사람들 보는 앞에서 약을 먹인다. 생긴 게 꼭 염소 똥같이 둥글고 새까맣다. 그리고는 우리에게 아무 데도 가지 말고 그 자리에서 30분 정도 있으란다. 우리는 별일 없다는 듯 원숭이랑 약장수의 쇼에 젖어서 희희낙락거렸다.

30분이 지났나 보다…, 갑자기 동생 해기가 똥이 마렵다며 나보고 집에 가잖다. 약장수 아저씨가 다가오더니 해기에게 똥이 마렵냐고 물었다. 해기가 고개를 끄덕이자 해기를 다시 관중들 속으로 끌고 가더니 땅바닥에 신문지를 깔고 거기다가 똥을 누라고 명령한다. 해기가 겁에 잔뜩 질려서 나를 쳐다본다.

"아저씨! 내 동생한테 그러지 마요! 이씨! 창피하게 사람들 보는 앞에서 막 똥 누라고 하면 어떡해요!"

하고 내가 해기의 팔을 잡아끌자 약장수 아저씨는 나에게 더 큰소리를 친다. 니 동생이 아까 돈 받았지 않았냐면서…, 나랑 티격태격 말다툼을 하고 있을 때 해기가 급했는지 바지를 내리더니 아저씨가 깔아놓은 신문지 위에 똥을 쌌다. 똥을 아주 한 바가지를 싸놓았다.

그런데 약장수 아저씨가 해기의 똥을 나무젓가락으로 파헤쳐보더니 그 안에서 커다란 흰색 지렁이를 발견해서 사람들 앞에 보여준다. 지렁이가 한 마리가 아니고…, 3마리나 들어있었다. 사람들 앞에서 창피해서 울고 있던 해기가 눈물을 뚝 그쳤다. 그 긴 흰색 지렁이를 보고, 말도 못하고 그냥 멍하니 한참을 서있기만 했다.

나도 심장이 많이 떨렸다. 내 동생 뱃속에 지렁이가…? 저렇게 큰 흰색 지렁이가 살고 있다는 사실이 너무 무서웠다. 동생 해기를 데리고 해야를 안고 리어카를 끌고 집으로 오는 시간이 왜 그리 길던지….

동생 해기는 무서웠던 충격에 방에 누워서 꿈쩍도 안 한다. 장사를 마치고 돌아온 엄마가 어디 아프냐고 해기에게 물었다.

"오빠야, 뱃속에 하얀 지렁이가 꼼지랑꼼지랑 살고이떠. 시장 원숭이가 있는데…, 오빠야가 하얀 지렁이가 이떠! 뱃속에!"

해야는 엄마를 보자 열광을 하며 엄마에게 두서없이 일러바치는데 다행히 엄마는 해야의 말을 알아듣지 못했다. 해기는 저녁도 굶고 그 다음날 아침도 굶었다. 말도 안 하고 그냥 이불 속에서 울기만 했다. 엄마랑 할아버지는 해기의 행동에 수심이 가득했다.

"쟈가 갑자기 왜 저러노~. 그것참 별난 일일세~. 병원엘 가봐야 하나…?"

할아버지도 아침을 뜨는 둥 마는 둥 해기의 걱정이 태산이다. 나는 무슨 말을 어떻게 해줘야 하는지 내 자신이 참 답답했다.

"누나야! 나 뱃속에 하얀 지렁이가 아직 많이 살고 있겠지…? 똥간에 가서 똥 누고 싶은데 또 지렁이 나올까 봐 겁이 나서 똥을 못 누겠어…."

해기가 흐느껴 울며 나에게 말했다.

사실 나도 겁이 나서 똥간에 안 간지 이틀이나 지났다. 혹시라도 지렁이가 내 몸에서 나올까 봐….

고민 끝에 퇴근하고 돌아온 해경이 언니에게 이 사실을 알렸다. 해경 언니가 고민을 좀 하더니 부엌에 가서 보리죽을 잔뜩 써온다. 그러고는 해기를 일으켜 세우며 하는 말,

"해기야…, 이거 다 먹으면 똥이 많이 나올 거야! 뱃속에 지렁이가 살면 자꾸 똥을 싸서 지렁이를 밖으로 내 보내야지 니가 안 아프지. 안그래…?"

생각해보니 진짜 맞는 말이다. 해기는 언니가 써온 보리죽을 단번에 먹어치우고 언니 말대로 조금 있으니 똥이 마렵다고 했다. 해경 언니가 해기를 뒷마당으로 데리고 가더니 신문지를 깔고 변을 보라고 했다. 그래서 또 흰 지렁이가 있으면 잡아 죽이면 된다면서 그렇게 해기에게 큰 위안을 줬다. 다행히 지렁이가 보이지 않았다.

"아, 그럼! 그 약 먹고 뱃속에 지렁이가 다 죽어서 나온 거네! 앞으로 지렁이가 나올 수가 없겠네! 저번에 다 나와서 다 죽어서 더 이상 우리 해기 뱃속에는 안 사나 보네~!"

하면서 해경 언니는 불안해하고 있는 해기에게 괜찮다는 용기를 그렇게 멋지게 주었다. 그 약장수는 해기 뱃속에 하얀 지렁이가 사는지 어떻게 알았을까…?

Chapter 15

난쟁이 오빠

겨우내 텅텅 비어있던 병기네 집에 누가 이사를 왔다. 키가 크고 호리호리한 몸매에 참 점잖게 생기신 아주머니가 아들을 데리고 이사를 왔는데 아들은 얼굴이 크고 몸집이 작은 난쟁이었다. 해구 오빠보다도 훨씬 나이가 많은 오빠였다. 이름이 있었지만, 사람들은 그냥 난쟁이 엄마 혹은 난쟁이네, 라고 불렀다.

빨래터는 봄이 제일 시끄럽다.

동네 사람들이 봄이 되면 다들 나와 겨우내 밀렸던 빨래를 한다. 그 빨래터에서 그동안 듣지 못했던 소문들을 한꺼번에 듣는다. 그래서 해경 언니는 사람들이 많은 빨래터를 자주 간다.

“그 난쟁이 엄마는 친엄마가 아니래~. 난쟁이 친엄마는 난쟁이 낳고 죽었고 난쟁이 아부지가 혼자 키우다가 저 이쁜 아줌마랑 살림을 합쳤는데, 그 난쟁이 아부지가 작년에 산에 나무하러 가다가 잘못해서 낭떠러지에 굴러떨어져 죽었데~. 근데 지 자식도 아닌데 그냥 키운데…. 저 아줌마가 되게 착하지…?”

해경 언니는 엄마랑 할아버지가 묻지도 않았는데 빨래터에서 주워들은 소문을 아침 밥상에서 열심히도 토해낸다.

“아이구, 얼굴만 이쁜 게 아니라 맘도 착한 아줌니네~.”

할아버지가 꺼억~ 숭늉을 다 마시고 한마디 내뱉으셨다. 난쟁이 오빠는 자기보다 훨씬 키가 큰 자전거를 잘도 타고 다녔다. 지나가는 동네 사람들 볼 때마다 자전거에서 내려서 “안녕하세요.” 하고 아주 깍듯이 인사를 잘했지만 동네 사람들은 난쟁이라는 이유로 인사도 잘 받아주지 않았다. 해구 오빠는 난쟁이 오빠가 신기한 듯 자주 그 집에 드나들었다. 어느 날 우리 집에 놀러 온 난쟁이 오빠가 나를 보고 하는 첫마디는,

“이쁘게 생겼네~. 이름이 뭐야…?”라고 나를 향해 웃어 보이며 말을 걸었다. 나는 아무런 대꾸도 하지 않고 그냥 쳐다보기만 했다.

“오빠, 이름은 왜 난쟁이야…? 오빠는 왜 그렇게 무섭게 얼굴이 크게 생겼어…? 우리 오빠하고 같이 놀지 마. 우리 할아버지가 난쟁이랑 놀면 안 된데….”

나의 가시같이 따가운 말에 난쟁이 오빠는 또 환하게 웃는다.

“응…. 알았어. 나랑 안 놀아줘도 돼.”

하면서 마당 밖을 조심스럽게 걸어나가는 난쟁이 오빠의 뒷모습이 너무 불쌍해 보였지만, 나는 그 뒤로도 그 난쟁이 오빠와 마주쳐도 별로 말을 안 하고 지나쳐왔다.

복상꽃이 살포시 고개를 내민 어느 날 저녁…, 온 동네가 시끌벅적 시끄러웠다. 난쟁이 오빠가 삽을 들고 대포집 박 씨 아저씨랑 실랑이를 벌이고 있었다. 동네 어른들이 말리려고 하자 더 거칠게 박 씨 아저씨에게 대항하는 난쟁이 오빠가 그날 나는 너무 무서웠다.

"나이 먹은 어른이면 다야? 씨팔새끼! 우리 엄마가 싫다는데 왜 괴롭혀! 우리 엄마가 싫다고 만지지 말라고 했는데! 왜 만져! 개새끼야!"

하면서 삽을 들고 박 씨 아저씨를 향해 있는 대로 소리를 지른다. 대가빠리 피도 안 마른 새끼가 어디 어른한테 욕지거리를 하냐며 박 씨 아저씨가 더 씩씩거린다.

"아저씨! 아저씨가 야 엄마를 겁탈을 하려고 하니, 자식이 우째 그냥 보고만 있어요! 아저씨가 먼저 잘못을 했구만 뭘~. 창피하게 어른이 되어가지고 좀 부끄러운 줄 알아야지!"

하면서 엄마가 박 씨 아저씨를 나무라자 동네 사람들도 박 씨 아저씨에게 다들 한마디씩 한다. 개 버릇 남주냐면서…. 원래 태생이 저렇게 더러운 인간이라며 다들 한마디씩 거들었다. 동네 사람들의 꾸중이 창피했던지, 박 씨 아저씨가 얼른 그 자리를 피해 나갔다.

아무리 화가 나도 그렇지, 어른한테 그렇게 삽을 가지고 때리려고 하고 욕하고 그럼 못쓴다고 동네 사람들이 난쟁이 오빠도 타일렀다. 그렇게 난쟁이 오빠는 이사 온 신고식을 아주 거하게 치렀다. 희미한 불빛이 새어나오는 난쟁이 오빠의 부엌에서 난쟁이 오빠의 엄마는 아들을 위한 만찬을 준

비한다. 고등어 굽는 냄새가 온 동네를 자극한다.

"엄마…, 내가 난쟁이가 아니었으면 얼마나 좋았을까…? 엄마가 위험할 때 얼른 방어해 줄 수 있는데. 난쟁이니까 나보다 더 긴 다리의 삽 들기도 힘드네!"

하면서 주르륵 눈물을 흘린다. 난쟁이 엄마는 말없이 난쟁이 오빠를 아련하게 쳐다보기만 한다. 난쟁이 오빠의 엄마는 잘 구워진 고등어를 손으로 한 조각 뜯어 난쟁이 오빠의 밥그릇에 올려주며 같이 운다. 속이 많이 상했나 보다….

"엄마…, 내가 아무리 미워도 나 버리고 다른 사람한테 시집가면 안 돼요. 조금만 참았다가 나 좀 더 커서 나 혼자 용감하게 잘 살 수 있을 만큼 크면…, 그땐 내가 아주 착하고 엄마만 봐주는 아저씨 찾아서 시집 보내줄게…." 하면서 밥 한 숟가락을 크게 입안에 넣으며 억지웃음을 지어 보이는 난쟁이 오빠.

"아들…, 이 세상에서 자식을 버리는 엄마가 어디 있든…? 하늘 같은 내 새끼를 내가 버리고 어딜 가서 행복하게 살겠어."

하면서 밥 꼭꼭 씹어먹으라며 난쟁이 오빠를 위로해주는 오빠의 엄마. 초라한 난쟁이 오빠네 부엌에 따뜻한 봄바람이 들어와 앉아있다.

가끔씩 나와 해구 오빠 그리고 난쟁이 오빠는 창꽃 문둥이가 나온다는 앞 산에서 숨바꼭질을 하고 놀았다. 난쟁이 오빠는 늘 창꽃이 가득핀 창꽃나무 아래 몸을 숨긴다. 키가 너무 작아서 꽃 속에 파묻혀도 전혀 알 수가 없다. 해구 오빠는 늘 커다란 소나무 위에 올라가 있거나, 나무 뒤에 숨어서 내가 잘 찾아내나를 열심히 살핀다. 귀가 안 들리는 해구 오빠에겐 무궁화 꽃이 피었습니다…, 는 아무런 의미가 없다. 혼자서 하나부터 열까지 속으로 셀 때도 있고 내가 빨리 숨으라는 손짓을 해 보이면 얼른 뛰어가서 숨는다. 내가 못 찾을까 봐 멀리 가지는 않는다. 난쟁이 오빠는 너무 멀리 피어있는 꽃 속에 숨어있어서 찾기가 힘들 때가 많다.

창꽃이 만발한 그 봄날 어느 토요일에 학교에서 일찍 돌아온 난쟁이 오빠가 타고 오던 자전거를 집에다 패대기쳐놓고 혼자 마루에 앉아있다. 해구 오빠가 물었다.

"형아, 학교에서 또 애들이 괴롭혔어? 난쟁이라고…?"

해구 오빠의 엉성한 말을 알아듣는 사람은 우리 식구 외에는 없는데 난쟁이 오빠는 잘도 알아들었다. 고개를 끄덕이고 눈물이 또 그렁그렁…. 내 주머니 속에 있는 사탕을 내밀었지만 난쟁이 오빠의 기분은 잘 풀어지지 않았다.

그날도 우리는 산에서 숨바꼭질을 했다. 해구 오빠는 너무 잘 보이는 바로 앞 소나무 뒤에 숨어서 혼자서 키득키득 거린다.

나는 다 들리는데 바보같이….

그래도 모르는 척 다른 방향으로 가는 척 해주니 오빠의 키득거리는 웃음이 더 커진다. 나는 오빠를 찾고 우리 둘은 또 난쟁이 오빠를 찾기 시작했다. 분명 창꽃 울타리 밑에 숨어있을 거라고 생각했는데 아무리 찾아봐도 없다. 어디를 간 건지 이 넓은 산에 어디 숨은 건지 좀 더 높은 곳으로 우리는 계속 발길을 옮겼다. 그리 멀지 않은 곳에서 뭔가 소리가 났다. 조용히 흐느껴 우는 소리가 창꽃이 화사하게 만발한 꽃가지 밑에서 들렸다. 해구 오빠 바로 앞에서 들려오는 소리를 해구 오빠는 그냥 지나쳤다. 나도 일부로 그 자리를 그냥 지나쳤다. 난쟁이 오빠의 울음소리가 그칠 때까지 나랑 해구 오빠는 계속 같은 자리를 뺑뺑 돌았다. 그러다가 해구 오빠가 고함을 질렀다.

"찾았다! 여기 있었네! 형아야!"

해구 오빠가 엉성한 말투로 신이 나서 소리를 쳤다. 난쟁이 오빠는 창꽃 송이들을 이불 삼아 조용히 꽃밭 밑에 누워있었다. 손으로 내가 꽃들을 걷어내니…, 거기 그곳에 그렇게 울고 누워있었다.

"오빠야…, 다 울었어…?"

내가 난쟁이 오빠 옆에 누워서 물었다. 꽃잎 사이로 파란 하늘이 보였다. 참 예뻤다.

"나는 왜 난쟁이로 태어났을까? 이 세상에 왜 나만 난쟁이로 태어났을까…? 해인아, 오빠는 왜 난쟁이로 태어나야 했던 걸까…?"

나에게 똑같은 질문을 계속하는 그 오빠의 그 질문에 나는 아무런 대답을 하질 못했다. 보들보들한 창꽃을 한 움큼 따서 오빠의 눈물을 닦아주기만 할 뿐 나는 정말 아무런 대답을 할 수가 없었다.

"오빠야…, 이 세상 사람들이 다 난쟁이로 태어났으면 얼마나 좋을까? 그랬으면 우리는 매일매일 울지 않고 매일매일 웃었을 거야…."

나는 난쟁이 오빠에게 위로가 되지 않는 위로를 해줄 뿐이었다.

chapter 16

도깨비

✎ 해경이 언니가 버스 안내양 일에 제법 능숙해진다. 껌을 짝짝 씹으며 차비를 깍자며 술주정을 하는 아저씨를 이리 흔들고 저리 흔들어 보이며 돈 없으면 걸어가라며 버스를 안 태워준다. 그런 해경 언니를 할아버지는 무진장 대견스럽게 여긴다. 엄마는 나만 똑 뛰어놓고 식구들 모두 데리고 아침 시장 앞으로 이사를 갔다. 나는 아직 학교를 가려면 몇 달 남았다며 동생들은 아직 어려서 데리고 가야 한다며….

나만 그렇게 할아버지 곁에 뚝 떨어뜨려 놓고 감나무 감이 다 익어갈 즈음 그렇게 리어카에 살림살이를 잔뜩 싣고 아침 시장 복판마당이라는 곳으로 이사를 갔다. 방이 하나에 작은 부엌이 하나 달린 곳이라 여섯이 누워 자기도 불편했다.

나는 할아버지랑 단둘이서 그 조용한 가을을 보냈다. 변소 위에 지푸라기 지붕 위에 누런 호박이 달덩이처럼 자라서 가을 아침 이른 서리를 맞자 할아버지는 사다리를 타고 지붕 위를 올라가 호박을 따서 대청마루 위에 올려놓았다. 감나무 높은 곳에 감들은 따지 않고 내버려뒀다. 겨울에 참새들이 배고프면 안 된다고 내버려 둔다고 했다 새들도 먹고 살아야 나무들이 좋아한다고 그랬다.

엄마는 간간이 반찬을 해 와 할아버지에게 건네주고 갔다.

엄마가 다녀가는 날이 되면 나도 따라간다고 울고불고 엄마 뒤를 따라가다가 넘어져서 펑펑 울던 어느 가을 저녁에…. 할아버지가 내 손에 꼭 쥐어 준 과자봉지도 위안이 되지 않아 연못가를 훌쩍이며 몇 번을 돌았던지…. 해가 깜깜한 가을밤은 별들이 총총히 뜨지 않고 드문드문 낙엽이 떨어지는 것만 보일 정도로 어둑어둑하다.

“해인아, 어여 집에 드가자 춥다!”

하면서 내 뒤를 졸졸 따라오시는 할아버지가 밉다고 할아버지를 밀은 적도 많다.

“안 드간다! 할부지, 혼자 드가라! 내는 여 혼자 있다가 도깨비한테 잡혀가도 울 엄마는 찾아오지 않을 거다! 이씨! 할아버지! 니 자꾸 나 따라오지 마라!”

하면서 자꾸 나를 달래보며 따라오시는 할아버지를 난 그렇게 미워했다. 연못가 산등성 위로 산국화 위에 별똥별이 쉬어간다. 귀뚜라미 노랫소리가 좋아서 그런 것 같다.

손에 잡힐 듯 잡히지 않는 별똥별을 할아버지는 도깨비불이라고 했다. 별똥별이 저렇게 조용히 앉아있다가 새벽이 되면 괴물로 변해서 지나가는 사람 다 잡아먹는다고 그래서 옛날에 할아버지 친구도 그 연못가에서 도깨비한테 잡혀서 죽었다는 무서운 도깨비 얘기를 내 뒤에서 열심히 하면서 나를 따라온다. 그 말에 나는 별똥별을 잡으려다가 "엄마야!"를 외치며 얼른 집으로 뛰어들어온다.

할아버지는 나를 늘 따뜻한 아랫목에 재우신다. 전기세 많이 나온다고 안방에 높이 있는 전구를 얼른 꺼버린다. 저번에 읍내에서 사람들이 멍순이를 팔라고 후한 값에 준다고 할아버지에게 거래를 시도했지만 할아버지는 절대 안 판다고 했다. 우리 집 멍순이는 덩치가 돼지보다 더 컸다. 말도 잘 듣고 눈치도 빨라 할아버지가 참 좋아했다. 그런데 개 파는 사람들이 화가 났는지 멍순이에게 돼지고기를 던져주면서 그 고기 안에 못을 같이 끼워 먹였다. 멍순이의 목에 못이 걸려 피만 흘리다가 고통스럽게 죽었다. 개가 죽었으니 싼값에 팔라는 개장수를 향해 할아버지는 마당 빗자루를 들고 그 사람들을 쫓아냈다. 천하의 나쁜 인간들이라며 죽어서 꼭 지옥 불구덩이 속에 떨어지라는 악담을 한참을 퍼부은 할아버지의 눈에 눈물이 그렁그렁했다.

멍순이는 뒤곁에 할아버지가 잘 묻어줬다. 푹신푹신한 지푸라기 위에 축 늘어져 피투성이가 된 멍순이를 눕히고 그리고 그 위에 멍순이가 좋아했던 지저분한 이불을 감싸주고 흙으로 덮고 발로 꾹꾹 눌러줬다. 멍순이를 묻은 그 자리에 할아버지는 꽃씨를 심었다. 이쁜 꽃들 많이 자라라고 많이도 심었다.

밖에 멍순이도 없으니 할아버지와 나와 있는 그 깜깜한 가을밤은 참 지루했다. 늦은 가을밤의 귀뚜라미 울음소리는 뒷마당에 묻혀있는 멍순이가 나랑 할아버지에게 심심하지 말라고 불러주는 노래였다. 이른 새벽을 알리는 할아버지의 마른기침 소리는 겨울이 시작되었다는 것을 알려준다.

첫눈이 온 그날도, 함박눈이 잔뜩 내린 그날도, 장능 연못가 연못물은 아직 얼지 않았다 할아버지가 만들어준 썰매를 타야 하는데 물이 아직 깊게 얼지 않아서 하루에도 몇 번을 할아버지 손을 잡고 얼음이 얼었나 확인하고 그냥 돌아갔다. 저녁을 일찍 먹고 할아버지는 또 대포집을 가려나 보다. 나를 재워놓고 가야 하니 해가 저문 지 얼마 안 돼도 빨리 할아버지 팔베개에 누우란다. 잠이 안 오는데 왜 자꾸 자라고 하냐며 내가 투정을 부리자 할아버지는 그랬다. 눈감으면 잠이 온다고 무조건 눈감고 산속 깊은 토끼네 집에 놀러가는 생각하다 보면 잠이 온다고…. 그런데 정말이다. 눈감고 토끼네 집에 잠시 다녀온 것뿐인데 옆에 할아버지가 없다.

온통 깜깜한 그 방에 불을 켜야 하는데 키가 너무 작아서 전구를 만질 수가 없다. 문틈 사이로 불어오는 겨울바람 소리는 귀신 소리 같이 무섭다. 나는 농에 있는 이불을 다 꺼내서 쌓아놓고 그 위에 베개도 잔뜩 싸아놓고 그 위에 올라가 몇 번이고 전구를 만져 보려고 하지만 여전히 너무 높다. 몇 번이나 넘어지고 전구가 잡힐 듯 안 잡히니 그냥 포기하고 있었다.

"해인이 잡으러 도깨비가 왔다!".

문틈 사이의 흰눈 날리는 바람 소리가 꼭 그렇게 말하는 것 같았다. 너무너무 무서운 그 순간에 방문을 확 걷어차며 열었다. 하얗게 함박눈이 내리는 그 깜깜한 밤에 장독 위에 가득 쌓인 함박눈…. 우리 집 마당은 여름날 총총히 떠 있는 연못가의 밝은 연못보다 더 밝았다. 변소 위에 지붕 위에 도깨비가 와 있나 보다. 바스락바스락 소리가 난다. 나를 잡아먹으러 온 도깨비인데 자기가 타고 온 빗자루에 뒤에 타란다. 도깨비 얼굴은 보이지 않고 그냥 하얀 달 같이 밝았다. 나는 무서웠지만 도깨비가 시키는 대로 도깨비 빗자루 끝자락에 걸터앉았다.

"후히히히!"

하면서 도깨비는 나를 태우고 날아다닌다. 그 하얀 밤에 도깨비는 할아버지가 술을 마시고 있는 대포집도 보여주고, 내가 좋아하는 잔다리 논에도 한번 쓱 돌아주고 내가 좋아하는 연못가는 열 번도 넘게 돌아준다. 그러면서 내일은 얼음이 꽝꽝 얼 테니 썰매를 타도 좋다고 했다. 그리고 나를 다시 태우고 울 집 안방에 내려주면서 무섭다고 자꾸 울면 안된다고 했다. 도깨비는 사람을 잡아먹는 게 아니라 사람을 지켜주는 착한 귀신이라고 그러면서.

도깨비 집이 어디냐고 내가 물었다. 도깨비 집은 잔다리 굴을 지나기 전 바로 앞 산언덕 뽕나무가 많은 곳이라고 말해주고 가버렸다. 바스락바스락 변소 위 지붕 위에서 이상한 소리를 내면서….

이른 아침 할아버지의 기침 소리에 눈을 떴다. 어젯밤에 도깨비가 울 집에 왔더라고 내가 눈을 비비며 할아버지께 말을 해줬다. 화롯가에서 담배를 피우시던 할아버지가 나를 보고 씨익 웃는다.

"도깨비가 뭐라 카드노…?"

내 말을 믿지 않은 듯 할아버지가 내 얼굴을 빤히 쳐다보시며 물었다.

"어젯밤에 방문은 왜 그리 다 열어놓고 잤드나…? 방바닥에 이불이란 이불은 다 꺼내놓고!"

할아버지가 화롯불에 고구마를 구우시면서 나에게 잔소리를 했다.

"나는 도깨비 어디 사는지 아는데~. 할아버지는 아나…?"

내가 구워진 고구마를 꺼내며 할아버지에게 물었다.

"어데 사는데?"

"잔다리 굴 앞에 뽕나무 많은 산에 산다고 그러드라!"

그 대답에 할아버지가 내 얼굴을 한참을 빤히 쳐다보신다.

"야가, 귀신한테 홀렸 뻰나? 거 도깨비 많은 거 우예 알았는데?"

하시면서 '허허~ 이상하데이~'를 하루 종일 내뱉었다.

도깨비는 어떻게 알았을까, 그 다음날 장능 연못가에 얼음이 꽝꽝 언 것을…. 나는 그 다음날 하루 종일 할아버지랑 장능 연못가에서 썰매를 탔다. 도깨비는 불 꺼진 까만 겨울밤에 혼자 외로워서 울고 있는 나에게 그렇게 착한 친구가 되어주고 싶었나 보다.

Chapter 17

복판마당

국민학교 1학년 입학을 며칠 앞두고 할아버지가 내 손을 잡고 엄마가 사는 복판마당으로 데리고 왔다. 50가구나 넘는 집들이 나란히 두 줄로 다닥다닥 붙어있는 동네였다. 동네이름은 복판마당이라고 했다. 마당 한가운데 공동이 사용하고 지나갈 수 있는 마당이 있었고 화장실은 한참 걸어서 맨 끝줄 집에 있는 공동화장실을 사용했어야 했다.

화장실이 너무 멀어 집집마다 방에 요강이 있었다. 나랑 동갑내기 친구들이 몇 명 있었고, 공동 화장실 청소는 순서를 정해 집집마다 돌아가면서 했다. 공동 화장실은 모두 7칸이었다. 서서 볼 일보는 남자들 오줌통이 3개 있었고 첫 번째 칸은 애가 빠져 죽었다고 사람들이 사용을 안 하고 세 번째 칸은 벽에 구멍이 여러 개 나있다. 젊은 아가씨들은 절대 안 들어간다. 네 번째 칸은 낙서들이 무진장 많이 그려져있다. 털을 새까맣게 그려놓은 남자들 고추 그림도 많고 참외보다 더 큰 엄마들 젖가슴도 많이 그려져있다. 나는 맨 끝 칸 일곱 번째 칸이 제일 좋았다. 가끔가다가 바닥에 동전이 많이 떨어져 있어서 자주 주웠다.

'희자'라는 친구는 두 칸 건너뛴 앞 집에 순주는 맨 끝줄 집 위에 살았다. 둘다 나랑 같이 입학을 한다고 희자가 먼저 나랑 친구하자며 반가워했다.

희자의 엄마는 터미널 앞에서 호떡 장사를 한다. 나는 울 엄마 찐빵보다 희자네 호떡을 훨씬 더 좋아했다.

어느 날 아침 밥상을 차리는 엄마는 무지 분주하다. 할아버지가 오셨다. 아침 밥을 같이 하자며 이른 새벽부터 오셨다. 엄마는 내가 좋아하는 고등어구이에 미역국에 돼지고기 볶음까지 달달 맛나게 볶아 상다리가 휘청할 정도로 많이 올리셨다. 나에게도 동생 해기 그리고 해야한테도 많이 먹으라 하신다. 평상시에는 밥 좀 그만 처먹으라고 하시는 분이 이상하게 그날은 나를 유독 챙기신다. 미역국에 밥을 말아 후루룩 떠먹던 내가 물었다.

"엄마~, 오늘 무슨 날이야? 왜 이렇게 반찬이 많아."라고 묻자 엄마는 그날이 해기의 생일이라고 했다.

"아~, 해기 생일이야? 우리도 이제 생일 해 먹는 거야? 그럼 내 생일은 언제야?"

"니 생일은 엊그제 지나갔잖아~. 해야 생일은 이틀 더 있어야 하고…."

엄마의 말을 듣던 그 순간 나는 마음 한구석에서 화가 뭉클하게 올라오는 느낌을 받았다. 생일이 한 달에 세 녀석이나 있으니 그냥 동생이 남자라서 남동생 생일로 정해서 한꺼번에 맛있게 먹으면 된다고 하는 엄마가 미웠다.

그래서 내가 삐진 척을 해 보였다. 엄마가 밥그릇에 올려준 고등어를 건져내서 동생 해기의 밥공기에 툭 던지고 고기도 안 먹고 미역국도 안 먹고…. 그냥 김치 쪼가리에 밥을 말아 먹는 내 꼴을 보고 엄마도 화가 많이 나셨나 보다.

"그냥 좀 감사합니다, 하고 쳐드셔요. 해인씨, 쪼그마한 게 뭘 그리 따지고 지랄이여…. 그냥 쳐드셔 좀!"

하면서 있는 대로 나를 보며 눈을 흘기는 엄마에게 난 무지 화가 났다.

"아이씨! 이딴 거 안 먹어! 엄마나 많이 먹어!"

하면서 상을 확 뒤집어엎었다. 뜨거운 미역줄기가 할아버지 이마에 떡 하니 달라붙자 할아버지가 뜨겁다고 막 소리를 지른다. 할아버지 바지에도 엄마의 옷에도 미역국이 다 엎어져 다들 뜨겁다고 막 소리를 지르고 난리다. 그날 나는 엄마한테 궁둥이를 얼마나 맞았는지 모른다. 할아버지도 쪼그마한 게 갈 수록 버르장머리가 없다며 나를 무릎에 엎혀놓고 화가 나는 만큼 내 궁둥이를 손바닥으로 때리셨다. 나는 그날 이불 속에서 하루 종일 엉엉 우느라 하루가 어떻게 지나가는지도 몰랐다. 저녁 장사를 마치고 온 엄마의 목소리가 들려도 이불 속에서 계속 엉엉 우는 소리를 냈다. 갑자기 이불 속으로 뭐가 쑥 들어온다.

"해인아, 얼른 이거 한번 입어 봐라. 니 낼모레 입학할 때 입으라고 엄마가 츄리닝 한 벌 사왔다! 니 생일 선물이라고 생각해라. 고만 삐지고 한번 입어 봐라. 얼른, 내년부터는 니 생일로 날을 바꿔서 생일상 차려 줄게. 엄마가 약속할게, 니 삐지지 마래이." 하면서 나를 달래준다.

엄마가 쑥 밀어넣어 준 빨간 츄리닝에 난 기분이 날아갈 듯이 좋았다. 어쩜 그리 잘 맞던지 태어나서 첨 입어본 빨간 츄리닝 이 너무 좋아서 한번 입어보고 예쁘게 잘 개어서 학교입학식 때 입어야지 하는 설렘으로 그렇게 해기 생일의 내 반란은 넘어갔다.

국민학교 입학식을 하는 날 날씨가 무지 추웠다. 엄마가 사준 빨간 츄리닝에 하얀 손수건을 왼쪽 가슴에 핀으로 메달고 나는 1학년 5반이 되었다. 희자와 같은 반이 되어서 참 신이 났다. 1학년 담임선생님 이름은 홍곽기, 키도 크고 얼굴도 참 이쁜 여선생님이셨다. 웃으실 때도 있지만 화가 나실 때는 무지 무서운 선생님이셨다.

한 반에 60명이라는 새로운 친구들이 나는 참 좋았지만 나를 좋아하는 친구는 희자밖에 없었다. '영희야, 놀자. 순희야, 놀자.'라는 첫 페이지의 글과 강아지랑 뛰어노는 그림이 그려진 국어책. 첫 국어시간에 나는 국어책을 안 가지고 왔다.

"기역, 니은 배우기 전에 자기 이름 못 쓰는 사람 손 들어봐요."

라고 선생님이 학생들에게 물으셨다. 뒤에 몇몇 학생들이 서로의 눈치를 살피더니 손을 조금씩 들어 올린다. 나는 내 이름을 쓸 줄 몰랐다. 그래도 손을 들지 않았다. 창피해서…. 옆에 있던 내 짝궁 이름은 영호다. 그런데 키가 너무 작아서 친구들은 땅콩이라고 불렀다.

"야! 니도 니 이름 쓸 줄 모르잖아! 정직해야지! 왜 손을 안들어!"

하면서 나에게 핀잔을 주었다.

"내 이름은 쓸 쭐 알거든 새끼야! 니가 뭔데, 그래!"

나는 무조건 우기고 싶었다. 내 공책에다가 무언가를 쓰는 영호. '조해인 멍청이'라고 쓰고는 나보고 읽어보라고 했다. 나는 순간 좀 아찔했다. 여섯 자인데 뭐지? 좀 고민을 해보다가 내가 한 말은 윤영호 개새끼였다. 그 말에 갑자기 영호가 손을 들더니 선생님께 일러바친다.

"선생님, 조해인이도 자기 이름 쓸 줄 모르는데요. 손 안 들었데요."

나는 그 순간 간이 콩알만 해졌다. 선생님이 나를 불러 일으켜 세우더니 칠판에 와서 내 이름을 써보란다.

난 칠판 앞에서 한참을 백묵을 잡고 고개만 숙이고 있었다. 속으로는 '땅콩 니, 이 시끼. 이따가 노는 시간에 죽을 줄 알어!'라고 연신 되풀이하면서.

선생님이 나를 보고 뒤에 가서 손들고 있으라고 했다. 이름을 쓸 줄 몰라서가 아니라 정직하지 않았다고. 나는 선생님의 말 대로 뒤에 가서 손들고 국어 시간이 다 끝날 때까지 그렇게 서있었다. 그리고 노는 시간 종이 울리자마자 영호를 노려봤다. 영호는 그날 노는 시간에 나한테 발로 엉덩이를 무지 차였다. 선생님께 일러바친다는 영호의 엄포에 그러면 또 두들겨 맞을 줄 알라는 엄포를 내가 더 세게 했더니 영호는 그냥 참고 넘어갔다.

나는 학교가 싫었다. 배가 너무 고파서 싫었다. 엄마가 가끔 팔다가 남은 찐빵을 그 다음날 학교에 싸 가는 게 창피했다. 그래서 점심시간이 되면 수돗가에 수돗물로 배를 채웠다. 그건 희자도 마찬가지였다.

어느 날 선생님이 나를 교무실에 부르셨다. 누런 봉투 안에 건빵을 주시면서 배고픈데 먹으라고 하신다. 나는 건빵 몇 개만 꺼내 입에 넣고 다시 또 수돗물을 많이 마셨다. 집에 있는 동생들에게 나누어 주려고 나는 건빵을 아꼈다. 동생이 몇 명이냐고 선생님이 물으셨다. 나는 세 명이 집에 있다고 했다. 그 말 후로 선생님은 나에게만 늘 건빵을 네 봉지씩 챙겨주셨다.

나는 그런 선생님이 너무 고마워서 공부를 정말 잘하고 싶었는데…, 우리 엄마는 바보 딸내미를 낳으신 건가 보다. 국어 받아쓰기를 20점이 넘어가질 못한다. 희자는 50점은 넘어가던데, 나는 아무리 나머지 공부를 해도 받아쓰기가 늘질 않는다. 나를 왜 똑똑하게 안 낳고 바보 멍청이로 낳았냐고 엄마에게 대든 날이 많았다.

나머지 공부를 열심히 하던 그 어느 날, 부반장의 어머니가 선생님께 김밥을 싸오셨다. 나는 재형이 엄마와 담화를 나누시며 김밥을 드시는 선생님의 모습을 자꾸 쳐다보았다. 빤히 쳐다보는 선생님의 모습을 선생님이 보시더니 나를 선생님 앞으로 걸어 나오라고 하신다.

"조해인이, 너도 김밥 먹고 싶지? 선생님이 김밥 줄 테니. 다음 받아쓰기 시험에서 50점 반은 넘어야 해! 너 50점도 넘을 자신 없으면 김밥 먹지마!"

하면서 나에게 드시던 김밥을 내미셨다. 나는 자신이 없었다. 50점을 넘길 자신이 없어서 선생님이 주시는 김밥을 먹질 못하고 내 자리로 돌아와 책상에 엎드려 울었다.

국어책을 찢어버리고 싶을 정도로 받아쓰기가 미웠다. 그 다음날 받아쓰기 나머지 공부시간에 재형이 엄마가 정성스레 이쁜 그릇에 김밥을 싸서 나에게 주시려고 오셨다.

선생님이 재형이 어머니가 주시는 거니까 감사합니다, 하고 잘 먹으라고 했다. 받아쓰기 50점 안 넘어도 김밥 먹을 수 있다고 하시면서. 난 또 눈물이 났다. 옆에 있는 희자에게 김밥 2개만 먹으라고 했다. 나머지는 동생들 갖다 줘야 해서. 그리고 나도 김밥 하나를 입에 넣고 또 그렇게 조용한 눈물을 흘렸다. 나는 그날 저녁에 잘 안 외워지는 꽃밭이라는 단어의 종이 부분을 찢어서 입에서 질겅질겅 씹다가 삼켰다. 그러면 혹시라도 절대 잊혀지지 않을까 봐….

그리고 그 다음날 아침 받아쓰기 시간이 끝나자 선생님이 칠판에 내 이름과 울 반에서 공부를 제일 잘하는 학생의 이름을 적는다. 늘 그랬듯이 100점짜리 학생 이름과 빵점짜리 학생 이름이다.

'아씨, 난 또 빵점이구만.' 그러고 기가 잔뜩 죽어있는데 선생님이 말씀하셨다.

"오늘은 95점짜리가 2명이 있어요. 조해인이가 95점을 받았어요!"

그러자 애들이 갑자기 웅성거린다. 분명 내가 앞에 앉은 친구 것을 보고 베껴서 똑같이 95점이 나왔다면서 웅성거린다.

"야! 빙신아! 한 5개 정도는 다르게 써야지. 나처럼 50점을 넘지 똑같이 베끼면 어떻게 해!"

하면서 희자가 나보다 더 많이 불안해한다. 나는 안 베끼고 내가 아는 대로 쓴 건데…, 하면서 나에겐 당당했지만 그래도 왠지 기가 죽었다. 선생님이 나를 일으켜 세우시며 물으셨다. 앞자리 친구 것을 보고 베꼈느냐고. 난 절대 아니라며 큰소리로 말했다.

"선생님은 공부 못하는 사람도 예뻐해요. 그런데 정직하지 못하고 거짓말 잘하는 학생은 미워해요. 조해인이! 앞자리 친구 꺼 베꼈어요? 안 베꼈어요?"

하면서 잔뜩 풀이 죽어있는 나에게 다시 물었다. 내가 정말 아니라고 하니 선생님이 내 곁에 성큼성큼 걸어오시더니, 손바닥을 내보이라며 내 손바닥을 아프게 세 대 때리시더니 저 뒤에 가서 손들고 서있으라고 하신다.

난 억울했다….

너무 억울해서 손을 들고 서있는 내내 엉엉 소리를 내며 울었다. 선생님이 뚝 못 그치냐며 버럭 소리를 질렀다.

"선생님, 그러면 받아쓰기 다시 한번 해보면 알잖아요. 저는 뒤에서 쓰고 저 공부 잘하는 친구는 앞에서 쓰고 다시해 봐요!."

내가 엉엉 울면서 선생님께 제안을 했다.

"요놈 봐라~." 하시면서 선생님이 해 보자고 하신다. 난 뒤에 엎드려서 선생님이 불러주는 받아쓰기를 했다. 한 문제 한 문제 쓸 때마다 틀렸을까 봐 얼마나 무서웠던지 연필에 힘을 잔뜩 주고 있는 내 손이, 바르르 떨렸다. 선생님은 10개의 문제를 불러주더니 내 옆에 와서 내가 쓴 받아쓰기 종이를 빼앗아 보신다. 그리고는 계속 서 계시기만 할 뿐 아무런 말씀이 없으시더니 들고 계시던 국어책으로 얼굴을 가리시더니 숨죽이며 우신다. 그리고는 수업을 마치는 종이 울리자마자, 내 팔을 잡으시고는 선생님의 탁자 위로 데려가시더니 나를 보고 또 우신다. 그러더니 조용하게 숨죽이고 지켜보는 학생들에게 말했다.

"조해인이, 백 점 맞았네! 진짜 백 점 맞았네!"

하시면서 계속 눈물을 닦고 우신다. 앞으로 우리 반 받아쓰기 대장은 나 조해인이라며, 우리 반에서 나처럼 똑똑한 학생은 없다면서, 아주 장한 학생이라며 그렇게 시간 가는 줄 모르는 칭찬을 한 시간 내내 하셨다. 공부 잘하는 학생들에게 주는 공책을 나는 열권이나 탔다. '참 잘했어요'라는 선생님의 파란 잉크 도장이 찍혀있는 공책을 희자에게 자랑해 보이며 나는 내 인생의 지긋지긋한 나머지 공부시간을 그날 끝냈다.

선생님은 수시로 나에게 김밥을 건네주셨다. 재형이 엄마는 선생님께 김밥을 자주 싸다 주시고 선생님은 그 김밥을 나에게 주시는 날이 더 많으셨다. 봄 소풍을 처음 갔던 그날, 제발 비가 오면 안 된다고 하루 전에 잠을 설치며 설레던 그 처음 봄 소풍을 우리는 할아버지 집에서 멀지 않은 물무리 골 산언덕으로 갔다.

엄마한테 꼭 김밥을 싸와야 한다며 김밥 안 싸올 거면 창피하니까 따라 오지말라고 그렇게 갖은 협박을 아침부터 하고 온 나는 점심시간이 얼마나 기다려졌는지 모른다. 드디어 점심시간을 알리는 선생님의 호루라기 소리와 함께 해구 오빠가 나를 데리러 왔다. 엄마가 있는 곳을 알고 있다며 희자 엄마랑 같이 자리 맡아 놓고 있다며 희자도 챙긴다. 우리는 계속 높은 산으로 더 높은 곳으로 그렇게 엄마를 찾으러 갔다. 다리 아파 죽겠는데 왜 이리 높은 데까지 왔냐며 내가 있는 대로 짜증을 냈다. 엄마는 정성스레 싸오신 도시락 뚜겅을 열어 보이시며 나를 반기지만 김밥은 아니였다.

하얀 쌀밥에 고춧가루 넣고 조린 두부조림이랑 콩자반이었고 희자네 엄마는 감자볶음에 배추김치였다. 나는 입이 잔뜩 나온 뾰루퉁한 얼굴로 엄마를 노려보며 또 투덜대기 시작했다. 김밥도 안 싸왔으면서 왜 이렇게 높은 데까지 올라왔냐고 울고불고 또 땡깡을 부리기 시작했다.

희자는 아무런 불평 없이 잘 먹었다. 해구 오빠도 잘 먹는데 나만 숟가락을 안 잡고 화를 내고 있다가 그냥 산을 내려왔다. 선생님이 나를 보시더니 김밥 도시락을 3개나 주신다. 동생들도 하나씩 갖다주라며 환타 병도 3개나 주셨다. 학부모들이 싸주신 도시락이 남았다면서. 나는 그날 처음 환타를 병째로 마시고 돌아다니다가 벌집을 건드려 벌에 얼굴이랑 다리를 쏘여서 며칠을 고생했다. 벌들도 환타를 참 좋아하나 보다. 달달하고 톡 쏘는 맛을 좋아하니까 나한테 달라붙은 게지…

Chapter 18

동강은 아프다, 억수같이 비가 쏟아붓는 장마철에 많이 아프다

주머니 규격의 하얀 봉투를 학생들에게 나누어 주시면서 거기 들어있는 흰 봉투 안에다가 대변을 받아오라고 하셨다. 선생님께서 흰 종이가 넘치면 안 되니 콩알 두 배정도 크기로 담아야 하고 담은 후에 실로 꽁꽁 봉해서 흰 봉투에 넣어오란다. 희자와 나는 공중화장실 일곱 번째 칸에서 신문을 깔고 아랫배에 힘을 줘봤지만 나는 변이 안 나왔다. 할 수 없이 희자의 변을 나도 같이 사용했다. 변봉투를 실례화 주머니 속에 다들 넣어 가지고 온 그날, 교실만 아니라 전교생이 다 같이 하는 거라, 복도에까지 쿵쿵한 똥냄새가 매주 썩는 냄새만큼이나 독했다.

어떤 학생은 너무 넘쳐서 흰 종이에 다 묻었다며 선생님이 화를 내시며 야단을 치셨다. 그리고 몇 달 뒤에 은근 많은 학생들이 기생충 약을 받았다. 나랑 희자랑 한 움큼 받은 약을 나는 그냥 한꺼번에 물 마시고 삼켜버렸다. 얼마나 독했던지 배가 슬슬 아프더니 설사를 며칠씩이나 했다. 희자는 설사를 하지 않았다.

여름방학 때 부모 허락 없이 절대 강에 혼자 가면 안 되고 강에 들어가기 전에 기본동작 운동을 선생님이 열심히 가르쳐 보이며 방학숙제도 절대 빼먹으면 안 된다고 하셨다.

동강은 억수 같은 장맛비가 내릴 때 아주 잔인하다. 워낙 물이 많은 강인데 다리가 부실해서 장마가 오면 늘 다리가 넘친다. 그러면 그 동강 위에 산속에 살면서 소와 돼지를 키우는 사람들이 제일 힘들다. 소가 막 떠내려간다. 거칠고 무서운 강줄기를 타고…, 그러면 소를 잡아 끌어내려고 들어간 소 주인도 소를 끌어안고 같이 둥둥 떠내려간다.

'아이고, 저거를 어째!' 하면서 사람들은 동강 밖에서 발만 동동 구른다. 저기, 저만치 커다란 고무대야에 젊은 아낙네가 어린 아기를 안고 둥둥 떠내려간다. 그 거친 강줄기를 그 아낙네를 구해보려고 몇 사람이 들어갔다 나갔다 해보지만 무리였다. 한참을 둥둥 떠내려가던 고무대야가 중간 지점에서 확 뒤집혔다. 너무 순식간에 뒤집혀서 사람들은 안쓰러운 탄식만 내뱉을 뿐이었다. 나에겐 너무 무서운 충격이었다. 나는 한동안 그 충격에서 벗어나질 못했다. 잠을 자면 자꾸 그 아낙네가 꿈에 보인다. 물에 둥둥 떠내려가면서 도와달라고 하는 모습. 꿈을 꿀 때마다 경기를 일으킬 정도로 무서워서 울었다. 엄마가 잘 아는 집에 데리고 가서 며칠을 누워서 침을 맞고 나서야 많이 괜찮아졌다.

나는 억수같이 퍼붓는 장맛비를 좋아하지 않는다. 첫 여름방학 기간에 동강에서 울 반 여학생이 물에 빠져 죽었다는 소문을 듣고 나는 절대 동강에는 가지 않으려고 했다. 엄마는 혼자 동강에 가서 수영하다가 들키는 날에는 죽을 각오하라는 협박을 매일매일 했다. 그래도 너무 뜨거운 날엔 어쩔 수 없다. 나는 엄마의 찐빵 배달을 하다가 너무 더워서 동강을 갔다. 너무 더워서 그런지 다른 아이들도 많이들 와서 수영을 하고 있었다. 나는 팬티 하나만 입고 물에 들어가 수영을 했다.

'너무 좋다.'

여름 태양이 뜨거울 때는 시원한 물속에서 머리만 내밀고 몸을 담그고 물흐름에 살며시 몸을 맡기면 아주 기분이 좋아진다. 그러고 눈감고 물살이 흘러가는 대로 내 몸을 맡기다 보면 나도 모르게 둥둥 떠내려간다. 물살 깊은 곳으로. 너무 물살이 세다 싶어 일어났더니 다리가 휘청거려서 거친 물살에 같이 넘어졌다. 간신히 옆으로 기어서 깊은 물살을 나왔는데 뭔가 허전해서 보니 내가 입고 있던 팬티가 벗겨져서 저만치 떠내려간다.

'큰일이다! 반 애들 남자애들도 몇 명 봤는데.'

홀딱 벗은 몸으로 나가려니 용기가 서질 않았다. 그래서 물속에 몸만 담그고 한참 고민을 하고 있었다. 아니나 다를까 울 반 남자애들 두 명이 내 곁으로 다가온다. 그러더니 그중 한 놈이 수중망원경을 끼고 나에게 가까이 헤엄을 쳐온다. 머리를 벌떡 쳐들더니 하는 말,

"야! 이 지지배, 팬티도 안 입었다야! 얼라리 꼴라리~."

그러면서 나를 놀리기 시작했다. 나는 그 두 놈을 피해서 발바닥에 쥐가 나도 아픔을 참고 요리조리 한참을 피해 다녔다. 녀석들도 지쳤는지,

"저 지지배, 궁둥이가 짝짝이래요!" 하면서 나를 포기하고 돌아섰다.

'저놈들이 집에 갈 때까지 기다려야지.' 하고 나는 물속에서 한참을 앉아있었다. 물속에 너무 오래 있으면 춥다. 입술이 바르르 떨릴 만큼 춥다. 저만치 우리 반 반장 남자아이가 물살을 성큼성큼 거리며 나에게 다가온다. 저놈도 나를 놀리러 오는 구만, 하고 달아나려 했지만 기운이 딸려 그냥 앉아있었다.

나에게 다가오더니 파란색 팬티를 하나 건네준다. 마징가 제트 그림이 그려져 있는 파란색 팬티를 나에게 주면서 자기 꺼라도 입고 나가서 얼른 옷

입고 집에 가라고 했다. 비가 올 것 같으니까 물속에 오래 있으면 추워서 안 된다면서 자기는 반바지 입었으니까 괜찮다며 한사코 빨리 입으라고 건네주는 마징가 제트 파란색 팬티를 나는 얼른 받아서 입고 물에서 나왔다.

참 고마웠다….

평상시 말도 몇 마디 안 걸어 본 그 친구가 나는 좋아지기 시작했다. 여름방학이 끝나고 그 마징가 제트 팬티를 돌려주고 싶었지만 그럴 수가 없었다. 해기 새끼가 입고 다니는 바람에.

그 멋진 친구는 내 팬티 내놓으라는 말을 절대로 하지 않았다. 우리 반에서 제일 멋진 착한 반장이었다.

Chapter 19

메리 구르스마스의 친구는 싼타 할배였다

✎ 복판 마당 앞에 교회가 하나 있다.

'대 교회'라는 이름이지만 그냥 작고 아담하다. 소나무로 아기자기 이쁜 작은 불빛들을 나무에 걸쳐놓고 이쁜 색색 풀때기로 나무를 장식하고, 사람들은 주로 일요일에 많이 드나들었다. 희자를 따라 처음 그곳에 간 날이 토요일 이였다.

신발을 벗고 예배당에 들어가야 해서 구멍이 잔뜩 난 양말을 구겨 신어 보이며 부담스럽게 예배당을 들어가니 아이들이 많이 앉아있었다. 교회에서 노래자랑을 했던 그날, 노래자랑에서 1등을 하면 과자봉지랑 성경책을 준다고 사회를 보는 고등학교 오빠가 그랬다. 성경책은 관심이 없었지만 빨간 긴 양말 안에 들어있는 과자가 참 많이 궁금했다.

어느 정도 시간이 흐르고 더 이상 노래를 불러볼 학생이 없느냐는 사회자의 질문에 나는 자신 있는 손이 아니라 어깨까지 보일락 말락 하는 손을 들었다. 앞으로 나오라고 나와서 자기소개를 하라는 그 사회자의 말에 나는 긴장을 많이 했다.

이름만 밝히고 고개만 끄덕였지만 혹시라도 구멍난 양말이 보여질까 봐, 내내 긴장한 상태에서 노래 제목은 「오빠생각」이라고 사회자에게 알려줬다. 풍금 반주가 나오고 나는 노래를 아주 소심하게 불렀다. 사회자가 잘 안 들리니까 다시 한번 크게 자신있게 부르라고 했다. 더 떨렸다…. 그렇지만 더 큰소리로 저 뒤에 앉아있는 희자도 다 들릴 수 있게 '뜸북뜸북 뜸북새' 하며 노래를 불렀다. 사회자가 정말 잘했다고 먼저 박수를 쳐주자, 관중석에서 아이들이 "와~!" 하면서 박수를 쳐줬다. 희자가 벌떡 일어나서 "쟈가, 내 친구야!" 하면서 우쭐대는 모습에 나는 양말 속 과자를 받는 것보다 더 행복했다.

나는 1등을 했다. 그리고 양말 속 과자를 희자랑 반반씩 나누어 먹고 성경책은 희자를 줬다. 희자는 변소에 갈 때 휴지로 쓰면 아주 좋겠다면서 행복하게 받아갔다. 시장에서 빵 장사를 하는 엄마에게로 뛰어가서 교회 노래자랑에서 1등 먹었다며 자랑을 늘어놓았다.

낼이 구리스마스인데 교회에서 맛있는 밥 준다고 오라고 했다고도 자랑을 하니 엄마는 그런데 가면 안 된다고 했다. 예수쟁이들 믿으면 큰일 난다고 했다. 우리 집은 전통적으로 불교를 믿어서 그런데 가면 부처님이 벌 주신다고 그렇게 나를 겁줬다. 그래도 가서 맛있는 과자랑 빵이 먹고 싶어서 간다고 하니, 엄마가 인상을 무섭게 써보이며 절대 안 된다고 강조를 한다. "교회 안 갈 테니, 그럼 호빵 사줘!"라고 엄마를 졸랐다.

"이 노무, 지지배가 찐빵 장사하는 엄마한테 뭔 호빵을 사달라고 지랄이여~!"

엄마가 내 머리를 쥐어박으면서 화를 내신다. 엄마는 모른다. 슈퍼 문 앞 찜통 속에서 솔솔 김이 나는 호빵이랑 엄마가 찌는 찐빵은 차원이 많이 다르다는 사실을…. 일단 엄마의 찐빵은 6개에 백 원이지만 호빵은 하나에 50원이고 안에 있는 팥이 달아서 좋다. 엄마 찐빵 안에 있는 팥은 너무 안 달아서 짜증이 난다. 볼 때마다. 그렇게 엄마 앞에서 "호빵! 호빵!" 타령을 하던 나는 또다시 엄마의 빗자루 매를 맞았다.

함박눈이 참 많이도 온 크리스마스날 아침,

"해인아~, 언릉! 인나봐~! 밤에 싼타그리스 할부지가 울 집에 다녀가셨나 봐!"

엉성하게 잘 알아듣지도 못하는 말을 하며 오빠는 단잠을 자는 나를 흔들어 깨웠다.

"싼타 할부지가 울 집에 왜 와! 굴뚝도 없는 집에! 대 교회에 가서 앉아계시겠지…."

하면서 나는 오빠에게 발길질을 했다. 그래도 나를 자꾸 일으켜세우는 오빠. 밖에 가서 내 운동화 신발 속을 한번 잘 보라고 한다. 나는 눈을 비비면서 밖을 나갔다. 하얀 눈이 온 세상을 하얗게 덮은 그날 아침, 내 운동화에도 눈이 수북이 덮여있었지만 그 안에 무엇인가 두툼한 게 보였다. 지저분한 신문지 안에 뭐인가 딱딱한 게 만져졌다.

바로 호빵이었다.

호빵이 종이에 다닥다닥 붙어있어서 잘 떨어지지 않았다. 해기의 운동화에도 해야의 운동화에도 그렇게 호빵이 하나씩 들어있었다. 하얀 눈과 함께….

해구 오빠는 손재주가 상당히 좋아, 동네 아이들에게 썰매를 만들어서 가끔씩 돈을 받고 판다. 망치질 잘못해서 손가락을 쳐서 피가 주룩주룩 흘렀던 시간도 많았는데, 해구 오빠는 그렇게 해서 썰매를 몇 개 만들어 팔아서 돈 오백 원을 벌었단다. 그래서 그 돈으로 동생들 양말 속에 호빵들 하나씩 해경 언니한테는 양말 한 켤레를 선물했다. 구리스마스 선물이라며….

동상이 걸려 두꺼비같이 거칠어진 해구 오빠의 손을 보면서 나는 마음이 따끔따끔 아팠다. 차갑고 딱딱해진 호빵을 들고 이불 속에서 울면서 다 먹었다. 신문지에 다닥다닥 붙은 호빵 껍질까지 다 씹어 먹었다. 손가락을 다쳐서 피를 질질 흘리며 며칠을 생손을 앓아서 번 돈을 그렇게 펑펑 쓰면 어떡하냐고…. 해경 언니가 눈물을 흘렸다. 해구 오빠의 손을 잡고 호빵이 엄마 찐빵보다 백배 더 맛있다고 호들갑을 떠는 해기를 보며, 해구 오빠는 내년에도 구리스마스가 오면 그땐 야채 호빵도 사준다고 환하게 웃으면서 말한다.

늘…, 그렇게 사슴같이 깨끗한 눈을 지그시 감고. 하얀 이를 반쯤 들어내보이며 웃는 잘생긴 해구 오빠가 나는 크리수마스 싼타 할아버지보다 더 좋았다.

화이트 구리스마스가 누구냐고 내가 해경 언니에게 묻자, 언니는 한참 생각을 하더니 대답이 없다. 그것도 모르냐고 동생 해기가 한수 가르쳐준다.

"싼타쿠루스 할아버지 마누라 이름이여! 싼타구루스 할매 이름이 바로 화이트 쿠르스마스여!"

동생 해기가 그렇게 똑똑해 보인 건 그날이 처음인 것 같다.

Chapter 20

아버지가 돌아왔다

봄을 가장 먼저 알리는 꽃은 개나리다. 학교 소각장 뒤에 담장 밑으로 개나리가 몽실몽실 올라오려는지 봄바람이 차갑게 분다. 아침저녁 찬물로 세수를 하기에는 아직 춥다. 해경 언니는 일찍 퇴근해서 동생들에게 목욕을 시켜주고 싶었지만 내가 친구들하고 노는데 정신이 팔려서 연탄불을 꺼트리고 말았다. 해경 언니가 다시 연탄불을 피워대며 나한테 또 있는 대로 짜증을 부리고 화를 낸다. 나부터 찬물에 깨끗이 씻고 들어오란다.

복사뼈 밑에 때를 찬물에 불려서 깨끗이 다 씻고 들어오라고 하자, 나는 추워서 내일 물 데워서 씻을 거라며 떼를 썼다. 그러자 나를 마당으로 밀쳐 방문을 걸어잠그고 안 열어주는 해경 언니에게 나는 나쁜 간나라고 욕을 했다. 언니가 들으면 안 되니까 그냥 조용히 혼잣말로 세상에서 제일 나쁜 간나라고 욕을 했다.

그런데 그날 언니가 내가 조용히 한 그 욕을 들었나 보다. 갑자기 빗자루를 들고 나와서 사정없이 때린다. 엄마가 들어오시면서 그 장면을 보더니 빗자루를 빼앗아 언니를 나무란다. 낼 물 데워서 씻기면 되지, 왜 그런 걸로 동생을 잡느냐고 엄마가 나무라니, 언니가 내가 엄마 닮아서 욕 하나는 아주 끝내주게 잘한다고 그런다.

자기한테 나쁜 간나라고 욕을 했는데 어떻게 가만히 두냐며, 언니가 엄마 앞에서도 나를 몇 대 더 때린다. 엄마는 그런 언니 손에 빗자루를 빼앗아 던지며 얼른 저녁이나 해서 애들 밥이나 먹이라며 해경 언니에게 짜증을 냈다. 언니가 차려온 밥상을 엄마는 드시지 않았다. 무언가 고민이 많은 듯 한숨만 내리 시시더니 어두컴컴하고 빗방울이 쏟아지는 시간에 나보고 어디를 좀 같이 가자고 한다.

날도 춥고 비오는데 어딜 가냐고 나는 또 투덜거렸지만 엄마를 따라 나섰다. 봄비가 가끔 억세게 내리는 이유는 떠나가야 하는 겨울이 가끔 심통을 부려서일까…? 새까만 우산 중간에 구멍이 몇 개 뚫려서 우산 속으로 빗물이 다 샌다. 으실으실 춥다며 엄마에게 투정을 부리며 한참을 걸어간 곳은 바로 은행나무 앞에 있는 막걸리 대포집이었다.

문틈 사이로 흘러나오는 불빛 속에서 둥그런 탁자가 서너 개에 아저씨들이 둥글게 둘러앉아 술을 마시는 장면이 보인다. 누군가 젓가락을 두들기며 "가랑잎이 휘날리는 전선의 달밤…." 하며 노래를 부른다. 울 아부지가 예전에 막걸리 드시고 술이 기분 좋게 취하면 밥상 위에 젓가락을 두들기며 꼭 저 노래를 불렀는데, 순간 알았다…. 들려오는 저 목소리가 바로 우리 아버지라는 사실을.

엄마는 한참을 망설였다. 주르륵 빗물이 쏟아지는 우산 속에서 내 손을 꼭 잡은 채 들어갈까 말까를 한참을 망설이더니 우산을 내게 쥐어주며 여기서 꼭 기다리고 있으란다. 그러더니 문을 조심스럽게 열고 들어가신다. 얼마쯤 지났을까…. 갑자기 쨍그랑쨍그랑하며 무섭게 유리창이 깨지는 소리와 함께, 엄마가 밖으로 떠밀려 나왔다. 그리고 엄마랑 분이 아줌마는 서로 머리를 휘어잡은 채 그렇게 쏟아지는 빗속에서 나뒹굴었다.

이년이 어딜 와서 행패냐며 지 서방 간수 못해서 빼앗긴 걸 어디 여기에 와서 행패를 부리냐며, 분이 아줌마의 늙은 엄마가 나와서 엄마를 막 때린다. 엄마의 옷이 다 찢겨 나가고 너덜너덜한 옷에 젖꼭지가 반쯤 삐져나온 엄마의 모습에 난 무서워서 발만 동동 구르고 있었다. 사람들이 둘러서서 보고 있었지만 말리는 사람은 하나도 없었다.

"우리 엄마 때리지 마! 나쁜 할망구야!"

나도 모르게 분이 할머니 머리채를 잡아당겼다. 쪼그마한 게 어딜 끼어드냐면서 그 할머니가 내 머리채를 잡고 한참을 흔들었다. 머리가 아프고 어지러웠다. 구석에서 지켜만 보고 있던 아버지가 나서서 말렸다.

아버지는 엄마에게 소리를 지르며 무식하게 찾아와서 사람 창피하게 만든다면서 막 소리를 질렀다. 콰르릉! 천둥소리가 무섭게 났다. 사람들은 다 안으로 들어가고 엄마와 나만 빗속에 남겨졌다. 저 멀리 비바람에 날아간 우산을 잡으려 나는 뛰어갔지만 엄마는 그 빗속에서 계속 아버지가 계시는 안을 바라보고 있었다.

"엄마! 집에 가자! 나 춥다…."

내가 징징대며 엄마의 손을 끌자 엄마가 정신이 좀 드셨는지 그 무거운 우산을 들며 가자고 한다. 엄마와 나는 그 천둥이 치고 시끄러운 빗길을 아무 말도 하지 않고 걸어왔다. 구멍 뚫려서 빗물이 잔뜩 새어드는 그 우산을 엄마는 왜 버리지 못하고 계속 쓰고 오셨을까…?

자식 앞에서 우는 모습 가릴려고 쓰고 오신 걸까…?

나는 빗방울이 거칠게 새어드는 그 우산 속이 싫었다.

"해인아~, 오늘 본 거는 얼른 잊어버려야 한다…. 니그 아부지는 여자한테 미쳐서 그렇지, 원래는 저렇게 나쁜 사람이 아니다. 니 아부지 미워하면 안 된다."

하면서 오히려 아버지를 두둔하는 엄마의 모습이 나는 정말 싫었다.

"엄마도 아부지한테 미쳤잖아! 그런 미친 아버지가 좋아서 여기까지 온 거잖아! 아부지 데리고 집에 가려고!"

내가 구멍 난 우산을 멀리 던져버리며 엄마에게 대들었다.

"아부지 집에 오지 마라고 해! 난 아부지가 죽었으면 좋겠다!"

하면서 엉엉 울음을 터트렸다. 그리고 그 억수로 비가 쏟아지는 밤을 내가 먼저 앞장서서 걸었다. 엄마는 내가 버리고 온 구멍이 난 우산을 잡아서 또 쓰고 혼자 걸어오신다. 천둥소리가 들리는 빗길에…, 나는 천둥소리보다 더 크게 절규하는 엄마의 울음소리를 들었다.

그때부터였던 것 같다. 억수로 비가 내릴 때…, 나는 절대 우산을 쓰지 않고 몸으로 열심히 뼈가 아플 때까지 맞아버리는 버릇이 들었다. 엄마가 그렇게 밖에서 맞고 있을 때 나 혼자 우산을 쓰고 서있었던 게 너무 미안해서 그런 건지 아니면, 이렇게 아프게 비라도 맞으면 엄마에게 좀 덜 미안할 것 같아서인지, 난 억수로 비가 오는 날엔 절대 우산을 쓰지 않는다.

내가 먼저 도착한 추운 집에 나는 홀라당 벗고 그 추운 밤에 찬물로 목욕을 했다. 발목 밑에 있는 때까지 박박 밀어서 발등이 빨개질 때까지 그렇게 찬물로 목욕을 하고 잤다. 엄마는 씻지도 않은 채 밤새도록 부엌 찬 바닥에 그렇게 앉아 흐느끼셨다. 자고 있는 자식들이 깰까 봐 그렇게 그 긴 밤을 혼자 외롭게 흐느끼셨다.

나는 아팠다….

목이 부어서 말도 못하고 아파서 몸이 너무 무거워서 걷는 것까지 힘들었지만 새벽마다 하는 엄마 찐빵 심부름도 그리고 학교 결석도 안 하려고 나름 노력을 많이 했다. 아버지가 생각날 때마다 마음속엔 마치 부엌 아궁이에 불을 지필 때, 잘 마르지 않은 장작을 넣었을 때 뿜어져 나오는 뿌연 매운 연기에 눈을 못 뜨고 숨이 넘어갈 듯 기침을 해 대는 답답함처럼… 그렇게 화가 자꾸 스멀스멀 올라왔다.

아버지를 본 지 며칠이 지나서 동생 해기를 밖으로 불러냈다. 그리고 아버지가 사는 그 은행나무 대포집을 향해 걸었다. 10미터쯤 떨어진 그 뒷골목에서 여전히 젓가락을 두드리며 노래를 부르는 아버지의 음성이 들려왔다. 돌맹이 큰 거를 몇 개 골라서 동생 해기에게도 두 개를 주며 내가 셋을 세면 저 술집 유리창을 향해 세게 던지고 무조건 뛰라고 알려줬다.

"누나야, 왜?"

동생 해기가 무섭다는 표정으로 나에게 물었다. 저 술집 안에 엄마를 때린 나쁜 사람들이 있다고만 얘기해줘도 동생 해기는 걱정하지 말란다. 자기 돌 던지는 거 잘한다고. 연습은 필요 없었다.

하나 둘 셋! 동시에 해기랑 나는 돌을 던졌다. 있는 힘껏 그 안에 있는 사람들 다 맞으라고…. 그런데 내가 던진 돌은 유리창을 빗겨 갔고 해기가 던진 돌이 제일 큰 유리창에 떨어져서 유리창이 쨍그랑 깨지는 소리가 크게 났다. 말도 안 해줬는데…, 해기는 벌써 저만치 달려 도망을 간다. 백 미터 달리기는 울 집에서 해기가 제일로 잘한다. 저만치 도망을 가서도 아버지는 보인다. 우리 쪽을 바라보고 있는 아버지….

우리가 그랬다는 걸 알고 있었을까…?

일주일이 지나서 나는 또 해기를 구슬렸다. 또 가서 돌 던지고 오자고.

해기는 이번에는 누나 혼자 가라고 안 따라간다. 그래서 나는 혼자 갔다. 저번보다 더 큰 돌멩이를 잡고 똑같은 장소에서 아버지의 노랫소리가 울려오는 그 유리창 쪽으로 있는 힘껏 돌멩이 두 개를 하나씩 던졌다.

쨍그랑!

큰 유리 두 개가 나란히 깨졌다. 나는 또 뛰었다. 뒤도 안 돌아보고 또 뛰었다. 그리고 또 저 멀리서 아버지가 밖에 나와서 내 쪽을 바라보는 모습을 보았다. 희자네 집에 가서 희자한테 내 얘기를 했다. 희자는 우리 아부지가 참 나쁜 사람이라고 맞장구쳤다. 담엔 자기도 같이 데려가 달라며.

그러고 집으로 돌아오는 마당에 집 앞에 시꺼먼 그림자가 보였다. 아버지였다. 나를 보시고는 집 앞 리어카를 세워놓은 곳에 나를 세우시고는 말했다.

"아부지는 다 안다. 니가 유리창 깨러 오는 거 다 봤다. 그러지 마라. 니 아부지가 밉지? 그래도 돌 던지고 남의 유리창 깨는 거는 나쁜 짓이다. 미안하다. 아부지가 조금만 기둘리면, 다 정리하고 온다. 조금만 참아주라. 해인아."

하면서 조용하게 나를 타이르는 아버지를 향해 나는 으르렁대기 시작했다. 우리 집에 오지 마라고 아부지 없어도 우리 잘 살고 있다고! 차라리 죽었으면 좋겠다고! 그냥 우리 안 보이는 서울에서 살지, 왜 울 동네까지 이사 왔냐고! 그냥 다시 떠나주라고! 그렇게 모진 말을 하며 아버지에게 으르렁댔다. 그럼에도 아버지는 그냥 묵묵했다. 그리고는 다시 돌아갔다. 그 술집으로.

나는 더 이상 그 술집에 돌멩이를 던지러 가지 않았다. 아버지에게 들켜서가 아니라, 아버지가 또 우리 집에 찾아올까 봐 그랬다. 아버지가 우리 집에 오는 게 싫었다.

몸이 아팠다. 으슬으슬 춥고 힘이 없어서 밥 먹을 기운도 없고 먹으면 토하고 방안에 드러누워 학교도 못 간지 며칠째, 엄마는 부엌에 정화수를 떠 놓으시고 새벽마다 비나이다… 비나이다…를 두 손 비벼 가시며 열심히 열창하신다.

머리가 너무 무거워서 눈을 못 뜨겠다. 엄마가 꿀물을 타서 먹어봤지만 그것도 소용없이 다 토해냈다. 그 순간 방문이 스르르 열리면서 누군가 들어왔다. 아버지다….

아무렇지도 않은 듯 어제까지 우리 집 식구였다는 듯, 양손에 과자봉지를 잔뜩 든 채로 방문을 열고 들어오시는 아버지를 보고 동생 해기가 환호성을 친다.

"잘 있었드나? 울 똥강아지들!" 하면서 막내 해일이를 번쩍 들어 안아준다. 엄마는 좀 당혹스러운 듯 말문이 막혀서였는지 그냥 아부지가 하는 행동만 아무 대꾸 없이 바라본다. 해경이 언니도 엄마 눈치만 볼 뿐 아무 말도 하지 않는다. 해구 오빠도 별로 반가운 표정은 아니다. 덥수룩한 수염이 난 지저분한 얼굴을 아부지는 동생 해야의 얼굴에 막 비벼댄다. 언제 이렇게 컸냐면서. 낯선 사람을 본 듯 해야가 무서웠는지 울음을 터트렸다. 나는 그런 아버지를 노려봤다. 아버지는 내 무섭고 뜨거운 눈초리를 의식하면서도 나하고는 눈을 마주치지 않았다.

"울 해인이, 어데가 그리 마이 아프나?"

하면서 내 머리를 쓰다듬으려 하는 아버지를 나는 내 손으로 밀쳐냈다.

"만지지 마라고!" 하면서 기운 없어 떨리는 목소리로.

식구들이 다 잠든 그 새벽에 엄마가 옆에 누워있는 아버지에게 그랬다.

"용서 안 한다. 나는 니를 죽어도 용서 안 한다. 근데 내 자식들 시집 장가 보낼 때 까지는 내 집구석에 꼭 붙어서 지금부터라도 아부지 노릇 단데이 해라!"

그 말에 아버지는 계속 잘못했다, 미안하다는 말만 되풀이한다. 나는 아버지를 내쫓지 않은 엄마가 더 미워지기 시작했다. 그날 새벽, 열이 너무 올라 눈도 못 뜨고 있는 나를 보며 엄마가 불안에 떨며 안절부절한다. 아버지는 이불로 나를 칭칭 감더니 그냥 등에 업고 신발도 신지 않으신 채, 병원을 향해 뛰신다. 그렇게 나를 등에 업고 간간이 흘러내리는 내 몸을 다시 업고 그렇게 병원을 향해 뛰어간다. 병원에 눕혀 있는 나를 보고 나이 드신 할아버지 의사 선생님이 진찰을 하시더니 홍역이라고 한다. 거의 다 나아가는 중이라며 열만 좀 내리면 괜찮아 진다며 약을 며칠 지어주시고는 집에 가도 된단다.

다시 나를 등에 업고 나오시는 아부지. 이따금 흘러나오는 콧물을 옷소매로 닦아 보이시며 나보고 들으라는 듯 말을 건넨다.

"해인아…, 아프지마라…. 아버지가 잘못했다. 부모가 세상이 제일 무서워질 때가 바로 내 자식이 아플 때다. 니그 엄마가 나한테 찾아와서, 니 아파 죽는다고 해서 그래서 아버지가 다 접고 얼른 들어왔다. 잘못했다. 내가 참 나쁘게 사니, 산신령이 벌 받으라고 니 아프게 한 것 같아서 아버지 마음이 참 아팠다. 아프지 마라…. 이놈의 자슥아."

아버지는 그렇게 집까지 오면서 나에게 조곤조곤 말을 하셨다. 차가운 봄의 새벽은 안개가 자주 낀다. 하얀 새벽 안개 속에서 나는 아버지의 등이 참 따뜻하다는 걸 처음 알았다.

그렇게, 내 마음속에서도 아버지를 향한 미움의 응어리가 고름 짜내듯 조금씩 짜내어져 나가기 시작했다.

Chapter 21

동강 다리 밑에 거지가 울 진짜 엄마라고 한다

2학년 여름방학이 시작되기 전 내 진짜 엄마는 따로 있다는 사실을 희자 엄마가 나에게 가르쳐줬다. 다 같은 형제인데 내가 우리 7남매 중에서 유난히 안 예쁜 건 사실이다. 이것저것 똑 부러지게 잘하는 것도 없고 맨날 학교에서 쌈박질만 잘하지 머리가 나빠 공부도 반에서 꼴찌 주변을 자주 맴돈다. 아버지는 공부는 골찌 해도 사람 사는데 아무 지장 없다고 기죽지 말라고 하셨다.

"아부지, 나는 누구를 닮아서 이렇게 못생겼나?"

라고 묻는 나를 보며 아버지는 내가 제일 이쁘다고 했다. 늘 그런 거짓말을 너무 쉽게 해서 아버지의 말은 믿을 수가 없다. 그러던 어느 날, 희자네 집에서 숙제를 하려고 방바닥에 배를 깔고 누워있는데 희자 엄마가 심각하게 나를 보며 그러신다.

"해인아…, 지금부터 아줌마가 하는 말 잘 들어라. 니도 알다시피 해경이랑 해야, 해기, 해구, 해일이 다 얼마나 인물이 훤 하드나~, 니만 빼고. 사람들이 니 보고 모게(못난호박)이라고 부르는 이유는 바로 니가 다리 밑에서 주워 왔다. 이거지. 니네 엄마는 친 엄마가 아니고 동강 다리 밑에 가면 얼굴 시꺼먼 아주메가 있는데, 그 아주메가 니 친 엄마다. 낼 시간 되면 한 번 가봐라…."

하면서 나보고 계속 불쌍하다며 팔고 남은 호떡을 챙겨 먹이신다. 그날 밤 나는 밤새도록 눈물이 났다. '내가 친딸이 아니니까 엄마가 그동안 그렇게 나를 구박했구나.'라는 생각이 나를 참 마음 아프게 했다. 그 생각에 며칠을 서글퍼 하던 나는 대단한 각오를 했다.

엄마 앞치마에서 오백 원짜리 지폐 몇 장이랑 백 원짜리 잔돈을 한 움큼 훔쳤다. 그리고 책가방을 챙겨 아침 새벽부터 집을 나갔다. 학교를 가는 대신 동강 다리 밑을 찾아갔다. 지푸라기로 만든 쌀자루 포대를 이불로 깔고 쓰고 자는 거지들이 참 많았다. 저만치 다리 밑에 얼굴이 시꺼먼 거지 아줌마가 나를 쳐다본다. 심장이 쿵쾅거리고 무서웠다. 눈이 몇 번 마주치자 나보고 오라는 손짓을 해 보인다. 조심스레 다가가니 깡통에 국수가 말아진 지저분한 음식을 나보고 먹으라고 건네준다.

"아줌마가, 혹시 울 엄마드래요…?"

내가 눈물을 글썽이며 묻자 그 거지 아줌마가 고개만 끄덕인다. 내가 집에서 훔쳐 온 구깃구깃한 돈을 내 보이자, 그 거지 아줌마가 돈을 주머니에 먼저 챙겨놓더니 집엘 가자며 나를 앞세운다. 거지도 집이 따로 있다는 건 그때 처음 알았다. 버스터미널 앞에까지 와서 버스표를 끊고 나랑 같이 버스에 나란히 앉았다. 버스 차창 밖으로 희자 아줌마가 열심히 호떡을 굽는 모습이 보인다. 가서 마지막 인사라도 하고 오려고 옆에 앉은 거지 아줌마한테 화장실에 잠깐 다녀오겠다고 하니 보내준다.

"아줌마요! 나 오늘 다리 밑에서 울 엄마 찾았드래요! 안녕히계셔요! 희자한테 나 잘 간다고 꼭 말 좀 해주고요!"

내가 눈물을 글썽이며 버스를 다시 타자 희자 아줌마가 나를 따라온다.

"니, 오늘 버스 타고 어디 가나? 니그 엄마가 어디 있는데?"

하면서 버스에 같이 올라오신다. 내 옆에 거지 아줌마를 보고 울 엄마 여기 찾았다고 했다. 동강 다리 밑에서…. 그러자 희자 엄마는 놀라서 소리를 막 질러댄다. 내 옆에 있는 거지 아줌마의 머리채를 휘어잡으며 버스 안에서 끌어내린다. 누구 애를 납치해서 데려가냐면서 경찰서에 가자고 막 소리를 질러대니 거지 아줌마는 신발 한 짝도 못 챙기고 그대로 줄행랑을 친다.

큰일 날 뻔했다고 놀란 가슴을 쓸어내리는 희자 엄마가 나를 데리고 엄마가 계시는 시장엘 가서 상황을 얘기를 해준다. 딸내미 오늘 잃어버릴 뻔했다면서 자기 없었으면 큰일 날 뻔했다면서. 엄마도 한참을 놀랐는지 희자 엄마한테 고맙다고 몇 번을 말한다.

나를 집에 데리고 와서 엄마가 물었다. 왜 동강 다리를 찾아갔냐고…. 나는 엄마에게 희자 엄마가 나에게 해준 비밀 얘기를 해줬고 엄마는 내 말이 끝나기도 전에 희자 엄마가 장사를 하는 터미널을 찾아가서 희자 엄마의 머리끄댕이부터 잡고 늘어졌다. 어떻게 애한테 그런 말을 할 수 있냐고…. 농담 삼아 재미로 한 말이었다고, 희자 엄마가 아무리 설명을 해도 엄마는 희자 엄마를 마구 때렸다.

"니는 못생겨서 내 새끼인 거여! 이놈의 지지배야! 니, 잃어버렸으면 엄마가 어떻게 살 수 있을까, 생각이나 해봤어? 한 번만 더 그렇게 아무나 막 따라다니고 하면 다리 몽둥이 뿌러질 줄 알어!"

하면서 엄마는 나에게 무서운 엄포를 놓았다.

그날 저녁 아버지는 밥상 앞에서 우리 식구 중에서 내가 얼굴이 제일 이쁘다는 걸 무진장 강조를 해 보였다.

"울 아빠는 오늘 술도 안 먹었는데, 왜 뻥을 치시지…?"

동생 해기는 머리를 갸우뚱하며 아버지를 쳐다본다. 희자 엄마랑 울 엄마가 다시 친하게 될 때까지는 좀 시간이 걸렸다.

Chapter 22

나는 공산당이 싫어요~

간첩신고는 113이다. 간첩을 신고해서 잡으면 포상금이 3천만 원이 된다고 그리고 3천만 원이면 집을 2채나 살 수 있다고 아버지는 돈을 한꺼번에 빨리 버는 방법은 간첩을 잡는 일이라고 우리에게 누누이 말해주셨다. 북한 공작원들이 가난한 산 밑 집을 침입해서 이승복이라는 어린아이의 입을 마구마구 찢어놓아도 "나는 공산당이 싫어요!"라고 외치고 외쳤다며….

바른 생활 과목에 선생님은 투철한 반공 정신에 대해서 자주 강조하셨다. 나는 그 이승복 이야기가 늘 무서웠다. 나는 공산당 앞에서는 절대 공산당이 좋다고 말해놓고 뒷문으로 빠져나와서 경찰에 신고해서 3천만 원을 꼭 타내겠노라고 바른 생활 시간에 선생님께 내 속마음을 말했다가 출석부로 엄청 두들겨 맞았다.

나는 공산당은 싫었지만 3천만 원은 꼭 갖고 싶었다. 그래서 바른 생활 시간이 되면 귀를 얼마나 쫑긋 세웠는지 모른다. 간첩은 보통 새벽에 산에서 내려온다. 그래서 바짓가랑이가 많이 젖어있고 말투는 사투리가 좀 강하다며 선생님은 간첩을 잡는 방법에 대해서도 아주 철저하게 공부를 시키셨다.

새벽 시간에 엄마의 찐빵 도넛 배달을 하다가도 새벽에 산에서 내려오는 사람이 보이면 경찰서로 무조건 달려가서 신고를 했다. 다 간첩이 아니라고 했다. 경찰 아저씨가 인상을 써보이면서…. 아침 일찍 벌초하러 다녀오는 사람들이라고 했다.

그러던 어느 날 새벽에 난 드디어 간첩을 잡았다고 직감했다. 동강 다리를 건너 덕포 다리 밑을 지날 때 어떤 노인네가 찬 서리에 몸이 다 젖어있었다.

"할아버지, 여기 살아요…?"

내가 자전거에서 내려서 물었더니 할아버지는 나를 본체만체 급하게 나를 비켜 걸어가신다.

'아, 나한테 말하면 북한 사투리 나올까 봐…. 일부러 나를 피하는구나…?'

하면서 나는 더 집착을 해 보였다. 확실하다는 생각이 들었을 때 나는 찐빵 자전거를 한 모퉁이에 세워놓고 경찰서로 백 미터 달리기를 해보며 숨도 안 쉬고 뛰어갔다. 다리를 부들부들 떨며 간첩을 봤다고 했다. 나를 자주 보시는 경찰서 아저씨가 인상을 써보인다. 아침부터 또 왜 찾아왔냐고 짜증부터 내는 경찰 아저씨에게 이번엔 진짜라고 한 번만 더 가봐 달라고, 나는 열심히 떼를 써봤지만 경찰 아저씨는 꿈쩍도 안한다.

좀 있으려니까 다른 경찰 아저씨가 들어오신다. 좀 전에 아저씨가 그분을 보고 거수경례를 해 보이며 인사를 하신다. 경찰 서장님이라고 하셨다. 간첩을 봤다고 나는 또 그렇게 경찰 서장님께 열심히 알려드렸다. 경찰 서장님이 앞장서서 몇몇 분을 데리고 나를 경찰차에 태우시고 가 보자고 했다. 살다가 살다가 내가 그렇게 떨려본 적이 없다. 바르르 떨고 있는 내 손을 경찰 서장님이 꼭 잡아주셨다.

간첩 잡으면 3천만 원은 언제 주냐고 내가 조심스레 물었다. 그 질문에 경찰서장님이 웃으신다. 3천만 원이 얼마인 줄 아냐고, 나에게 물으셨다. 모르지만 집 두 채는 살 수 있다고 대답했다. 우리 집이 너무 가난해서 엄마가 찐빵 장사하는 걸로는 턱도 없어서 내가 꼭 간첩을 잡아야 하는 이유를 난 열심히도 설명을 해줬다.

저 쪽에….

덕포산 쪽으로 아까 보았던 할아버지가 정신없이 걸어가는 모습이 보이자 나는 "간첩이다!"라고 소리치며 손짓을 해 보였고 그 할아버지는 그 자리에서 잡혔다. 경찰들이 많이 가로막으니 할아버지가 놀라서 말도 버벅거린다. 집이 어디냐고 물으니,

"나 소꼴에 사는데요…. 엊저녁에 울 집 소 두 마리가 산으로 도망을 쳤는데, 밤새도록 이산 저산 을 뒤집어 봐도 당췌 보이지가 않소만…, 나를 도와주시러 오신 게요? 아이고 고맙고로~."

하면서 아무래도 덕포산 쪽으로 내려간 것 같다며 빨리 좀 같이 가자며 경찰 아저씨들의 손을 잡아끈다. 그 할아버지도 간첩이 아니라는 걸 알았을 때 나는 바닥에 주저앉아 엉엉 울었다. 그 할아버지가 간첩이 아니라는 사실에도 실망했지만 아까 전에 세워둔 엄마의 찐빵이 자전거 채로 없어졌다. 누가 가져가 버렸나 보다. 한참을 징징거리며 울자 서장님이 나를 다시 경찰차로 집까지 태워다 주셨다. 아버지랑 악수를 하시며 "훌륭한 따님을 두셨습니다."라고 내 칭찬을 아버지에게 많이 해주신다.

아버지는 어깨가 으쓱해지면서 밥상에서 또 내 칭찬을 그렇게 해주셨다. 장한 딸내미 밥 두 그릇 먹어도 되고 세 그릇 먹어도 된다면서…. 아침밥은 두 그릇을 먹었지만 자전거랑 찐빵 한 접을 그대로 잃어버린 대가로 엄마한테 무지하게 두들겨 맞아서 그날 아침 학교에 지각을 했다.

나는 그날 학교 선생님에게서도 칭찬을 많이 들었다. 조해인이 공부는 못해도 반공 정신이 투철한 학생이라며 '참 잘했어요.' 도장이 찍혀있는 노트를 5권이나 줬다. 경찰서장님이 학교에도 다녀가셨나 보다. 그날 일기장에 나는 이렇게 적었다.

경찰서장님…, 저는 그래도 3천만 원이 더 좋아요!

Chapter 23

안 똥팔이를 실컷 두들겨 팼다

복판 마당 제일 끝줄에 '안 씨네'라고 버스운송업을 하는 부잣집이 있다. 제일 부자다. 울 동네에서. 피아노 소리를 처음 들은 것도 그 집 앞을 지나가면서다. 너무 신기해서 밖에서 피아노를 몇 시간이나 쳐다본 적도 있다. 그 집에 큰딸이 「퐁당퐁당」이라는 노래를 피아노로 자주 쳤다.

그 집 큰아들은 다리를 저는데 어렸을 적 울 오빠처럼 소아마비에 걸렸었다고 한다. 그런데 그 집 큰아들은 남들이 다 아는 사고뭉치 깡패였다. 툭하면 사람을 그렇게 두들겨 패고도 그냥 넘어간다. 집에서 돈으로 다 잘 해결해주니까…. 그 집 막내아들이 나랑 동갑이었지만 반은 다른 반이였다. 나는 그 애의 이름 대신 똥팔이라는 별명을 자주 붙여 불렀다. 그놈 하는 짓이 미워서 그랬다.

"안 똥팔이! 어디가냐? 새끼야!"

하면서 울 집 마당을 지날 때마다 내가 울 집 앞은 지나가지 말라고 했다. 안 똥팔이 엄마는 툭하면 울 집에 찾아와서 내가 자기네 집 귀한 아들을 괴롭힌다고 엄마한테 막 소리를 지르고 간다. 나한테도 한 번만 자기 아들한테 똥팔이라고 부르면 두들겨 맞는다고 큰소리를 치고 간다.

내가 똥팔이를 미워하는 가장 큰 이유는…, 그놈은 자꾸 먹는 것 가지고 울 집 마당에 와서 약을 올린다. 내 동생들 앞에서 자꾸 먹을 것을 들고 와서 약을 올린다. 내가 몇 번 그러지 말라고 쫓아내도 말을 안 듣고 계속 동생들을 약을 올린다. 쌍쌍바가 처음 들어왔을 때도 그놈은 울 집 문앞에 앉아서 쳐다보는 내 동생들 입에 군침이 돌게 하고, 다 먹을 때까지 그렇게 동생들을 자주 울리고 가는 날이 많았다. 거기까지는 참을 수 있었다. 어느 날은 집에서 바나나 한 묶음을 가져와서는 또 그렇게 동생들 앞에서 야금야금 먹는다.

"형아야…, 그 누런 거이 뭐이나…? 맛있나…?"

막내 동생 해일이가 부러운 듯이 쳐다보며 물었다. 바나나라고 부른다며 아주 맛있다고 자랑질을 열심히도 하는 그놈에게 막내 해일이는 한입만 주면 안 되냐고 애걸을 해 보지만 턱도 없는 부탁이었다. 바나나를 하나하나 다 까먹고 남은 하나를 손에 쥐고 있던 똥팔이가 마지막 남은 하나를 입안에 한꺼번에 쑤셔 넣고 오물오물하더니 삼킨다. 그 순간 막내 해일이가 울음을 터트렸다. 천천히 보여주면서 먹어야지, 한꺼번에 그렇게 먹어 삼키면 어떡하냐면서…. 참 서럽게도 운다. 동생의 울음에 헤헤거리며 좋아라, 웃는 그놈의 모습에 나는 더 이상 화를 참을 수가 없었다. 눕혀놓고 주먹으로 얼굴을 마구마구 때렸다.

"천천히 좀 처먹지. 왜 그렇게 빨리 처먹어서, 내 동생 울려? 이 똥팔이 새끼야!"

하면서 지나가는 사람이 말려도 나는 그렇게 그놈을 눕혀놓고 때렸다. 쌍코피가 터졌다…. 코피가 나서 죽는다며 피를 질질 흘리고 집으로 뛰어가는 안 똥팔이.

그날 저녁, 엄마와 아버지는 하루 동안 고생해서 번 돈을 챙겨 안 똥팔이네 집에 가서 무릎 꿇고 한참을 빌다가 왔다. 미안해서 눈도 못 마주치는 나를 본 아버지는 아무 말씀도 하지 않으셨고, 나는 또 한번 엄마에게 빗자루로 두들겨 맞았다.

안 똥팔이! 니 이새끼! 한 번만 더 울 집 마당 지나가면 그땐 쌍코피가 아니라, 김일 아저씨처럼 박치기를 해주겠노라고…. 똥팔이가 있는 2반 교실을 찾아가서 겁을 잔뜩 줬다. 똥팔이는 그 후로 절대 우리 집 마당을 지나가지 않았다.

여름 모기가 들끓는 뜨거운 여름에 간간이 하얀 연기를 내뿜는 소독차가 자전거에 모터를 달고 시장을 소독한다. 하얀 연기 속에 신이 난 듯 달려들어 노는 아이들 중에 희자도 보인다. 하얀 연기 속에는 아무것도 잘 보이지 않지만 그날 내 눈에 보인 건 과일장수 장 씨 아저씨네 과일이었다.

바나나랑 그 옆에 있는 파인애플…. 나는 희자를 꼬드겨서 과일 도둑질을 하자고 했다. 희자는 겁이 났지만 내가 먼저 하면 자기도 따라한다고 했다. 나는 소독차가 과일 장삿집을 지나갈 때 재빠르게 바나나 한 다발이랑 파인애플 하나를 잡고 뛰었다. 희자가 뒤에 따라오는 건 보였는데 그 친구는 아무것도 손에 쥔 것이 없는데 억수로 빠르게 뛴다.

집에 도착한 나는 얼른 밖에 문을 걸어잠그고 동생들과 해구 오빠를 불러 모아서 내가 훔쳐온 과일들을 보여줬다. 바나나 하나씩 건네주며 얼른 먹자고 했다 그 과일이 어디서 났는지는 그 순간 아무에게도 중요하지 않았다.

해기와 해일이는 너무 행복해서 큰소리로 웃는다. 파인애플을 어떻게 먹어야 할 지 나는 고민을 좀 해 보다가 포크로 마구 찔렀더니 파인애플 물이 막 튄다. 칼로 깍두기 썰듯이 그렇게 껍질 채로 썰어서 동생들에게 껍질도 같이 꼭꼭 씹어 먹는 거라고 시범을 보여주니 동생들이 따라서 한다.

너무 텁텁하다. 혀가 찔려 따금따금 피도났다. 그 순간 문 열라며 막 소리를 지르는 장 씨 과일가게 아저씨…. 너무 놀라서 당황했던 나는 바나나 껍질이랑 먹고 남은 깍두기 파인애플을 된장 단지 속에 다 파묻었다. 그리고 동생들에게는 무조건 모른다고 하라고만 일러주고 조심히 문을 열어줬다. 장 씨 아저씨가 나를 보자마자 따귀를 후려쳤다. 대가빠리에 피도 안 마른 게 어디서 도둑질이냐며 마구 소리를 지르기 시작했다. 해구 오빠는 놀라서 딸꾹질을 심하게 하기 시작했다.

"아저씨! 증거있어요?"

하면서 내가 아저씨에게 대들었다.

"아따! 이놈의 지지배 보게!"

하면서 아저씨가 동생들과 오빠에게 한 줄로 서라고 한다. 그러면서 그런다. 한 줄로 서서 아저씨 얼굴에 입김을 내뱉으라고…, 그러면 파인애플은 냄새가 진해서 금방 안다면서…. 막내 해일이가 무서워서 얼굴이 빨개진다. 한 줄로 서있는 막내 해일이에게 다가가더니,

"아그야, 얼른 호~ 하고 불어봐!"

그러니까 동생 해일이가 갑자기 호호호~ 하면서 입김을 들이마신다. 너무 긴장을 해서 입김을 내뱉는 게 아니라 안으로 들이마셨다. 얼굴이 새빨개지도록 들이마시더니 갑자기 숨이 찼던지 울음을 터드렸다.

"아저씨…, 저는 파인애플 한 개밖에 안 먹었어요…."

하면서 된장 단지에 묻혀있는 증거까지 아저씨가 물어보지 않아도 다 말해주는 해일이. 나는 아까와는 달리 장 씨 아저씨 앞에서 더 이상 당당

해질 수가 없었다. 아저씨가 된장 단지를 뒤적여보며 된장에 버무려진 파인애플을 보며 내 따귀를 또 때렸다. 아버지가 들어오시면서 그 광경을 보시더니 미안하다며 대신 사과를 하며 물어주면 되지, 왜 내 귀한 새끼 따귀를 때리냐면서 막 화를 내보이신다.

"형님이, 이 모양이니 저놈의 지지배가 도둑질을 해놓고도 어른한테 바득바득 대들지!"

하면서 아버지를 못마땅해하며 문을 박차고 나간 장 씨 아저씨…. 아버지는 나에게 아무 말도 하지 않으셨다. 화도 내지 않으셨다. 나 대신 귀 안 들리는 해구 오빠를 두들겨 팼다.

"동생이 저렇게 훔쳐왔으면 니라도 빼앗아서 갖다줬어야지! 이놈의 시끼야!"

하면서 해구 오빠를 두들겨 팼다.

아버지는 그 일 이후 얼마 지나지 않아 엄마가 탄 곗돈을 빼앗아서 과일가게를 차렸다. 바나나랑 파인애플은 너무 비싸고 귀해서 갖고 오질 못했지만 다른 싱싱한 과일들은 많이 가지고 오셨다. 싱싱한 과일이 들어올 때마다 아버지는 우리에게 제일 먼저 갖다가 먹이셨다. 그리고 남은 찌꺼기들을 팔았으니 장사가 잘될 리가 없다. 아버지는 3개월 만에 과일 장사를 덮었다.

그래도….

그 어려운 살림을 하던 그 시간에 우리 식구는 과일을 아주 지겹도록 그렇게 맛있게 먹어서 참 좋았다. 엄마의 잔소리에 아버지는 늘 그랬다.

"먹는 거이 남는 것이여! 내 새끼 먹고 싶은 거 잘 묵고 안 아픈 게 최고인 것이여!"

Chapter 24
뜸북뜸북 뜸북새~

희자가 복도에서 나를 향해 거친 숨을 몰아쉬며 뛰어온다. 해구 오빠가 또 운동장에서 다른 오빠들 하고 싸우는 것 같다는 정보를 알려주면서. 나는 부리나케 운동장을 뛰어갔다. 스멀스멀 비가 오려고 비구름이 잔뜩 끼어있는 하늘 아래 빗방울이 후드득 떨어지다가 지나갔다. 갈라진 땅속으로 지렁이가 기어 올라왔다. 꿈틀꿈틀 거리는 지렁이를 4학년짜리 오빠가 발로 뭉개 버렸다. 지렁이가 터져서 꿈틀꿈틀 고통스러워 하자, 해구 오빠는 그 아픈 지렁이를 손에 조심스럽게 놓고 그 4학년짜리에게 화를 냈다.

"부쨩하다…! 왜 그대?"

하면서 엉성한 말투로 화를 크게 냈다. 4학년짜리 오빠들이 우르르 몰려와서 오빠의 엉성한 발음을 흉내 내며 놀린다. 지렁이를 발로 밟아 뭉갰던 놈이 오빠의 궁둥이를 서너 번 걷어찬다. 내가 보는 앞에서…. 오빠는 이미 오래전부터 익숙해졌던 건지 그냥 참고 있다.

"야! 이 개시끼야! 니까짓게 뭔데 울 오빠 궁둥이를 차고 그래!"

하면서 내가 그놈한테 달려들자, 그놈이 내 발을 걸어 나를 쓰러뜨려서 넘어지게 해놓고 발로 배를 막 걷어찼다. 동생이 맞는 모습에 오빠는 더 이상 참을 수가 없었나 보다. 갑자기 하늘을 나는 이소룡보다 더 싸움을 잘 하는 오빠의 모습에 나도 용기를 얻어 벌떡 일어나서 오빠에게 막 덤벼드는 몇 놈에게 텔레비전을 보고 배운 김일의 박치기를 열심히 했다.

'아이씨~!' 머리가 띵하고 많이 아팠다. 바닥에 피가 떨어진 걸 보고 내가 오빠에게 물었다.

"오빠야…, 나 마빡에 피 나나…?"

하면서 이마를 보여주자 오빠가 피 안 난다고 크게 말했다. 나한테 박치기를 당해 이빨이 흔들린다며 울고불고하는 아까 그 지렁이 밟은 놈 입에서 피가 주룩 흐른다.

나와 오빠가 몸싸움을 한 몇 놈 그리고 나한테 박치기를 당해 이빨 흔들려서 피나는 그놈까지 우리는 전부 다 교무실로 끌려갔다. 그 교무실에서 나는 무릎 꿇고 손을 들고 있었고, 오빠는 이빨이 흔들려서 울고 있는 그 놈의 담임선생님한테 따귀를 많이 맞았다. 얼굴에 빨간 손자국이 난 오빠. 오빠의 특수반 담임선생님이 뛰어와 말리셨다.

"선생님…, 저 아이는 귀가 많이 아픈 아이여요! 제 학생을 저렇게 마구 때리면 어떡해요!"

하면서 그 젊은 남자 선생님께 마구 소리를 지르셨다. 늘 해구 오빠의 엄마같이 자상했던 특수반 여선생님은 요구르트 아줌마같이 생기셨다. 해구 오빠를 부를 때 이름도 불러주지만 자주 '아들~'이라는 표현을 한다.

"아들~, 오늘 기분이 안 좋아…? 오늘 숙제 다 해 왔어?"

하시며 특수반 선생님은 말을 하실 때, 늘 해구 오빠의 얼굴을 잡고 천천히 말씀을 해주신다. 해구 오빠는 그런 선생님에게 자주 공책에 써서 뭘 보여준다.

"나, 바보 아닌데. 왜 특수반에 있어야 해요…?"

하고 노트에 적어서 보여주면 선생님도 답글을 써주신다.

"해구야…, 선생님은 니가 참 좋은데…, 너는 선생님 싫어…? 선생님이랑 같이 공부하는 거 싫어…?"

하고 써 보여주면 해구 오빠는 그냥 씨익 하고 선생님께 백만 불짜리 미소를 선물한다. 엄마가 학교에 오빠 때문에 불려 올 때마다,

"어머니, 해구 제가 데려다 키우면 안 될까요…? 귀만 안 들릴 뿐이지 머리는 상당히 똑똑한데요. 제가 내년에 다른 학교로 전근을 갈 것 같은데 울 해구 제가 데려다 키우면 안 될까요…?"

를 몇 번이나 엄마에게 물었지만 엄마는 늘 죄송합니다라고 말할 뿐이었다. 그런 아들 같은 존재의 오빠가 다른 선생님한테 그렇게 맞는 걸 보고 선생님은 절규하시며 우셨다.

"아니, 선생님! 저 아이가 우리 반 반장 아이인데요. 쟤네 엄마가 우리 학교에 육성회비를 얼마나 내시는지 몰라서 그래요?"

하면서 오히려 더 큰소리를 치시는 그 남선생님. 특수반 선생님은 수돗가에서 오빠의 얼굴을 씻겨 주시며 얼마나 울었는지 모른다.

"해구야~, 좀 참지 그랬어. 내일 아침에 엄마 학교에 모시고 와야 해. 너무 걱정하지 마, 아들~, 선생님이 울 해구 꼭 지켜줄게…."

하면서 오빠의 노트에 쪽지를 써 보여주자 오빠는 그냥 알았다는 듯 고개만 끄덕이고 나랑 같이 가방을 들고 학교를 나왔다.

그날, 오빠와 나는 집엘 안가고 할아버지 집으로 향했다. 오빠랑 나랑 가끔 하는 짓이다. 집에 가서 아버지한테 매 맞는 것보다는 할아버지한테 잔소리 듣는 게 덜 아프기 때문이다. 할아버지네로 향하는 그 논두렁 길에

서 오빠는 가방을 내려놓고 앉았다. 배가 아프다고 멍이 들어있는 내 배를 오빠에게 보여주자, 오빠가 참았던 눈물을 한꺼번에 쏟아붓는다.

"뜸부뜸부~ 뜸부기~ 논에서 울고, 빼구빼꾸~ 빼꾸기~ 숲에서 운다…."

엉성한 발음으로 부르는 오빠의 뜸북이 노래를 그때 처음 들어봤다. 박자도 안 맞고 가사도 다 틀리고 엉망인 오빠의 뜸북이 노래가 나는 왜 그렇게 슬펐는지 눈물이 멈추질 않았다. 어두컴컴한 저녁이 올 때까지 우리는 그렇게 그 논바닥에서 뜸부기 노래를 부르다가 할아버지 집으로 들어갔다. 할아버지는 나보고 또 싸웠냐고 물었다. 해구 오빠를 향해 잔소리를 또 퍼붓기 시작하는 할아버지를 향해 내가 소리를 쳤다.

"할아버지, 시끄러! 귀가 안 들리는 게 해구 오빠 잘못이야? 귀머거리라고 놀리는 그 새끼들은 왜 늘 괜찮고, 왜 맨날 해구 오빠만 학교에서도 집에서도 야단치고 때리는데?"

하면서 할아버지에게 마구 덤벼들었다. 할아버지가 잠시 주춤하더니 알았다며 더 이상 해구 오빠를 꾸짖지 않는다.

그날 새벽에 배가 너무 아팠다. 할아버지가 만져보시더니 내 몸에서 열이 많이 난다면서 나를 리어카에 싣고 오빠랑 같이 읍내병원을 데리고 갔다. 엄마랑 아버지도 집에 가서 데리고 왔다. 의사선생님은 멍든 배가 좀 많이 부었다며 일단 약을 먹고 집에 가서 며칠 더 두고 배가 더 많이 부으면 큰 병원으로 가야 한다고 엄마에게 일러주셨다. 엄마는 단단히 화가 나셨는지 아무런 말씀이 없으시다. 일단 나와 오빠는 학교 교무실에 먼저 가서 기다리고 있으라고 하고, 미리 찐빵은 쪄 두고 가야 한다고 하셨다.

우리는 교무실에 먼저 가서 기다렸다. 특수반 선생님도 먼저 와 계셨다. 조금 있으니 어제 나한테 박치기를 당해서 이빨이 흔들렸다는 4학년 학생과 그의 엄마와 담임 선생님이 같이 들어오셨다.

"쟤네야~?"

그러면서 그 아줌마가 우리 곁에 다가오더니 내 귓불을 잡아 흔든다. 아프다…. 귀가 떨어져 나가는 것처럼 아프다.

"그 귓불, 안 놓을래! 누가 니 맘대로 내새끼한테 손대래!"

하면서 교무실을 들어오던 엄마가 큰소리로 말했다. 한눈에 봐도 귀부인 티가 흐르는 그 아줌마가 엄마를 바퀴벌레 보듯 쳐다봤다.

"뭘봐? 이년아!"

엄마는 역시…, 무식했다.

"어디서 저런 거지 같은 여편네가…."

그 아줌마가 엄마를 내려보며 같이 막말한다. 니 새끼, 이빨 아픈 거만 보이냐면서 내 새끼도 어제 니년 아들한테 발로 차여서 창자가 꼬였다면서 엄마가 갑자기 멍이든 내 배를 홀딱 까 보인다. 그러고는 내 새끼 배가 안 났고 계속 아프면 그땐, 너 죽고 나 죽고 하자면서 엄마는 선생님들 앞에서 고래고래 소리를 지르셨다.

내 멍든 배를 보고 그 아줌마가 좀 놀라긴 했나 보다. 갑자기 엄마의 고래고래 소리 지르는 모습에 대항을 안 한다. 그럭저럭 싸움은 엄마의 승리로 마무리가 지어질 때 특수반 선생님이 그 아줌아의 아들에게 사과를 요구한다. 해구 오빠에게 진심으로 사과하라고…, 다시는 귀머거리 바보라고 놀리지 않겠다고…. 그 아줌마는 별로 달갑지 않은 눈치였지만 아들에게 먼저 사과하라고 시켰다. 그렇게 교무실을 나온 우리. 엄마는 특수반 선생님의 손을 잡고 감사하다며 죄송하다며 연신 굽신굽신하셨다.

"해구 어머니, 오늘 참 잘하셨어요. 있는 것들은요, 그렇게 강하게 나와야지 겁을 좀 먹어요."

하면서 오히려 무식하게 용감했던 엄마를 칭찬해 주셨다. 나는 그때 알았다…. 뜸부기는 논에서 살지 않는다는 것을…. 학교 담장에 늘 그렇게 앉아 우는 게 아니라 노래를 부르고 있었던 거라고…. 특수반 선생님이 늘 그렇게 해구 오빠를 지켜줬던 것처럼.

Chapter 25

희자의 기저귀 병

엄마의 도넛이 시장에서 유명세를 타기 시작했다. 도넛은 3개에 백 원이다. 좀 비싸도 사람들이 맛있다며 포장마차를 하는 사람들은 한 접에 백 개씩 그렇게 다들 미리 선약으로 맞춘다.

덕포 앞 도넛 배달은 내가 좋아한다. 거기에서 포장마차를 하고 있는 할머니는 새벽녘에 자전거를 타고 도넛 배달을 해오는 나에게 늘 찐 계란을 하나씩 까서 준다. 배고픈데 수고 많았다고 돈도 백오십 원을 수고비로 늘 챙겨주신다. 난 그래서 그 할머니가 너무 좋았다. 맨날 우리 집에서 찐빵만 얻어먹는 희자가 도넛이 먹고 싶다고 했다. 도넛은 남는 게 별로 없어서 안 된다고 나도 거절을 했다.

보슬비가 부슬부슬 오는 어느 날 오후, 희자와 나는 같이 우산을 쓰고 공중 화장실을 갔다. 늘 칸이 좀 넓은 일곱 번째 칸. 늘 그래 왔듯이 내가 희자 뒤에 앉으려고 했는데 그날은 희자가 나보고 앞에 앉으라고 한다. 그리고는 절대 뒤를 돌아보지 말라고 한다.

"왜…?"

내가 물으니 무조건 뒤는 돌아보면 안 된다고 했다. 나는 궁금했다. 얘기하는 도중 못 본 척하고 뒤를 돌아봤더니, 아 글쎄 희자가 팬티에 기저귀를 차고 있는 게 아닌가? 그 기저귀 안에 피가 흥건히 묻어있었다. 너무 놀라서 나는 벌떡 일어나 문을 열고 밖으로 나갔다. 희자도 얼른 따라 나왔다.

"희자야…, 기저귀에 피가 잔뜩 묻어있잖아? 너 왜 그래? 어디 아파…?"

그러면서 내가 잔뜩 걱정된 표정으로 물었다.

"해인아~, 나 기저귀 병에 걸렸어…. 기저귀 병에 걸리면 자꾸 피가 나서 죽는데. 근데 이것 너하고 나하고 죽을 때까지 둘만 아는 비밀이야~. 절대 아무한테 얘기하면 안돼~."

하면서 눈물을 글썽이는 희자를 끌어안고 나는 동네가 떠나갈 정도로 서럽게 울었다.

"너 죽어…?"

내가 눈물을 훔치며 물었다.

"잘 먹으면 나중에 괜찮아질 수도 있는데 아직은 몰라…, 죽을 수도 있을 것 같애…."

희자도 서럽게 나를 끌어안고 울면서 말했다. 나는 그날부터 희자가 먹어보고 싶다는 엄마의 도넛을 하루에 세 번 이상 훔쳐다 날랐다. 희자네 집으로 어떨 때는 하루에 다섯 번 이상도 훔쳐다 날랐다. 그래서인지 죽을 수도 있다는 희자의 말과는 달리, 희자는 포동포동 얼굴이 뽀얗게 살이 잔뜩 쪄 가고 있었다.

"니는, 없어서 못 파는 도넛을 도대체 맨날 어디다 누굴 그렇게 싸다 주는 거여!"

하면서 엄마가 나를 나무라면서 도넛을 손도 못 대게 했다.

"아, 딱 세 개만 줘 봐! 이씨 나 앞으로 도넛 배달 안 해준다!"

나도 엄마에게 협박을 해 보이자 엄마는 누구에게 갖다주는지 알려주면

주겠다고 했다.

"비밀인데…, 엄마도 다른 사람한테 알려주면 절대 안돼!"

나는 엄마한테 약속을 단단히 받아내고 그동안 간직해온 희자와의 비밀을 자세히 말해주었다.

"죽는데…, 희자가…."

내가 눈물을 글썽이며 말했다.

"왜…?"

엄마가 눈이 동그래지며 물었다.

"기저귀 병에 걸려서…, 한 달에 한 번씩 밑에서 피가 나오면 기저귀를 차야 한데…. 아프데, 마이 아프데…."

하면서 나는 또 눈물이 그렁그렁했다. 엄마는 내 얼굴을 빤히 한참을 쳐다보시더니 그런다.

"아이구야…, 가가 무지 빠르데이. 달거리를 벌써 시작했네."

하면서 엄마가 혼잣말을 한다.

"희자가 죽는데 엄마! 어떤 달은 피가 마이 난데…. 아주 마이!"

내 글썽글썽한 눈망울을 보며 엄마가 말했다. 도넛 희자 많이 갖다주라고…. 비밀은 꼭 지킨다고. 우리 셋만 알고 있는 걸로 하자며 엄마는 도넛을 열 개나 싸주며 희자를 갖다주라고 한다.

'아~, 우리 엄마도 불쌍한 애들을 보면 이렇게 착해질 수 있는 거구나….'

희자는 그 후에도 한참을 기저귀 병을 들먹이며 우리 집 도넛을 참 많이도 축냈다.

Chapter 26

장성하는 4반이었는데, 5반이었던 나를 좋아했다

우리 반은 국민학교 1학년부터 6학년이 될 때까지 쭉 같이 올라온 반이다. 반편성을 한 번도 해본 적이 없어서 서로의 집에 누가 언니 동생이고 부모가 누구이고 집에 텔레비전이 있고 전화기가 있는 것까지도 서로 너무도 잘 아는 그런 사이들이다.

나는 그런 우리 반에서 노래만 좀 잘하고 운동이나 좀 잘하고 쌈박질만 잘할 뿐이지…, 사실 우리 반의 공공의 적이었다. 나를 좋아해 주는 친구들은 별로 없었다. 희자만 여전히 나를 좋아해 줬다. 남자아이들은 쌈박질 대장이라고 나를 멀리하고 여자아이들은 공부를 못한다고 해서 안 놀아줬다.

5학년 때까지 만해도 다른 아이들도 나랑 친하게 지냈는데, 작년 5학년 때 담임선생님이 수업시간에 나를 일으켜 세우며 공부 못한다고 나 같은 애들하고 놀면 똑같아진다며 나랑 친했던 애들한테 나를 멀리하라고 하셨다. 책상도 맨끝 자리에 나 혼자 앉으라고 한적도 많았다. 그 선생님은 나를 아주 싫어하셨다. 혼자 사는 시집 안 간 노처녀였는데 툭하면 나한테 자기네 집 하숙집에 가서 연탄불 갈고 방 쓸고 청소해 놓고 오라고 하셨다. 저녁에 엄마 도넛 심부름하기도 바쁜데….

내가 참다가, 참다가 일기장에 이렇게 썼다.

"우리 선생님은 참 나쁘다…. 왜 내가 맨날 집에 가면 연탄불 갈고 설거지해 주고 방 청소해 놓고…. 오늘은 빨래까지 빨아 널고 오라고 심부름을 시켜서 기분이 아주 나빴다. 연탄불 가는데 뜨거운 연탄재가 깨지는 바람에 팔뚝을 데어서 물집이 조금 생겼다. 화가 났다. 신데렐라도 이런 마음이었을까…?"

선생님이 보라고 쓴 얘기는 아니었지만 나는 그날 선생님이 갑자기 일기장을 걷어 내라고 하는 바람에 내 일기장을 선생님이 읽게 되었다. 그 다음 날 아침에 교탁 앞에 불려 가서 얼마나 잔소리를 들었는지…. 그때부터 선생님은 나에게 아무런 심부름도 시키지 않았지만 나를 확실히 왕따로 만들었다. 정말 힘들었던 5학년 그 시간, 희자가 늘 내 옆에서 있어줘서 얼마나 다행이었는지 모른다.

6학년 담임선생님은 그나마 나를 예뻐하셨다. 노래 잘한다고 오락시간만 되면 백지로 보낸 편지를 앵콜로 몇 번씩 부르게 했다. 나는 1학년부터 6학년까지 울 반 부반장인 재형이를 참 좋아했다. 하지만 재형이는 나를 좋아하지 않았다. 재형이는 공부 못하고 쌈박질만 잘하고 무식한 욕도 잘하는 나를 절대 좋아하지 않았다. 그렇지만 나는 재형이가 누구를 좋아하는지 다 알고 있었다. 바로 시몬이었다. 책만 들면 '시몬, 너는 아느냐? 시몬, 너는 들리느냐? 낙엽 밟는 소리를?' 하면서 남들이 보도 못한 시몬을 그렇게 좋아했다. 시몬이는 머리가 노란 미국 여자애냐고 내가 신중하게 물어보자 재형이는 나를 경멸스럽게 쳐다본다. 무식하다면서….

4반에 덩치 큰 아이가 전학을 왔다는 소문은 들었다. 우리도 시골인데 아주 더 깡촌에서 촌놈이 전학을 왔다고 했다. 덩치가 워낙 커서 오자마자 4반에서 대장을 먹었다고 애들이 그랬다. 그런가 보다 했다. 어느 날 복도에서 나를 기다리는 그 전학 온 촌놈이 나를 보며 말했다.

"내 이름은 장성하. 반가워."

너덜너덜한 츄리닝 바지에 아버지가 입다가 물려준 쭉 늘어난 오래된 러닝을 입고 왔는지 참 지저분하게도 보였다.

"칫! 근데…, 니 이름이 장성하인 게 나한테 왜 중요한데…?"

비꼬듯이 내가 물었다.

"친구로 잘 지내보자고 지지배야! 니가 5반에서 쌈박질 좀 한다면서!"

성하가 웃어 보이며 말했다.

"촌놈! 어디서 깡촌에서 굴러 온 놈이 나한테 말을 걸어?"

나는 기분이 몹시 안 좋았다. 깡촌이라고 무시하지 말라며 슈퍼도 있고 있을 것 다 있는 동네에서 살다가 왔다며 촌 동네 자랑을 열심히도 하는 촌놈. 나는 무시하고 교실로 들어왔다. 그 다음 날 그 촌놈은 나를 또 밖으로 불러냈다. 신문지에 돌돌 말은 걸 나에게 건네주며 점심때 먹으란다.

"뭔데?" 하고 보니 아침밥에 감자를 넣고 쪘다며 싸온 밥풀이 묻어있는 감자다. 내가 이걸 왜 먹냐며, 나 감자 안 좋아한다고 성화가 들고 있던 신문지의 감자를 손으로 내리치니 감자가 데굴데굴 복도로 굴러간다. 성화가 창피했던지 얼른 감자를 줍고 있다.

"니, 나한테 왜 자꾸 말 시키는데? 시끼야!"

내가 물으니 성화가 그랬다.

"나, 니 좋아한다! 지지배야!"

그 한마디에 나의 온몸은 경직된 듯 빳빳해졌다. 마음속에 뭔가 좀 억울했다.

그게 뭣인지는 나도 알 수 없었지만 무언가 많이 억울했다.

"니는 4반이고, 나는 5반인데, 왜! 나를 좋아하고 그래. 새끼야! 안돼!"

나는 버럭 화를 내고 교실로 들어와 책상에 머리를 박고 한참을 괴로워했다. 오매불망 내 사랑 재형이는 내 그런 마음을 알 리가 없다.

"나보기가 역겨워…, 가실 때에는…."

하면서 이번에는 김 소월이를 좋아하나 보다.

"야! 새끼야, 니는 지조가 없어! 어제까정 미국 노랑머리 가시나 씨몬이 좋아했잖아! 오늘은 또 소월이냐…?"

내가 재형이에게 빈정대자 재형이가 인상을 쓰면서 나보고 구제불능이라고 한다.

"소월이는 남자여, 이 무식한 지지배야!"

재형이가 의자를 벌떡 재치고 일어나면서 나에게 말했다.

"아유, 진짜 이 멍청한 시끼야! 남자가 남자를 좋아하냐…? 남자가 남자한테 어떻게 장가를 가냐? 이 무식한 놈아!"

나도 질세라 재형이에게 무식하다고 막 소리를 질러댔지만 내 마음은 더 복잡해졌다. 며칠 후에 4반의 성하는 찰 강냉이를 쪄왔다며 나에게 강냉이를 싸다 주면서 또 그런다. 나를 좋아한다고….

"안 된다고 했잖아! 4반이 어떻게 5반 애를 좋아해!"

하면서 받았던 찰강냉이를 성하에게 던져버렸다. 나한테 당하고 있던 성하가 한가지 제안을 한다.

"삼세판 씨름 해서 니가 한 번이라도 나를 이기면 내가 깨끗이 물러날게. 남자랑 여자랑 주먹쥐고 싸우면 반칙이니까 너도 씨름은 잘하잖아? 우리 씨름으로 결정하자!"

하면서 되지도 않는 억지를 써보인다.

"세 번 중에서 무조건 한 번만 이기면 되는 거지…?"

하고 내가 확인을 했다. 성화의 끄덕임에 나는 이따가 수업 다 끝나고 씨름판에서 보자고 했다. 내가 재형이에게 같이 나가서 심판을 좀 봐달라고 했지만 재형이는 눈도 깜박하지 않고 나보고, "그딴 거 너 혼자 열심히 하셔."라고 한다. 역시 재형이는 나를 한 번도 좋아해본 적이 없다.

성화는 애들을 좀 많이 데리고 나왔다. 은근 질투가 좀 났다. 그래도 기는 죽지 않았다. 내가 은근 씨름을 잘한다. 발 걸기를 잘해서 체육시간에 남자애들을 많이 넘어뜨렸다. 그래서 씨름 잘한다고 소문이 났다.

나랑 성화는 씨름판에서 뜸을 들여가며 씨름을 시작했다. 성화의 덩치는 거의 울 아버지만큼 크다. 성화의 츄리닝을 두 손으로 꽉 잡고 시작과 동시에 발을 집어넣어 걸어보려고 했는데 내 발이 땅에 닿지 않는다. 아무리 발버둥을 쳐도 내 발이 땅엘 닿질 않는다. 나도 모르게 성화의 머리끄덩이를 꼭 잡고 놓아주질 않았다. 그렇게 한참을 나는 성화의 바지가 아닌 성화의 머리끄덩이를 잡고 놓아주질 않았다. 성화가 아프다고 눈물이 글썽글썽하면서 항복 할 때까지….

다른 아이들이 이번 것은 무효라고 했다. 내가 반칙을 썼기 때문에 이겨도 이긴 것이 아니라고 했다. 집으로 돌아간 그날, 오후 나는 키가 큰 아부지를 상대로 방바닥에 이불을 깔고 씨름 연습을 무지하게 많이 했다.

나름 만반의 태세를 갖추고 아침조회 시간을 기다리며 얌전히 줄을 서 있는 나에게 성화가 다가왔다. 아침부터 김치를 먹었는지 나를 보고 웃어 보이는 그 윗니 아랫니에 고춧가루가 정신을 못 차리고, 그날은 또 아버지 이장 배지를 왜 팔목에 걸치고 왔는지…, 어제 입었던 츄리닝 바지를 그대로 입고 여전히 늘어난 아부지 러닝을 입고 때가 꼬질꼬질 묻은 지그 아버지 이장 모자까지 뒤집어쓰고 나타난 성화가 나에게 모자를 툭 한번 쳐보란다.

"니네 아부지 이장인 거 자랑할라고, 모자 훔쳐 쓰고 왔냐? 촌놈아."

그랬더니 그냥 빨리 모자 한번 툭 쳐보란다. 내가 그 모자를 툭 쳐 버리자 순간 모자가 떨어지면서 성화의 빡빡 밀은 대머리가 눈에 확 들어왔다. 그 빡빡 대머리에 참기름을 잔뜩 바르고….

참기름 냄새가 진동을 했지만 갑자기 내 속은 메스꺼웠다. 성화의 빛나는 대머리를 보는 순간,

"오늘은 머리끄덩이 못 잡아끌 텐데. 크하하하하하, 이따 봐!"

그러면서 자기 자리로 돌아가는 성화를 보면서 나는 어지러웠다. 토요일은 수업이 3시간이라 나는 일찌감치 뒷문으로 도망을 가려고 종이 치자마자, 청소도 안 하고 가방을 들고 뒷문으로 내빼려고 운동장으로 부리나케 뛰어갔다.

그런데 이게 웬일인지…, 저 촌놈이 어떻게 내 계획을 알았을까…. 나는 아무 말도 못 하고 그냥 촌놈에게 질질 끌려 모래 씨름판 위에 내동댕이쳐

졌다. 성화를 따라온 친구 녀석들이 성화의 대머리를 보고 키득키득 웃어댄다.

시작과 동시에 나는 또 발이 먼저 들려 버렸다. 근데 성화의 미끄러운 머리를 잡아 봤자 아무 소용이 없었다. 성화의 츄리닝 바지를 끈질기게 잡고 있다가 나도 모르게 힘이 빠져서 놓쳤다. 그러자 갑자기 성화의 츄리닝 바지가 주르륵 내려갔다. 그리고 성화가 입고 있던 빨간 팬티도 주르륵 내려갔다.

"아~ 저 새끼, 잠지에 털 났다! 봤어? 니그들."

하면서 아이들이 성화 앞으로 몰려들었다. 순간 성화는 자꾸 내려가는 츄리닝 바지를 움켜잡고 운동장을 질주한다. 책가방도 버려둔 채…. 왜 누나 팬티를 훔쳐 입고 왔냐며, 니그 누나 팬티 없어서 학교 못 간 거 아니냐면서 친구들이 도망가는 성화를 쫓아가며 놀렸다. 그날도 아무도 이기지 못한 씨름 한 판이었다.

내가 어떻게 또 씨름을 해야 할지를 많이 고민하고 있던 그 월요일에 성화는 학교에 나오질 않았다. 친구들에게 놀림을 당해서 창피해서 안 나온 것 같다. 4반 여선생님이 나를 교무실에 불렀다. 나에게 이유를 물었고 나는 하나도 빼지 않고 다 말씀을 드렸다. 선생님은 그날 학교 방과 후에 성하를 놀렸던 아이들과 함께 성하네 집에 가셨나 보다. 창피해하고 있는 성하를 위로해 주셔서 그런지, 그 다음 날 성하는 학교에 나왔다.

나는 엄마 도넛을 몇 개 싸가지고 왔다. 성하를 주려고…. 그리고 친구가 되어주려고…. 그런데 복도에서 나를 본 성하가 먼저 말했다.

"앞으로! 니하고 절~대 안 놀아! 말도 안 걸고! 혹시라도 복도에서 니가 날 먼저 보면 니가 먼저 나를 피해서가!"

하면서 먼저 알은체하지 말란다. 나는 좀 얼떨떨했다. 엄마에게 가져온 도넛을 슬쩍 다시 뒷주머니에 숨기고 알았다고만 하고 얼른 복도를 지나왔다.

우리는 졸업을 할 때까지 복도에서 서로 지나쳐도 모른 체했다. 성하는 빛나는 졸업장을 타신 언니께 꽃다발을 한 아름 선사합니다, 라는 졸업식 날에도 내 바로 옆자리에 서서 나를 쳐다보았다.

머리가 많이 길러져서 더 이상 대머리가 아니었던 성하가 그날따라 키도 크고 멋지게 보였다. 국민학교 졸업식을 하는 날, 나는 내 옆에서 나를 바라보는 성하에게 끝까지 좋은 친구가 되어보자고 먼저 용기 내어 말을 건네지 못했다.

Chapter 27

돌팔이 의사는 말린 머루가 누군지 몰랐다

✎ 내가 중학교를 입학한 첫해에 교복 자율화가 3년간 실시 되었다.

해경이 언니는 그전 교감 선생님이 다른 곳으로 전근을 가시면서 내가 다니는 중학교에 일자리를 알아봐 줘서 중학교 서무과에 근무하게 되었다. 그곳에서 서무적인 일도 하고 선생님들 이것저것 잔심부름을 했다.

"해인아~, 제발 좀 언니 얼굴을 봐서 꼴찌는 하지 마라. 창피하다. 얼굴 들고 다니기!"

해경 언니의 짜증 나는 불평에 나는 머리가 나빠서 공부는 잘할 수 있다고 장담은 못 하지만 싸움은 하지 않겠다고 약속을 해 보였다.

그 시골 마을에 하나밖에 없는 여학교였다. 나는 남학교를 가고 싶었는데 중학생이 되니 새로운 친구들에 새로운 선생님들에 좋은 것도 많았지만 나쁜 것은 더 많았다. 그 나쁜 것 중에 하나가 바로 가끔씩 점심시간에 대책 없이 무작정 들이닥치는 3학년 간부 언니들의 소집품 검사였다. 그 소집품 검사에 손톱 제대로 깎고 다니는지 목욕 제대로 하고 다니는지 속옷 검사에 가끔씩 담배를 피우는 아이들의 담배가 발견되면 교실이 발칵 뒤집힌다.

"야! 너는 중학생이 되었는데…, 아직 브라자도 안 차고 다니냐?"

하면서 짧고 굵은 몽둥이로 내 가슴을 꾹꾹 눌러보는 3학년 간부 언니에게 너무 속이 부글부글 끓어올랐다.

"아이씨! 꾹꾹 누르지 마요…. 아프잖아! 젖탱이가 아직 없다고 엄마가 안 사주는 걸 어떡하라고!"

하면서 내가 대들었다.

"어쭈구리, 이것 봐라! 누구한테 반말이야? 너! 젖탱이가 나왔던 안 나왔던 중학생이 되면 브라자를 해야되는 기본을, 몰라?" 하면서 아주 큰소리로 망신을 주며 나를 일으켜 세운다. 담에도 걸려서 착용 안 했으면 진짜 가만히 안 놓아둔다며 있는 대로 협박을 하고 나간다.

그날 저녁, 집에 와서 엄마한테 브래지어를 사달라고 떼를 썼다. 그냥 대충 해경이 언니꺼 입으라고 한 엄마에게 해경 언니꺼는 내가 어깨가 넓어서 뒤가 채워지지도 않는다며 새 걸로 이왕이면 폼이 나는 뽕브래지어로 사달라고 투정을 부렸다. 뽕브래지어 두 개를 사주면서 엄마는 낼모레 우유 배달 월급 나오면 거기서 갚으란다.

나는 뽕브래지어를 좋아했다. 다른 친구들보다 가슴이 많이 빈약하여 뽕브래지어를 필수적으로 해야 내가 당당해 보였다. 새로 사귄 친한 반 친구는 터미널 앞에서 사는 엄청 부잣집 친구였다. 공부는 나보다 더 못 했지만 선생님들이 제일 좋아하는 친구였다. 그 친구의 엄마가 수시로 학교 선생님께 용돈이라며 돈 봉투를 건네주시는 걸 참 많이도 봤다. 그래서 그 친구는 공부를 못 해도 선생님들이 참 예뻐했다.

그 친구의 집에 미국 방송이 나오는 유선방송이 있었는데 그때 처음 마릴린 먼로라는 노랑 머리 여배우를 봤다. 담배를 피우며 다리를 꼬고 도도

하게 앉은 모습이 나에겐 참 매력적이고 당당해 보였다. 특히 하수도 구멍에서 바람이 불어 치마가 살짝 들쳐지는 그 장면…, 굉장히 매력적이었다. 그 매력적인 마릴린 먼로는 늘 내 머릿속에서 그렇게 여우 짓을 하고 있었다.

그 부작용 때문이었을까….

나도 한번 그녀의 흉내를 내고 싶었다. 많은 계획을 머릿속으로 생각했다. 일단은 엄마의 화장품으로 얼굴을 뽀얗게 떡칠을 하고, 빨간 립스틱을 앵두 같은 입술에 떡칠해 바르고, 해경 언니 하얀 잠옷을 바꿔입고, 그다지 이쁘지 않은 엄마의 구두를 꺾어 신고. 라라라 노래를 부르며 거울을 들여다보니 뭔가 허전하다. 머리를 보자기로 싸매고 보아도 뭔가 허전하다.

“맞다, 담배! 담배를 입에 물고 있어야지!”

하면서 방바닥에 자주 굴러다니는 아버지의 담배를 열심히도 찾아봤지만 그날따라 한 개피도 보이지 않았다.

흠….

그렇다고 쉽게 포기할 내가 아니다. 생각 끝에 내가 싫어하는 수학 공책 세 장을 뜯어서 똘똘 아주 길게 담배처럼 말았다. 그리고 그 종이 담배를 입에 물고 성냥불을 부치고 허연 연기를 깊숙이 들이마셨다. 그랬더니 연기에 불이 붙었다. 연기가 목구멍에서 넘어가지 않고 기침을 해도 숨을 못 쉬겠다. 너무 고통스러워서 몸이 배배 꼬였다.

순간 정신을 잃었다. 아버지의 등에 업혀 온 것만 기억이 조금 날 뿐…. 옆에서 엄마의 목소리가 들린다. 내가 눈을 뜨자, 엄마와 아버지는 얼굴이 새파랗게 질린 눈으로 나를 쳐다봤다. 내 희귀한 몰골에 의사 할아버지가 나를 보시더니 고개만 절레절레 흔드신다. 그러더니 엄마와 아버지를 밖으로 불러내신다. 복도에서 의사선생님이 진지하게 무슨 말씀을 하셨는지 복도에 엎드려 꺼억꺼억 한참을 통곡을 하시며 우시는 아버지…, 그렇게 아버지는 자제되지 않는 울음을 한참 우시고는 엄마를 앞세우고 내 병실에 들어오셨다. 한참 만에 들어오신 아버지가 엄마랑 말다툼을 하신다. 내 앞에서.

"원주 기독교 병원 근처에 정신병원이 하나 있다고는 하던데 거라도 일단 한번 알아봐야 하지 않나…?"

하면서 엄마가 내 얼굴을 빤히 보시더니 흐느껴 우신다.

"거는 아고 어른이고 할 것 없이 매일 그르케 사람을 두들겨 팬다고 하던데 정신 차리라고…. 그런 곳에 저 불쌍한 걸 어떻게 보내나!"

하면서 아버지는 어림도 없다고 정신병자 자식이라도 당신이 키운다시며 아버지는 있는 대로 엄마를 향해 소리를 지르셨다.

순간….

정신 못 차리면 정신병원 가겠구나, 라는 생각에 머리가 쭈뼛거렸다. 절대로 나 미친 거 아니라고 미국에서 요즘 정말 잘나가는 배우가 마릴린 먼로라고 있는데 그 여자를 한번 따라해 본 거라고…. 손이 발이 되도록 이것저것 다 표현해보면서 아버지를 설득했다.

"그 탤런트 이름이 말린 머루여?"

아버지가 물었다. 나는 고개를 끄덕여서 그렇다고 진짜라고 친구 집에 가서 한번 보여주겠다고 절대 내가 정신병자가 아님을 아버지에게 확인시키기 위해 입에 거품을 물면서 열심히 아주 열심히 변명을 했다. 아버지는 퇴원을 말하려 온 아까 그 할아버지 의사선생님께 물으셨다.

"선상님~, 말린 머루라고 아셔요…?"

의사선생님이 아버지의 얼굴을 보고 모른다고 고개를 갸우뚱하셨다.

"말린 머루를 몰라요…? 의사씩이나 되어가지고 말린 머루를 모른다고요?"

아버지가 흥분해서 더 큰소리로 물었다.

"아니…, 뭔 의사가 말린 머루도 모른다요…? 이 의사가 돌팔이 아니여…? 돌팔이 주제에 누구보고 딸내미 정신병원 알아보라고 지껄이고 지랄이여. 이 돌팔이 의사야!"

하시면서 나를 부축하며 얼른 일어나서 집에 가자고 한다.

"저는 한의사가 아니라서, 말린 머루가 정신병에 좋은지 아닌지 잘 모릅니다!"

의사선생님도 아버지에게 화를 내시며 대답을 하셨다.

"아이, 이런 지미! 돌팔이 의사를 봤나! 나도 아는 말린 머루를 어떻게 마이 배운 의사가 모를 수 있어!"

하면서 돌팔이한테는 병원비도 아깝다며 나를 데리고 병원을 박차고 나왔다. 담배는 그때 처음이자 마지막으로 피워봤다. 종이 담배에 불이 붙어서 오른쪽 눈썹이 조금 탔다. 앞머리도 조금 구슬리고 태워서 학교에 가기 창피하다고 모자 하나만 사달라고 그렇게 아버지에게 부탁을 했지만, 아버지는 미친 여자 행사에 담배 피운 벌칙이라며 끝까지 모자를 안 사주셨다.

마이클 잭슨의 「빌리 진」이 나왔을 때…, 나는 엄마의 몸뻬 바지를 입고 하얀 목장갑을 끼고 할아버지의 밀짚모자를 빼어 쓰고, 하얀 실내화를 신고 한 손은 옆으로 다른 한 손은 바지 속에 집어넣고 궁둥이를 뺐다, 들이밀었다를 열심히 하며 마이클 잭슨의 문 워크 춤을 동네 사람들 앞에서 열심히도 춰 보였다. 재미있다고 '앵콜'을 외쳐대는 동네 사람들과 반대로 아버지는 혀를 쯧쯧 차며 말했다.

"아이구, 그때 정신병원엘 보내야 했었나…."

엄마는 쓸데없이 그냥 돈 버리고 그런데 보내지 말고 삼청 교육대를 보내 보자고 한다. “거는 나라에서 운영하는 거니까 꽁짜.”라고 하면서….

Chapter 28

이쁨의 경계선

생리가 처음 시작했던 중학교 2학년 어느 여름날, 나는 팬티에 피가 잔뜩 묻어있어서 당황스러웠다. 양호실에 비상 생리대를 얻으러 가자, 양호선생님이 칠칠맞게 그런 것도 준비 안 하고 다닌다고 노처녀의 히스테리를 지긋지긋하게 나한테 풀어댄다. 생리대를 팬티 안에 착용하고 학교에서 집까지 불편한 펭귄 걸음을 해 보이는 내 모습에 짜증이 났다. 이런 걸 왜 해야되는지…, 평생을 해야된다니, 참 기가 막힐 노릇이다.

창피해서 엄마한테 말을 못했다. 패드를 신문지에 돌돌 말아서 방안 휴지통에 버리기도 부엌 휴지통에 버리기도 뭐해서, 방안 쌀가마니 사이 공간 속으로 집어넣었다.

나중에 식구들 없을 때 갖다 버려야지 하고선 그냥 잊고 있었다. 대청소하던 엄마가 고래고래 고함을 지른다. 지지배가 더럽고 추접한 짓을 다 하고 있다며 또 밥상에서 얼마나 잔소리를 하던지…. 그날 처음 나를 여자로 낳아준 엄마가 진짜 싫었다. 무더운 여름에는 정말 교실에서도 비린내가 진동을 했다. 생리하는 학생들이 많아서.

"야! 이놈의 지지배들아! 생리대 좀 자주 갈아! 비린내 나서 죽겠네. 정말. 창문 열어!"

하면서 진짜 꼴 뵈기 싫은 과학 선생님이 울 반 학생들에게 소리를 벅벅 질러댄다. 나는 그 과학 선생님을 진짜로 싫어했다. 일명 뺀질이 변태라고 학생들이 불렀다. 그 인간은 이쁜 학생만 좋아했다. 공부는 못해도 괜찮다. 무조건 이쁘면 장땡이다. 여자는 무조건 예뻐야 팔자가 피는 거라고 누누이 기억을 상기시켜주는 변태 선생.

중간고사 시험에서 50점 밑으로 다 일어나라고 세워놓고 그중에 이쁜 애들은 그냥 조용히 앉으라고 한다. 내 얼굴을 빤히 쳐다보는 그 뺀질이 변태는 참 애매모호 하게 고개를 젓는다. 그러고는 하는 말 이쁨의 경계선…. 내 얼굴은 참 선을 긋기가 어렵다고 했다. 어떻게 보면 이쁜 것 같기도 하고 어떨 때 보면 전혀 안 이쁘고….

"그냥, 니가 예뻐 보이는 날에는 내가 봐주고 니가 안 예뻐 보이는 날에는 벌 받으면 된다."

라고 나에게 한마디 던지고는 씨익 추하게 웃는 저 인간, 참 어이가 없다. 이 세상에 반이 남자라지만 어떻게 저런 얼굴로 그렇게 이쁜 얼굴만 밝히는지…. 그날 나보고는 앉으라고 했다. 그러면서 대놓고 묻는다.

"해인아~, 너랑 해경이랑 엄마가 똑같으니…?"

"아뇨. 언니랑 나랑 엄마가 달라요…."

내가 천연덕스럽게 거짓말을 했다.

"어쩐지 달라도 너무 달라…." 하면서 고개를 갸우뚱거린다.

내 옆에 있는 학생은 얼굴도 못생겼는데 점수도 45점…, 거기다가 다리도 굵고 뚱뚱하다며 틀린 거 곱하기 5를 해서 30센티 플라스틱 자로 손을 25대를 때렸다.

'톡톡' 뼈를 때리는 소리가 났고 손가락 마디에서 피가 흘렀다. 그 친구는 많이 억울했는지 책상에 엎드려 울었다. 그랬더니 못생긴 주제에 운다고 밖으로 나가서 손을 들고 서있으라고 했다. 종칠 때까지…. 귀신은 뭐 하는지 몰라, 저런 변태시끼 안 잡아가고….

'아이고, 저 드러운 개새끼! 귀신아~ 제발 저 새끼 좀 잡아가다오.' 과학책에 볼펜으로 못생긴 저 변태 선생을 그리며 이렇게 낙서를 해버렸다.

'삼신할머니…, 저 변태시끼 와이프가 임신을 했다고 들었어요. 지발 지발! 이 세상에서 제일 못생긴 딸내미를 낳게 해주세요….'

나는 과학 시간이 끝날 때까지 마음속으로 빌었다. 역시 삼신할머니도 정신을 차릴 때가 있나 보다. 한 달 뒤에 딸을 낳은 그 변태 선생이 수업마다 불평을 늘어놓는다. 딸내미가 자기를 닮아 진짜 못생겼다고…. 그러면서 자기 딸내미는 쌍거풀 수술을 해줄 거란다.

그 과학선생은 얼마 지나지 않아 학교에서 짤렸다. 학부모랑 바람이 나서 자식새끼 다 팽개치고 도망갔단다. 그 바람난 여자가 무지 예뻤나보다. 남자들은 똑똑하고 못생긴 여자보다는 똑똑하지 않아도 이쁜 여자를 좋아한다.

내가 남자라면…, 그닥 이쁘지 않아도 그닥 똑똑하지 않아도 따스한 미소를 늘 머금고 있는 여자이면 좋을 것 같다.

Chapter 29

청량리 588은 무서웠다

✎ 아버지가 노름에 다시 손을 대기 시작했다. 아직도 정신을 못 차렸나 보다…. 장사하네 하면서 엄마가 새빠지게 벌어서 곗돈 부어서 집이라도 한 채 살라치면 노름으로 다 날리기를 수도 없이 반복하는 아버지다.

나는 고등학교도 가야 하고, 해구 오빠 고등학교 졸업도 시켜야 되는 상황에도 아버지는 내가 매일 새벽 별을 친구 삼아 우유 배달을 하고 신문 배달을 해서 월급을 모은 돈을 또 그렇게 탕진을 해버리고 잠수를 며칠 타버리셨다가 또 들어오신다. 집에 들어오실 때는 늘 술에 잔뜩 취해서 골목길에서부터 고래고래 소리를 지르고 들어오신다. 엄마가 뭐라고 큰소리로 잔소리를 하려고 하면 집에 있는 살림살이를 다 집어던져야 적성이 풀렸던 아버지…. 한 달에 전기밥솥을 일곱 번을 산적도 있었다. 아버지는 어느 순간부터 우리 식구의 공포의 괴물이 되어있었다.

"누나…, 아빠 오늘 술 먹고 들어올까? 아님 안 먹고 들어올까?"

동생 해일이가 숙제를 하면서 물으면 술에 잔뜩 취해서 들어올 가능성이 높으니 얼른 숙제하고 아버지 오기 전까지 잠을 좀 자두라고 했다.

아버지는 꼭 12시가 넘으면 들어오신다. 나는 새벽 5시 전에 자전거를 끌고 배달을 가야하는데, 12시 넘어들어와 집에서 행패를 부리면 잠을 못 자고 학교를 간다.

지겹다….

그런 지속적인 아버지의 행패가 버거울 정도로 지겨워졌다. 해경 언니의 통장에 있던 돈을 노름으로 다 잃고 온 날 해경 언니는 아버지가 지겹다며 맞붙어 싸우다가 따귀를 많이 맞았다. 해구 오빠가 달려들었고 나도 같이 달려들었다. 그 새벽에 우리 셋은 밖으로 쫓겨났다.

언니는 부엌 단지 속에 숨겨두었던 만 원짜리 한 다발을 꺼내 들더니, 우리를 들고 무작정 기차를 탔다. 서울 가는 기차라면서 학교고 뭐고 다 때려치우고 서울 가서 같이 일하면서 야간학교 다니면 된다고…. 그렇게 우리는 서울행 비둘기호 기차를 탔다. 새벽 5시 50분 기차를 탔는데 오후 1시가 넘어서 서울 청량리역에 도착했다. 우리 셋은 어디를 가야 할지 몰라서 그냥 그렇게 청량리역에서 우물쭈물 댔다. 갑자기 어떤 택시기사 아저씨가 오더니 우리에게 어디서 왔냐고 물으신다. 강원도 영월에서 왔다고 언니가 그랬다.

"돈 벌러 온거야? 다들…?"

그 아저씨는 어떻게 알았을까…. 언니가 그렇다고 하자 택시 아저씨가 우리를 한참 훑어보신다.

"니네, 가출했니…?"

그 물음에 우리는 아무 말도 못 하고 서로 얼굴만 쳐다봤다.

"밥은 먹었니…? 일단 밥부터 먹자~."

하면서 그 처음 보는 택시 아저씨가 우리를 청량리역 바로 앞 기사식당으로 데려갔다. 김치찌개를 시켜주셨다. 서울은 김치찌개도 참 맛있게 했다.

배가 고팠는지 나는 밥 한 공기를 먹어도 여전히 배가 고팠다.

가출을 왜 했냐고 그 아저씨가 해경 언니에게 물었다. 아버지 술버릇 행패가 너무 심하고 노름에 미쳐서 동생들 학비도 못 내고 사는 게 너무 버겁고 힘들어서 서울에 돈 벌러 왔다고, 해경 언니가 사실 그대로를 일러주자 아저씨는 쯧쯧…, 혀를 찬다. 그러더니 잘 곳이 있어야 하니 우리를 아저씨가 묵고 있는 청량리역 뒤쪽 여관으로 데리고 갔다. 그곳엔 방이 참 많았다. 그런데 다 이쁜 아가씨들이 그 많은 방들을 차지했다. 직업이 뭔지 모르는 언니들이였지만 다들 그렇게 화장을 이쁘게 하고 다녔다. 너무 피곤해서 우리는 그 여관방에서 깜깜해질 때까지 잠을 잤다. 아까 그 택시 아저씨가 우리에게 저녁을 사주시고 데려갈 곳이 있다며 다시 청량리역으로 데리고 갔다. 아까 여관에서 본 그 언니들이 지나가는 남자들을 막 붙잡고 이렇게 말했다.

“오빠! 나랑 한 시간만 자고 갈래? 나 별로 안 비싸. 가자~.”

그러면서 남자들 팔짱을 끼며 우리가 있던 여관방으로 마구 데리고 간다.

“아저씨…, 저 언니들 뭐하는 거래요?”

호기심에 내가 물었다.

“몸 파는 거야…. 돈 벌라고…. 재들도 니들처럼 시골에서 올라온 애들이야. 서울 가서 야간학교라도 다니면서 돈 벌라고. 그런데 생각처럼 일이 잘 안 풀리니까, 다시 고향으로 돌아가기도 그렇고해서 저런 짓을 하면서 돈을 버는 거야. 니들을 여기 데려온 이유는…. 잘 보라고…. 저 언니들이 얼마나 피눈물 나게 힘들게 비참하게 돈을 버는지, 도망도 못 가. 이제는…. 저기 저 보이지? 까만 잠바 입고 망보는 젊은 깡패 같은 남자들! 재네들이 감시도 심하게 해서 도망도 못 가. 저 불쌍한 애들은….”

그러면서 해경이 언니에게 동생들 데리고 다시 시골로 내려가란다. 고생을 해도 부모 밑에서 하는 게 좀 덜 아프다면서…. 처음 본 우리에게 왜 그렇게 친절하시냐고 해경 언니가 묻자.

"그냥, 역에서 우물쭈물해 보이는 너희들 모습이 너무 불쌍해 보여서…." 라고만 했다.

서울은 아무나 오는 곳이 못 된다면서 우리같이 순하고 촌스럽게 생긴 애들이 와서 어리어리하면 잡혀간다는 겁을 주면서…. 아저씨는 그 다음 날 새벽 기차표를 끊어주면서 천원짜리 몇 장을 내 손에 쥐어주었다. 기차 안에서 계란도 사 먹고 소세지도 사 먹으라고.

내려오는 기차 안에서….

'저 택시 아저씨가 우리 아버지였으면 얼마나 행복할까.'라는 생각을 몇 번을 되풀이해 보았다. 차라리 아버지가 이 세상에서 없어졌으면 우리 식구가 더 행복할 것 같았다. 엄마는 집으로 다시 돌아온 우리를 보고 엉엉 우셨다. 아버지는 아무 말도 없으셨다. 돌아온 우리를 보고 안도의 한숨을 쉬시더니 나쁜 놈의 새끼들이라고, 엄마한테 자식 교육 똑바로 못 시켰다고, 또 그런 귀에 익숙한 잔소리를 하신다.

차라리 내가 잘못했다…. 다시는 안 그러마…. 했으면 내 속이 풀렸을지도 모른다. 나는 저렇게 뻔뻔하고 염치없는 아버지를 내쫓지 않는 엄마가 더 미웠다.

Chapter 30

선생님은 나를 바보 천재라고 불렀다

엄마와 아버지는 내가 고등학교에 가는 조건으로 상고를 선택하라고 하셨다. 그런 부모님을 속이고 나는 문과에 입학을 했다. 대학을 가서 꼭 대학가요제를 나가서 대상을 먹고 가수가 되는 것이 그때 내 꿈이었다.

"니는, 왜 남들 다 사달라는 타자기 하나 안 사달라고 하나…?"

라고 아버지가 물었을 때 학교에 가면 다 있다고 돈 버리고 그런 걸 왜 사냐고, 내가 그랬더니 아버지가 나를 보시며 이제서야 철이 좀 들었다고 좋아하셨다.

그러나 나의 그 거짓말은 3개월을 조금 넘은 후에 들키고 말았다. 나는 아버지의 손목에 질질 끌려 학교 교무실로 끌려갔다. 그리고 몇 시간 후 문과 반에서 상고 반으로 넘겨졌다. 그래서 내 번호는 61번으로 제일 끝 번이 되었다.

가는 날이 장날이라던가? 상고를 처음 이전해 간 날 부기(簿記) 시험을 봤다. 선생님은 총각 선생님이셨는데 걱정스런 눈으로 나를 보더니, 몰라도 50문제 다 객관식이니까 잘 찍어보라고 용기를 주셨다. 이틀 후 부기 시간에 선생님이 들어오셔서 며칠 전에 치뤘던 시험지를 나누어 주시며 하시는 말,

"이 반에 천재가 있어요."

그 말에 반 아이들은 다 나를 쳐다보았다. 문과에서 이전을 와서 공부를 잘한다고 생각했나 보다. 나도 좀 의기양양해진 기분이었다.

"어떻게…, 그 50문제 중에서 하나도 안 맞힐 수 가 있는지…. 천재가 아닌 바에야 그것이 어떻게 가능한지 이 선생님도 참 당황스럽네요! 천재도 그 정도로 똑똑하지 않은데 말이여요. 아이큐가 상당히 높은 학생같네요…. 이건 뭐 비 사이로 막 지나가면서 비를 하나도 안 맞은 거랑 거의 같다고 보면 되어요. 그 빵점 맞은 학생 이름은 얘기는 못 해주겠는데요…. 번호는 61번인 걸로 알고 있어요…."

그 말에 학생들이 배를 움켜쥐고 웃고 난리다. 태어나서 그런 아리송한 칭찬을 받아보기는 또 처음이다. 칭찬 같으면서도 은근 창피를 주는 것 같은…. 한동안 내 별명은 '비 사이로 막 가!'라고 아이들이 불러줬다.

나는 도대체 왜 주산을 튕겨야 하는지, 타자기를 쳐야 하는지, 부기를 배워야 하는지…. 그리고 자격증을 따려고 학원을 가야되는지를 전혀 이해를 하지 못했다.

주산시험 20점을 맞은 나에게 선생님은 돌대가리냐고 웃으면서 물었다.

"선생님, 계산기 하나면 될 걸 가지고 왜 주산을 튕겨야 하는지요…?"라고 했다가 꿀밤을 세게 얻어맞았다. 타자기를 왜 안 사냐고 교무실에 끌려가 꾸중을 치시는 선생님께,

"앞으로 컴퓨터 하나면 다 죽어요! 굳이 타자를 안 쳐도 앞으로 컴퓨터가 나오면 자동적으로 자판기 잘 두드리게 돼요!"라고 말했다가,

"그래, 이 녀석아! 니 똥 굵다. 누군 너만큼 몰라서 이러고 있냐!"

하면서 있는 대로 나를 흘겨보는 이쁜 여선생님이 울 담임선생님이시다.

나는 그 아까운 시간에 다른 아이들처럼 열심히 주산 타자 부기를 하지 않았고 오로지 열심히 놀기만 했다.

우유 배달을 한 몇 달치 월급으로 그 비싼 세고비아 기타를 사서 기타를 치다가 들켰던 나…. 아버지는 화가 나서 그 기타을 부셔버렸다. 내가 보는 앞에서. 나는 그런 아버지의 모습이 정말 꼴 뵈기 싫어서 친구네 집으로 툭하면 가출을 했다. 아버지는 나를 일일이 찾으러 다니지 않았지만 적어도 내 친구가 누구이고 어디에 산다는 것쯤은 알고 계셨다.

장능 연못가에 혼자 사시던 할아버지가 몸이 너무 안 좋으셔서 내방을 같이 사용하게 되었다. 그나마 할아버지가 내 옆에서 나를 응원해주시는 날에는 친구 집으로 가출을 하지 않아도 되었다. 해구 오빠는 고등학교 졸업과 동시에 해경 언니랑 같이 경기도에 있는 공장으로 직장을 잡아 나갔다.

아버지가 엄마가 부엌 찬장 밑에 숨겨 둔 곗돈 타놓은 걸 또 가지고 날랐다. 엄마는 죽기보다 힘들다며 눈물도 흘리지 않았다. 그런데 우유 배달을 가는 새벽에 부엌 단지 사이에 뜯지 않은 쥐약이 있었다. 저게 왜 저렇게 뜯겨지지 않은 채 저기에 있는지 한참 생각을 했다. 혹시 엄마가 그거라도 먹고 우리 곁을 뜨려고 하는 건지 너무 살기 힘들어서…. 그런 마음에 심장이 두근거릴 정도로 겁이 났다.

아침에 그것을 치우고 온다는 게 너무 지각을 해서 깜박하고 그냥 학교로 와버렸다. 비가 구슬프게 오는 가을 하늘이 어둑어둑 새까맸다. 점심시간이 끝날 때 생각이 났다. 그 약을 치우지 않고 그냥 왔다는 것을…. 교무실로 달려가서 선생님께 조퇴를 해달라고 했더니 이유를 물으셨다. 말해주기 창피해서 그냥 집에 얼른 가봐야 한다고 말하자, 선생님이 출석부로 머리를 치셨다.

"이 녀석아! 공부도 반에서 꼴찌 하는 주제에 맨날 결석도 밥 먹듯이 하고…, 조퇴는 뭔 또 조퇴야!"

하면서 다른 선생님들이 다 듣게 야단을 치신다. 나는 그냥 묵묵히 고개만 숙이고 눈물을 흘렸다.

"뚝! 못 그쳐! 이 녀석아! 울면 선생님이 보내줄 줄 알아?"

하면서 더 큰소리를 내신다.

"엄마가 오늘…, 자살을 할 것 같아서요…. 제가 얼른 집에 가 봐야해요…."

하면서 나는 나지막한 작은 목소리로 말했지만 선생님은 분명히 알아들으셨다.

"시끄럽고! 얼른 교실로 돌아가서 수업 준비나 하고 있어!"

하면서 선생님이 내 등을 떠밀었다. 그 순간 나는 너무 화가 났다. 나도 모르게 가눌 수 없는 화남이 행동으로 분출됐다.

"선생님! 선생이면 다여요? 만약에요, 오늘 우리 엄마가 자살을 했으면 선생이고 뭐고 당신도 내가 가만히 안 둬요! 나는 학교 같은 거 안 다녀도 되거든요! 근데 울 엄마가 자살을 해서 이 세상에서 없어지면…, 당신부터 절대 용서 안 해! 선생이고 나발이고!"

하면서 나는 두 눈 크게 뜨고 선생님을 협박했다. 협박이 아니라 내 마음 그대로를 나름 정리를 해서 강한 어조로 말을 한 것 뿐이다.

"아니, 이 녀석이! 누굴 협박해 지금! 뭐 당신! 내가 너 친구냐, 이놈아!"

하면서 출석부로 머리를 몇 대 더 내리치셨다. 나는 교실에 들어와 앉아 학교 수업이 끝날 때까지 책상에 엎드려 울었다. 종례 시간에 선생님과 눈이 마주쳤을 때도 그 선생을 잡아먹을 듯한 성난 얼굴로 빤히 쳐다보기만 할 뿐 인사는 하지 않았다. 두근두근 주체할 수 없는 마음으로 집으로 가니 엄마가 저녁상을 차리고 계셨다.

와르르… 눈물이 또 쏟아졌다.

엄마의 허리를 꼭 끌어안으며 자살 안 하고 살아줘서 고맙다고 울먹였다. 엄마는 눈이 동그래지며 무슨 소리를 하냐고 하신다. 내가 장독 옆에 있는 쥐약을 가리키니 이장이 엊그제 나누어 준거라면서 까먹고 안 뜯어 놓았다고 한다.

"야, 이 바보야… 내가 죽긴 왜 죽노. 니그들이 있는데…, 엄마는 남편 복은 지지리 없어도 자식 복은 많다. 내가 니그들 때문에 사는 거지…. 니 그 아부지 땜에 힘들다고 저세상 갈 미친 애미가 아니다…."

하면서 흐느껴 우는 나를 엄마도 꼭 안아주신다. 그 이튿날 나는 아침 일찍 쪄낸 찐빵을 싸서 교무실로 들어갔다. 선생님이 일찍 와계셨다. 쑥스럽게 찐빵을 내밀며 어제의 무례함은 정말 잘못했다고 무릎을 꿇고 빌었다. 선생님은 고개를 떨구고 있는 나를 한참 지켜보시더니 무릎 아프니까 일어나라고 나를 일으켜 세우셨다.

"선생님은 괜찮아…, 사실 선생님도 어젯밤에 잠을 한숨도 못 잤어. 니네 어머니가 혹시라도 그런 나쁜 행동을 하셨으면 내가 너를 어떻게 볼까…. 밤새 뒤척이다가 걱정이 되어서 일찍 학교에 나온 거고. 해인이의 형편을 선생님이 모르는 것도 아니고 울 어머니 아버지도 시장에서 오랫동안 장사를 해오시고 지금도 장사를 하시고…, 나는 니네 엄마를 선생님이 되기 전부터 알았어. 참 강하신 분이시지…. 1년 365일 구정하고 추석에만 이틀 쉬시고 하루도 찐빵 장사를 안 거르시는 분. 시장에서 장사하시는 분 중에 니네 엄마 모르시면 간첩이지. 그래서 나는 어머니가 그러실 거라고는 믿지 않았지만 그래도 사실은 너만큼 나도 어제 겁이 많이 났어. 해인아! 엄마는 강하다. 너는 아직 어려서 잘 모르겠지만 이 세상 어머니들은 참 강하시지. 그 강함의 밑바닥은 늘 자식이고…, 어제 일은 없었던 걸로 서로 덮자. 그 대신 지금부터라도 공부 열심히 해서 남들 다 따는 자격증도 좀 따 놓고 그래야 선생님이 너 졸업할 때 좋은 곳으로 취직 연결이라도 잘 시켜주지…."

하면서 선생님은 오히려 나를 다독여 주셨다. 나는 선생님이 좋아지기 시작했지만 공부를 잘하는 것만큼은 맘처럼 쉽게 되질 않았다. 아버지는 며칠 만에 집으로 돌아오시고는 본인은 절대로 부엌 찬장 안에 숨겨놓은 돈뭉치를 가져가지 않았노라고 엄마에게 변명을 열심히 해 보지만, 엄마는 그런 어이없는 변명에 시끄럽다고 자식들 보기에 창피한 줄 알라며 아버지를 무시해 버렸다. 원망스럽게 쳐다보는 내 눈빛에 아버지는 절대 아니라고 절대 안 그랬다며 굉장히 억울해하신다. 할아버지는 저 꼴 뵈기 싫은 놈 두들겨 패고 싶은데 빗자루 잡을 기운도 없다고 했다.

아버지는 범인을 꼭 잡아낸다고 장담을 했다. 그리고는 방안에 사람이 없는 척 조심스럽게 방안에 불을 꺼놓고, 부엌 마당에 신발을 감추고 혼자 있는 날이 많았다. 그러던 중 아버지가 알아낸 사실은 뒷집 창렬이 오빠네 할머니가 자꾸 울 집 부엌에 들어와서 찬장을 열고 설탕도 가져가고, 미원도 조금 덜어가고 하는 것을 목격했다.

아버지는 모르는 척 했다. 엄마도 가끔 할머니한테 고춧가루 빌리러 가는 날이 많으니까. 그런데 창렬이 할머니가 냉장고를 큰 것을 장만했다. 30만 원 이 넘는 냉장고를 장만하고는 쉬쉬하신다. 하루 종일 도라지 까 주고 받는 돈이 삼천오백 원인데 그 많은 돈이 어디서 생겨서 냉장고를 샀는지 아버지는 상당히 궁금해하셨다. 그리고 몇 주 후에 텔레비전도 큰 걸로 새로 장만하더니 부엌에 있는 찬장까지 바꿨다. 아버지가 그 돈이 어디서 났나며 자꾸 캐묻기 시작했다. 남이사, 돈이 어디서 났던 무슨 상관이냐며 따지고 묻는 할머니에게 아버지는 경찰서를 가자고 가서 따져 보자고 한다. 경찰서라는 그 한마디에 할머니가 놀라서 얼굴이 사색이 되어버린다.

창렬이 오빠가 아버지에게 우리 엄마가 훔쳤다고…, 미원 빌리러 갔다가 신문지 안에 있던 돈뭉치를 들고와서 장판 밑에 숨겨놓았다고 잘못했다면서 경찰서는 데려가지 말라며 아버지 앞에 무릎 꿇고 빈다. 창렬이 오빠는 지능이 좀 낮다. 고등학교에 다닐 때 교통사고가 나서 오랫동안 병원에서 있다가 나왔다. 동네 사람들은 멍청이라고 부르지만 그 멍청이 아들은 늘 조용히 착했다.

창렬이 할머니는 쓰고 남은 돈 오십만 원 정도를 아버지에게 돌려주며 나머지 백만 원은 도라지 까서 매일매일 얼마씩 갚는다고 아버지 앞에서 맹세했다. 아버지는 범인을 잡았다는 것보다도 당신이 범인이 아니었다는 사실을 밝혀 주는데 더 신나하셨다.

그렇게….

그 사건이 밝혀진지 얼마 되지 않아 할아버지는 이상한 거짓말을 자꾸 하신다. 엄마랑 아버지한테 내가 밥을 안 차려줘서 하루 종일 굶는다고 자꾸 일러바친다. 그러면서도 밤에 내 옆에서 누워 주무실 때는 아이구 이쁜 내새끼…, 하면서 호주머니에 있던 사탕을 내 손에 꼭 쥐어주신다.

할아버지는 치아가 없으시다. 옛날부터 그랬다. 이빨이 윗니 딱 하나밖에 없다. 머리가 벗겨지신지 오래되었고…, 새우젓을 참 좋아하신다. 할아버지와 둘이 살 때, 그 겨울 아침에 뜨거운 밥을 해서 그 흰밥 위에 새우젓을 몇 개 얹어서 나에게 아침마다 먹여주시고 내가 아무리 화를 내도 늘 '허허 이놈 봐라~.' 하시고 나를 참 예뻐하셨던 할아버지. 그런 우리 할아버지한테는 할아버지 냄새가 난다. 꼭 늦은 가을걷이할 때 누렇게 익은 벼 이삭을 찧고 논두렁에서 태우는 그런 기분 좋은 늦가을 냄새가 난다.

그런 할아버지가 자꾸 이상한 거짓말을 할 때면 나도 화가 많이 난다. 어느 날 학교에서 조금 늦게 들어온 나를 방으로 끌고 들어가시는 할아버지.

"아이구~ 내 새끼, 배고프쟈. 할배가 따뜻한 밥 해놓았다. 니 줄라고."

하면서 아랫목에 두었던 밥그릇을 나한테 들이민다.

"할아버지, 밥했어? 오늘…?"

하면서 내가 밥뚜껑을 열어 보니, 거기엔 하얀 쌀밥이 아니라 할아버지가 싸놓은 똥이 잔뜩 들어있었다. 얼마나 놀랐던지…, 그 순간이 너무 무서웠다. 마치 내 앞에 귀신이 할아버지의 몰골을 하고 씨익 웃는 그런 무서운 느낌이었다.

얼른 뛰쳐나와 시장에 있는 엄마한테 알려줬더니, 걱정스런 표정으로 그런 할아버지의 행동을 노망이라고 했다.

"니그, 할아버지도 이제 노망이다야. 큰일이네!"

하면서 걱정을 했다.

겨울방학이 시작한 지 며칠 되지 않은 그날, 며칠 동안 밥도 못 드시던 할아버지가 누워서 나에게 말을 하신다. 할아버지 목욕 좀 시키고 옷 좀 갈아 입혀달라고…. 연탄불이 꺼져서 번개탄 피운 지 얼마 안 되었다며, 오늘은 제발 추운데 그냥 자고 내일 목욕을 시켜 준다고 하니, 절대 안 된다고 지금 당장 목욕해야 한다며 나를 괴롭히는 할아버지. 이따가 할아버지의 어머니 아버지가 오시기로 했다며…, 계속 말도 안 되는 소리로 나를 괴롭히신다.

엄마랑 나는 그날 그 추운 밤에 할아버지의 목욕을 시키고 옷도 깨끗한 옷으로 갈아 입혀줬다. 새벽녘에 눈을 떴다. 할아버지의 숨소리가 마치 문틈에서 들려오는 귀신 소리 같다. 할아버지가 고통스럽게 숨을 내몰아 쉬시더니 내 손을 잡고 꼭 잡아 보이신다. 할아버지의 손은 늘 따뜻하다. 나를 보고 웃으시는 할아버지. 그 밝은 웃음 속에 여전히 할아버지의 윗니 하나가 보인다.

"할부지 간데이~."

하면서 숨을 거칠게 몰아쉬는 할아버지가 갑자기 무서워졌다. 얼른 안방에 가서 엄마 아버지를 깨웠다. 엄마 아버지를 데리고 들어온 내 방에 할아버지는 이미 숨을 거두셨다. 아버지랑 엄마는 흐느껴 울고, 나는 할아버지의 몸을 꼭 껴안았다. 아직은 따뜻했다. 폭풍같은 눈물이 쏟아져 나온다. 자꾸 못 해 준 것만 생각이 나서 미안한 마음이 따끔거린다.

삼일장을 지낸 마지막 날 아버지가 아침 밥상에서 우신다.

"아버지가 내가 꼴뵈기 싫어서 그런가 왜 꿈에도 안 나타나시노…."

하면서 우시는 아버지에게 어젯밤 내 꿈에는 할아버지가 다녀가셨다고 했다.

"그래…, 어떤 모습이드나…?"

아버지가 급히 물으셨다.

"장능 연못가 그 뒤에 풀숲 있지…? 거기 새파란 풀숲에서 할아버지가 나를 손짓하며 부르기에 가보니 낚시대를 하나 메고 양동이 들고 따라오라고 하드라. 장능 연못가에 고기 잡으러 간다고 하면서. 그래서 내가 따라갔지. 그런데 할아버지 옆에 철순이라고 할아버지 친구가 있드라. 근데 그 할아버지 친구는 아버지만큼 젊드라. 그게 이상하드라. 나는…. 그래서 할아버지랑 친구랑 나랑 셋이서 낚시하고 고기 잡고 놀다가 해가 지니까, 할아버지가 나보고 씨익 웃으면서 가라고 하드라. 근데 할아버지 맨날 보이던 윗니가 빠져서 읍드라! 내가 할아버지 따라간다고 자꾸 따라가니까, 할아버지가 나보고 따라오는 게 아니래! 나는 살았고 할아버지는 죽어서 같이 다니는 거 아니라면서 나를 연못가 밑으로 확 떠밀드라! 그러다가 퍼뜩 깨어났다.

하면서 내 꿈 얘기를 아주 소상히 알려 줬다.

"칠순이 아저씨도 왔드나…? 고것 참 신기하데이~. 니 꿈에 우째 울 아부지 친구도 보이드나…? 칠순이 아저씨는 할아버지 친구인데 둘이서 아주 없이는 못사는 친구였는데 그 아저씨가 일찍 돌아가셨다. 참 신기하데이."

하면서 아버지는 내 꿈에 대해서 계속 물으셨다. 할아버지 좋은데 가셨다. 내 꿈에 행복하게 보였으니 아부지도 이제 너무 울지 말고 할아버지 놓아줘야 한다고 내가 그렇게 어른답게 말해줬다.

할아버지는 돌아가셨어도 내가 제일 먼저 보고 싶었나 보다. 내 꿈에 제일 먼저 놀러 오셨다.

'아이구, 내 새끼… 퍼뜩 온나….'

할아버지가 나를 부르는 목소리가 아직 귓가에 맴돌았다. 나는 할아버지의 새우젓을 싫어했다. 비린내가 나서…. 그런데 할아버지는 어렸을 때부터 자주 김이 모락모락 나는 하얀 쌀밥을 밥숟가락으로 떠서 입으로 호호 불어가며 비린내 나는 새우젓을 올려 나에게 먹여주곤 하셨다. 나는 그게 싫었다…. 비린내가 너무 싫었다. 그런데 할아버지가 돌아가시고부터 그 비린내 나고 짭조름한 새우젓을 뜨거운 하얀 쌀밥에 얹어 먹는 걸 좋아하기 시작했다. 그 짭조름한 비린내 나는 새우젓에 할아버지 냄새가 배어있어서 그런가 보다.

Chapter 31

윤과장

신체검사를 하는 날이면 아주 짜증이 제대로 난다. 특히 가슴 사이즈 잴 때…, 여학교라 총각 선생님들이 가슴둘레를 잴 때도 많다. 브래지어를 벗고 러닝만 입고 두 손을 양쪽으로 벌리고 그것도 큰소리로 가슴 치수를 불러주며 실장에게 똑바로 적으라고 하는 선생님들. 얼굴이 빨그름해지며 고개를 돌리고 어깨를 내민 한 아이에게 가슴을 크게 똑바로 피라고 한다. 젖꼭지가 보일 정도로 크게 양손을 벌리라며 창피를 주는 선생님. 너는 너무 빈약하니 가서 엄마젖 좀 더 먹어야겠다는 변태 선생들. 반 아이 은숙이는 가슴이 너무 컸다.

"아이고야! 니는 머리는 안 키우고 젖통만 키웠냐? 아주 수박통이네 수박통!"

하면서 은숙이를 눈물 흘리게 했던 개새끼 선생도 있었다.

"너는 왜 젖꼭지가 안 보이니…?"

하면서 나에게 말을 했던 배가 잔뜩 나온 선생님이 내가 화가 잔뜩 난 얼굴로 쳐다보니 농담이다며 뭘 그리 민감하냐며 별것도 아닌 것 가지고 화를 낸다며 나무란다. 왜 남자 선생님들이 꼭 가슴 치수를 재어야 하냐고 내가 화를 내자 다른 학생들도 동참한다.

"여학교인데 여선생님들이 별로 없고 남자 선생님들이 많은 걸 어떡하냐고!"

하면서 오히려 큰소리로 우리를 나무라는 선생님들. 우리는 가슴 치수 재는 것만큼은 실장이 할 수 있다고 하며, 남자 선생님들은 제발 좀 빠지면 안 되겠냐고 항의했지만, 쪼그만 것들이 지랄을 한단다. 그러면서 몸무게 잴 때 또 지랄을 해댄다. 몸무게 60키로가 넘어가는 학생들에게 뚱뚱하면 시집 못 간다고 살 빼라고 하면서. 귀신들은 뭐하나, 저런 미친 새끼들 안 잡아가고…. 나는 그날 일기장에도 이렇게 적었다.

그 시골학교에 컴퓨터가 처음 들어왔을 때도 윤과장이라고 일명 호랑이 선생님이 컴퓨터를 처음 가르쳐 줬을 때도 선생님들은 툭하면 우리에게 '지랄도 가지가지 한다.'라고 욕을 했다. 윤과장은 아주 괴물같이 무서운 선생님이셨다. 그냥…, 걸리면 죽는다. 걸린 애 혼자 죽는 게 아니라 다 같이 죽는다.

컴퓨터실은 새로 지은 건물 3층에 있었는데 컴퓨터가 책상에 하나씩 있었다. 그 방은 환기가 되지 않아, 여름엔 아주 더워서 문을 열어놓고도 헐떡인다. 그 컴퓨터실에 들어갈 때는 발을 꼭 깨끗히 씻거나 양말을 갈아 신어서, 냄새가 절대 나게 하면 안 됐다.

나는 운동 선수라 운동을 하고 씻고 들어가야 하는데 그날은 시간이 없어서 그냥 들어갔다. 일부러 맨 끝자리에 앉았다. 혹시라도 발 냄새 풍길까 봐. 아니나 다를까, 냄새가 조금 나긴 한다. 윤과장이 들어오더니 인상을 팍 쓴다. 그러더니 창문을 활짝 열어젖힌다. 그래도 냄새가 잘 안 나가니, 머리가 지끈지끈 아프다면서 싸리몽땅 몽둥이를 꺼내들고 누구냐고 좋은 말로 할 때 빨리 나오라고 한다. 나는 그냥 뭉그적거리고 그 순간을 모면

해 보려고 했다.

"빨리 안 나오나…? 지금부터 셋 셀 동안 안 나오면 니들 다 죽는 거 알지? 하나!" 하면서 숫자를 센다.

나가야 하나…. 고민을 심각하게 하던 그때,

"둘!"

윤과장 목소리가 아주 날카로워졌다. 갑자기 맨 앞에 있던 봉순이가 손을 들며 선생님 앞으로 나간다.

"범인이 니나…?" 겁에 잔뜩 질린 봉순이의 얼굴을 쳐다보며 선생님이 묻자 봉순이가 그런다.

"네…, 방구를 참아보려고 했는데요…. 그냥 궁디가 말을 안 듣고 지 맘대로 내뿜었어요…. 잘못했어요…." 봉순이의 그 말에 애들은 배꼽을 잡고 웃는다. 봉순이는 겁에 질려 선생님 앞에서 벌벌 떨고 있는데….

"웃지 마라. 이놈의 지지배들아!"

하면서 선생님이 짜리몽땅 몽둥이로 책상을 치신다. 그 순간 우리는 다시 조용해졌다.

"아이고야~, 아주 정직해서 좋네! 내가 이러고 봐줄 줄 알았지? 이놈아! 저 뒤에 가서 손들고 서있어!"

하면서 봉순이를 뒤로 내몰았다. 그리고 다시 묻는다. 좋은 말할 때 안 나오냐고…. 아, 나는 또 열심히 고민을 하는 중이다.

윤과장의 신경질적인 셋! 소리에 앞에 있던 학생들이 일제히 나에게 머리를 돌려서 빨리 나가라고 눈치를 준다. 그 불편한 눈치에 자동 앞으로 끌려나간 나…. 윤과장은 내 등장에 코를 틀어막으면서 있는 대로 짜증을 낸다.

"아이고, 드러워라~. 발 냄새가 월메나 지독한지 식초 썩는 냄새가 나서 눈이 자동으로 깜빡깜빡 감기잖아!"

그 말에 학생들이 또 웃기 시작했다.

"아니, 이 새끼들이 뭐이가 그리 우습나? 이 드러운 시끼들! 지금부터 내 눈에 웃는 놈 걸리면 다 불러내서 혼날 줄 알어! 입 못 닥쳐?"

하면서 학생들에게 막 소리를 지른다.

"그니까 지금 이 냄새가 방구랑 식초 썩는 발냄새랑 섞인 거였군…, 아이고 드러워라~."

윤과장의 말에 학생들은 허벅지를 꼬집으며 입술을 꼭 깨문 채 얼굴만 빨개져서 서로의 얼굴을 쳐다보며 웃음을 꾹 참아보려고 한다.

"너, 두 번째 줄에서 끝에서 세 번째, 너 이 새끼 웃었지? 지금!"

선생님의 지적에 그 학생은 입술을 깨물고 우는 표정으로 고개를 젓는다. 절대 안 웃었다면서. 나는 선생님의 교탁 앞에서 웃음을 참을 수가 없어서 "크하하하하하!" 하고 참았던 웃음을 나도 모르게 뱉어버리고 말았다. 그랬더니 학생들이 약속이라도 했다는 듯이 하나둘씩 푸하하하 웃음을 터트린다.

"이 쌍놈의 새끼들이, 웃지 말라니까! 웃지마! 입에 발 냄새, 방구 냄새, 다 들어간다. 이 새끼들아!"

선생님의 그 말에 우리는 일제히 교실이 떠나가라 웃어댔다. 그날 우리는 알았다. 윤과장도 나오려는 웃음을 억지로 참고 있었다고…. 우리들이 다 같이 '푸하하하하' 웃음을 터트렸을 때…, 윤과장이 그랬다.

"그래! 웃자! 딱 2분만 웃자!"

크하하하, 같이 웃던 윤과장은 우리보다 더 크게 3분을 웃었다.

Chapter 32
그러는 너는 뭐가 그리 대단한데…?

2학년 봄학기가 시작되고, 점심시간에 주번이라 유리창을 닦고 있었다. '봄바람이 살랑살랑 교실 앞 봄꽃들을 열심히 깨우는 중인가 보네….' 아직은 바람이 좀 차다.

유리창을 열심히 닦고 있는데 갑자기 위층에서 가래침이 내 얼굴에 '툭' 하고 떨어졌다. 얼굴을 내밀고 위를 올려다보니 3학년 교실에서 키가 작은 선배가 내 얼굴에 붙은 자기 가래침을 보고 좋아서 웃고 난리다. 기분이 상당히 불쾌해진 내가 손가락 중지를 사용해 내려오라는 신호를 보냈다. 그랬더니 2층에서 아래층으로 번개같이 내려오더니 나를 보자마자, 시건방지게 누구에게 손가락을 사용하냐며 내 따귀를 후려갈겼다.

정신이 바짝 들었다. 키도 상당히 작고 체구도 상당히 작은 3학년짜리 선배가 내 따귀를 때리자 주위에 내 친구들도, 3학년 선배들도, 우리를 둘러싸며 모여들었다.

"야! 니가 선배면 다야? 이게 미안하다고 사과를 해도 모자랄 판에 누구 따귀를 갈겨!"

하면서 내가 선배의 멱살을 잡고 교실 창문 쪽으로 밀쳤다. 그 순간 수업이 시작되는 종이 따르릉 울리고 우리는 서로 씩씩거리며 교실로 들어갔다. 내 절친 유경이가 나에게 이따가 수업 끝나면 그 선배한테 가서 사과를 하라는 억지를 썼다. 나는 그런 유경이에게 참 서운했다. 그래서 수업시간에 편지를 썼다.

"유경아…, 잘못은 그 애가 먼저 했잖아! 너, 내 친구 맞어…? 잘못했으면 사과를 해야지. 선배면 다냐…? 그런 쓰레기들은 이 다음에 졸업하고 사회에 나가도 쓰레기 같은 인생을 산다. 너는 그런 쓰레기 같은 선배가 뭐이가 무서워서 나한테 사과를 하라고 하는거야…?"

하면서 노트에 편지를 써서 유경이에게 건네줬다. 유경이는 수업시간에 내가 건네준 편지를 읽지 않고 수업이 끝나고 화장실에 가서 읽었다고 했다. 그리고는 수업이 끝날 때쯤 유경이가 나를 불러서 화장실 뒤로 나와달라고 했다. 할 말이 있다면서.

"왜, 화장실이냐고. 여기서 하지~."

내가 귀찮다는 듯 말했지만 유경이는 그냥 화장실 뒤로 얼른 나오라고만 했다. 나는 그런 유경이를 이해할 수가 없었다. 나는 유경이가 먼저 가서 기다리는 화장실 뒤를 따라갔지만 유경이는 보이지 않았다. 그 대신 6명이나 되는 선배들이 내 팔을 끌고 학교 화장실 밑으로 연결되어있는 산등성이로 나를 끌고 갔다. 깜짝 놀랐다. 얼떨결에 끌려간 나…,

갑자기 나를 끌고 간 선배 하나가 머리띠를 풀어 내 눈을 가렸다. 나는 그 순간이 너무 무서웠다. 그러고는 나에게,

"지금부터 열까지 세면 니 눈에 감긴 머리끈 풀어줄게~."

하면서 '개봉박두~ 기대하시라~.' 소리와 함께 내 앞에 펼쳐진 광경에 나는 많이 당황스러웠다. 여섯 명의 선배들이 마대 걸레를 뜯어낸 막대기 하나씩을 들고 둥글게 서서 나를 보고 있는 게 아닌가….

섬뜩했다….

너무 무서워서 후덜덜 떨리는 다리에 힘을 꽉 주고 입술을 꽉 깨물었다. 그리고 등장한 키 작은 선배, 아까 나한테 밀쳐진 그 선배다. 학교에서 깡패로 유명했던 칠 공주파의 대장이 바로 나의 따귀를 때렸던 그 선배였던 것이다.

심장이 쪼그라드는 느낌이었다. 말로만 듣던 3학년 칠 공주 깡패들…. 막상 얼굴을 보니 공주처럼 이쁘게 생긴 얼굴은 하나도 없었다. 다들 하나같이 무섭게 얼굴에 여드름이 잔뜩 많았고 그중에 얼굴이 곰보처럼 시꺼먼 선배가 행동대장인 모양이다. 그 행동대장이 나에게 얼굴을 들이밀면서 내 손에 종이 한 장을 지어준다.

자세히 보니 내가 수업시간에 유경이에게 쓴 편지다. 나보고 일행이 다 들을 수 있게 큰소리로 읽어보란다. 나는 시키는 대로 아주 큰소리로 읽었다. 무섭고 겁이 나서 덜덜덜 목소리를 떨어가면서.

7공주의 대장이 나보고 무릎 꿇고 사과할 마음이 있냐고 물었다. 너무 순간적인 질문에 나는 아무 말도 못했다. 무릎 꿇고 손이 발이 되도록 빌면 봐줄 수도 있다며 피식 웃어 보이며 나를 겁줬다.

"지금부터 내가 다섯까지 셀꺼야. 다섯 셀 때까지 무릎 꿇지 않으면 그땐 우리한테 오늘 맞아 죽는다. 잘 생각해~. 자, 하나!"

하면서 구령을 붙이기 시작했다.

"둘!"

나는 안도의 숨을 내쉬며 그래도 셋까지만 좀 튕겨보고 넷에 무릎을 꿇으려고 나름 그 짧은 시간에 계획을 세우고 있었다.

"셋!"

아…, 넷에 꿇어야지 하고 벼루고 있었는데 갑자기 넷을 건너뛰고 다섯을 부른다. 이런 젠장…. 갑자기 정신이 멍해진다.

그리고 날라온 나무 막대가 내 머리를 후려쳤다. 그리곤 정신 줄을 놓았다. 밴드부 악기 연습 소리가 화장실 뒤로 메아리칠 때 눈을 떠보니 하늘이 어둑어둑해지려고 한다. 뒷머리에서 피가 조금 나고 머리가 깨질 듯 아팠다. 코피가 난 건지 교복 와이셔츠가 피로 범벅이 되어있었다. 다리가 후들거려서 걷기조차 힘들었다.

화장실 주변을 걸으시던 주산 선생님이 내 몰골을 보시더니 화들짝 놀라서 교무실로 날 데리고 갔다. 무슨 일이냐고 묻는 선생님께,

"나 아파요…, 머리가 너무 아파요."라고 계속 반복했다. 선생님은 학교에 택시를 불러서 나를 집으로 태워다 주셨다. 집에 오자마자 나던 코피가 한참이 지나도 멈추질 않았다. 놀란 아버지랑 엄마가 나를 택시에 태워 병원엘 가서 엑스레이를 찍었다. 엑스레이 상으로는 잘 안 보이는데 큰 병원으로 가보라고 했다. 아버지는 큰 병원 갈 돈이 없는데 어떡하냐며 발만 동동 구르셨다.

나는 걱정하는 부모님께 별로 안 아프다고 집으로 가자고 울며 보챘다. 아버지에게는 학교 운동장에서 운동하다고 넘어졌다고 했지만 아버지는 믿지 않으셨다. 아버지의 추궁에 나는 그냥 선배한테 몇 대 맞았다고 했다. 그날 아버지는 야구방망이를 들고 학교를 찾아갔다.

그리고는 담임선생님 집을 알아낸 후 담임선생님 집을 찾아가서 자세한 이야기를 알고 싶어했지만 우리 담임선생님은 본인도 아는 게 없다고만 했다. 그래서 아버지는 담임이라는 사람이 자기 학생이 저렇게 죽도록 두들겨 맞고 왔는데 어떻게 아무 것도 모를 수 있냐며 선생님께 따져들자. 담임선생

님이 아버지한테 무식하게 시끄럽게 떠들지 말고 나가라고 했다고 했다. 그래서 아버지가 너무 화가 나서 야구방망이로 문을 부수고 왔다고 했다.

"그렇다고 문을 부수고 오면 어떡하냐고 우리 선생님 남자인데 은근히 뒤끝 심한데!"

하면서 나는 아버지에게 마구 퍼부었다. 코피가 잘 멎지 않아서 결석을 며칠이나 했다. 그리고 학교를 나가니…. 아니나 다를까, 담임선생님은 노골적으로 나를 무시하고 창피를 줬다. 니네 아버지는 왜 그리 무식하냐고, 왜 남의 집에 와서 문을 부수고 소리를 지르고 지랄발광을 하냐면서…. 살다가, 살다가 그렇게 무식한 인간은 처음 본다며 나보고 재수가 없다고 했다. 넥타이를 매지 않은 학생들도 많은데, 유독 나한테만 넥타이 안 매고 왔다고 불러일으켜 욕하고 말끝마다 그 아버지에 그 딸이라는 둥, 굉장히 마음에 상처가 되는 비수를 꽂아 댄다.

"선생님! 우리 아버지는 무식하지 않아요! 자식이 학교에서 맞고 와서 너무 아프니까 화가 나서 상황을 잘 알아보려고 선생님 집을 찾아간 거잖아요. 선생님이 먼저 울 아버지한테 무식하다고 하셨다면서요? 어떻게 선생님 집에 오시면서 술을 드시고 오실 무식한 생각을 하셨냐면서요? 그래요! 울 아부지는 술주정꾼이래요! 술을 하루도 안 드시면 못사시는 분이셔요! 그래도 무식하진 않으셔요! 선생님 같으면 자식이 학교에서 그렇게 맞고 와서 집에 와서 피 흘리고 누워있으면 그냥 누군가가 와서 설명해줄 때까지 기다리나요…? 우리 아부지는 자식을 사랑하는 아버지이지, 무식하진 않습니다."

내 목소리는 많이 화가 나있고 눈물이 반쯤 썩인 목소리였지만 반 아이들도 다 들을 수 있는 큰 목소리로 말했다. 선생님이 나를 향해 걸어오시더니 나의 따귀를 때리시려는 듯 손을 치켜 올리셨다.

"저 때리시면…, 울 아부지한테 가서 또 일러받칠꺼에요! 선생님, 우리 아버지 무서운 분이셔요. 저번에는 야구 방망이였지만 요번에는 학교에 무엇을 들고 찾아오실지 저 장담 못 해요!"

내 말에 선생님은 얼굴이 잔뜩 화가 난 듯 눈을 부라리셨지만 나를 때리시지는 못했다. 울 아부지가 무섭긴 했나 보다. 내 코피는 이틀이 멀다하고 터지고 또 한 번 나면 멈추어지질 않았다. 덕분에 결석을 참 많이도 했다.

아버지는 교장실로 쳐들어가서 나를 때린 7공주파를 학교에서 퇴학을 시키라고 얼음장을 내보이셨다. 퇴학만큼은 좀 봐달라고 조금 있으면 졸업이니 제발 좀 봐달라고 7공주파 담임선생님들이 돌아가면서 우리 집에 와서 무릎을 꿇었다. 그럴 때마다 아버지는 내 피 묻은 옷들을 마구 집어던졌다. 무릎 꿇고 앉아있는 선생님들을 향해. 당신 딸이라도 이렇게 피 흘리며 누워있는데 용서해줄 수 있냐면서.

7공주파 깡패 선배들이 선생님들이랑 일주일 내내 하루도 안 빠지고 우리 집에 와서 무릎 꿇고 용서를 구했다. 아버지도 어느 정도 화가 풀어졌는지 퇴학에서 2주 정학으로 마무리를 지었다. 그 마무리가 끝나고 학교에 등교한 날,

7공주파 대장의 담임선생님을 하고 계셨던 학생지도부 선생님이 나를 3층으로 부르셨다. 가보니 그곳에 나를 때렸던 7공주들이 나란히 선생님 앞에 서있었다. 그리고는 7공주 대장에게 물었다. 싸움의 발단이 무엇이었냐고…. 그 선배는 가래침 이야기부터 내가 유경이에게 쓴 편지 이야기까지 했다. 그 편지가 어디에 있냐고 묻자 그 편지는 이미 찢어버렸다고 했다.

"지금부터 30분 준다. 니들, 그 찢어진 편지 잘 붙여서 읽을 수 있게 해

서 만들어와! 행동개시!"

하자, 선배들이 부산하게 움직이더니 그 찢어진 편지를 20분만에 붙여서 왔다. 그 편지를 선생님은 다시 7공주 대장 선배에게 주면서 크게 읽으라고 했다. 그 선배는 기어들어가는 목소리로 그 편지를 읽어 내려가자, 선생님이 다시 큰소리로 쩌렁쩌렁하게 다시 읽으란다. 그 선배는 다시 큰소리로 읽었다. 다 읽고 나자, 선생님이 7공주 선배들을 보고 다 엎드리라고 시킨다.

"니그들은…, 쟈 말따나 쓰레기다! 학교에서도 쓰레기! 졸업하고 사회에 나가서도 쓰레기! 후배한테 그딴 소리나 듣고! 그 시골 깡촌에서 고추농사 지으면서, 니그들 월납금 내고 공부시키면서 시내로 유학시켜준 니네 부모님한테 제일 먼저 쓰레기 같은 자식이다! 이 쌍놈의 새끼들아! 오죽 못났으면 후배한테 그딴 소리를 들어!"

하면서 선생님은 마대 걸레의 긴 막대기로 엎드려뻗쳐를 하고 있는 언니들의 엉덩이를 사정없이 내리친다. 아파서 잘못했다고 흐느끼는 선배들에게 시끄럽다며 울 자격도 없다면서 더 세게 몽둥이가 부러질 때까지 그렇게 두들겨 팼다. 그리고는 내 앞에 다 무릎 꿇고 사과를 하라고 했다.

"후배야! 쓰레기 같은 선배들이라 미안하다! 잘못했다!"

라고 선생님의 구령에 맞춰서 열 번 제창을 하란다.

나는 참 먹먹했다…. 눈물이 자꾸 나는데도 그 눈물을 거기에 있는 아무에게도 보일 수가 없었다. 선배들을 밖으로 내보내고 선생님은 내 앞에 서서 고개를 푹 숙이고 있는 나를 한참 동안 바라보셨다. 그리고는 하시는 말,

"야! 조해인! 니가 그렇게 잘났드나…? 니는 뭐이가 그리 대단한데! 뭐이가 그리 잘나서 선배한테 쓰레기라는 말을 그렇게 아무렇지도 않게 쉽게 내뱉을 수 있나…? 니, 이 새끼 선생님이 잘 지켜볼 꺼야! 얼마나 대단한 놈

되는지….”

그러고는 나를 밖으로 내보내셨다. 후회했다, 많이…. 굉장히 많이 후회했다. 쓰레기라는 단어는 웬만하면 사람에게 쓰면 안 된다는 것을 뼈저리게 느끼고 돌아온 교실에 유경이와 눈이 마주쳤다. 그렇게 정말 친했던 친구였는데….

우리는 그날 그 사건 이후로 말은 고사하고 복도에서 마주쳐도 눈길도 주지 않는 사이가 되어버렸다. 한참 시간이 지난 후 유경이가 그랬다. 그 편지를 자기가 선배들에게 갖다준 게 아니라 화장실에서 그 편지를 읽고 있다가, 그 편지를 선배에게 뺏긴 거라면서,

그리고 화장실 뒤로 불러낸 건 그렇게 해서 나를 불러내 주지 않으면 그 담은 네 차례라고 협박해서 무서워서 그랬노라면서. 그렇게 묻지도 않은 해명을 해준 유경이지만…, 우린 그 후로도 영원히 더 이상의 친구는 되지 못했다.

Chapter 33

수학여행

내 친구 삼총사 중에 키가 크고 아주 늘씬한 친구는 옷도 참 멋지게 잘 입고 다녔다. 교복을 입어도 매일 같이 빳빳하게 다려입고 착하기는 또 무지 착했다. 다른 한 친구는 좀 통통한 편에 공부도 썩 잘하고 내가 학교 생활하면서 제일 잘하는 결석을 그 친구는 한 번도 해본 적이 없는 친구다. 아파도 학교에 와서 아프다고 징징댄다. 그런 그 친구가 어느 날 결석을 해버렸다. 나는 상당히 궁금했다. 집에 일이 나도 상태가 심각한 큰일이 났구나, 하고 걱정을 하며 키 큰 친구에게 물었다. 그 친구는 머리를 절레절레 흔들어 보이며 결석한 친구는 지금 자기 집에 누워있단다.

"왜…?"

놀란 토끼 눈을 해 보이는 나에게 키 큰 친구가 알려준다.

"어젯밤에 미현이가 새벽까지 공부를 하다가 목이 말라서 부엌 냉장고 문을 여는데 엄마 아부지 방에서 이상한 소리가 나드란다. 그래서 문을 조용히 열어보니, 아 글쎄 이불을 반쯤 뒤집어쓰고 미현이 아부지가 웃통을 벗어 던진 채로 엄마 배에 올라가 엄마 목을 조르고 있드래. 엄마는 기절을 한 건지 이상한 신음 소리를 내고. 그래서 월메나 놀랐는지, 그길로 집 바로 앞에 경찰서로 뛰어가서 울 아부지가 엄마 목 졸라 죽인데요. 그러니 경찰 아저씨들랑 미현이랑 같이 4명이서 미현이네 엄마 아버지 방을 덮쳤데요. 그런데 경찰 아저씨들이 얼굴이 빨개가지고 그냥 다시 그 방에서 나왔대. 그리고 미현이는 아부지한테 머리채 꺼들린 채로 새벽까지 두들겨 맞았대. 그리고 아파죽겠다고 눈탱이가 밤탱이가 되어가지고 울 집에 왔드라. 잠 좀 자고 가야겠다고…. 아파서 낑낑거리는 거 보고 그냥 나 혼자 학교 왔다."

그 말에 나는 내 머릿속에서 그 상황을 그려보며 배꼽이 빠지게 웃었다.

"그 지지배도 참! 아이구, 아부지가 경찰 아저씨들 앞에서 알몸으로 두 분이 월메나 쪽팔렸겠드나!"

나는 수업이 끝날 때까지 그렇게 웃다가 친구 집에 누워있는 미현이의 얼굴을 보는 순간 또 웃음이 나오기 시작했다. 미현이의 멍든 밤탱이 눈이 거의 다 나아갈 즈음 우리는 가을 수학여행을 떠났다.

수학여행은 우유 배달해서 모은 내 돈으로 갔다. 중간중간 버스가 서는 자리에서 다른 학교에서 수학여행을 온 남학생들이 우리 버스에 들어와서 전화번호랑 이름을 따내느라 정신이 없다. '촌놈들~, 촌스럽긴….' 하면서 나도 은근 누가 내 이름 안 물어오나 기대를 했다. 역시 나는 못생겨서 아무도 안 물어본다.

수학여행을 마치고 돌아오는 휴게소에서 버스가 30분 쉬는 시간을 가졌다. 화장실만 빨리 다녀오라는 선생님의 말씀에 나는 휴게소에서 오징어 땅콩 과자 한 봉지를 사고 나왔다.

"저기, 저기…, 이름이 뭐래요…?"

뒤에서 나를 부르는 학생. 다른 학교에서 수학여행을 온 남학생이 나에게 이름을 묻는다. 생긴 게 별로였다. 어느 학교냐고 물으니, 울 학교에서 버스로 40분 걸리는 제천 남학교란다. 키는 좀 큰데 생긴 거는 내 스타일이 전혀 아니다.

이름이 없다며, 내가 튕기자 자꾸 따라오면서 가르쳐 달라고 조른다. 음료수랑 과자 몇 봉지 사오면 알려 준다고 하니, 부리나케 쏜살같이 뛰어서 사다 준다. 내 이름은 조해인이고, 전화번호는 000 0000 이라고 큰소리로 말해 주고 뒤도 안 돌아보고 왔다. 그리고 며칠 후에 집으로 전화가 왔다.

아버지가 받았다.

"여보세요~, 전화를 걸었으면 말을 해야지!"

하고 아버지가 화를 버럭 냈다.

"아니, 어제부터 왜 자꾸 전화가 오는데…, 받으면 끊는다고 어떤 놈인지 걸리기만 해봐라!" 하신다.

전화벨이 또 울리자 내가 받았다.

"아, 어떤 새끼가 전화를 받으면 끊고 그래!" 하면서 내가 먼저 소리를 질렀다.

"아…, 여보세요…? 조해인…? 난데 이창수…. 나 몰라…? 저번에 수학여행에서 나한테 이름이랑 전화번호 가르쳐줬잖아."

아…, 그 순간 기억이 났다. 누구냐고 묻는 아버지, "아~, 미현이니? 응…, 어디서 알았어. 그때 봐…."

하고 전화를 끊었다. 아버지는 아무런 의심을 하지 않으셨다. 전화가 그 다음 날 또 왔다. 이번 주 토요일 학교 끝나고 영월로 올 테니, 레스토랑에서 만나자고 한다. 함박스테이크를 사준다고 했다. 그 촌놈이…. 알았다고 했다.

키 크고 날씬한 친구에게 초록색 미니스커트를 하나 빌려왔다.

안 들어간다…. 그 친구는 너무 날씬해서 그런지 지퍼가 채워지지 않는다. 토요일까지 이틀을 굶으니 억지로 단추가 채워졌다. 숨을 쉬면 터질 것 같았다.

그래도 그 미니스커트를 입고 나는 하얀 운동화를 신고 긴 생머리를 풀어 헤치고 내가 자라왔던 장능 연못가 앞에 처음으로 생긴 경양식 레스토랑에 들어갔다. 참 멋진 레스토랑이었다. '거기 레스토랑'이라고 간판 이름도 참 멋졌다.

조용한 클래식 음악이 흘러나오고 정장을 입은 웨이터가 안내를 해주는 그 멋진 레스토랑에 그 촌놈이 먼저와 자리를 잡고 있었다. 머리에 무스를 얼마나 발랐는지 머리가 서다 못해 국수처럼 빳빳했다. 그래도 저번에 봤을 때보다는 촌티를 좀 벗었다. 나를 보고 실실 웃으며 뭐가 먹고 싶은지 묻는다.

돈까스는 삼천오백 원 함박스테이크는 칠천 원이다. 나는 함박스테이크를 시켰고 그 촌놈은 돈까스를 시켰다. 서먹서먹했다. 그냥 서로 보고 실실 웃기만 할 뿐 서먹서먹한 그 분위기 속에 조용한 음악이 흘렀다.

「아드리느를 위한 발라드」가 흘러나왔다. 내가 좋아하는 리차드 클레이더만의 피아노 연주다. 나보고 클래식 좋아하냐고 뜬금없이 묻는다. 그렇다고 대답을 했다.

"지금 나오는 이 슈베르트의 「호도 까 먹는 인형」은 언제 들어도 좋지…."

나는 그 소리에 피식 웃음이 나왔다. 아 진짜, 저 촌놈이 살짝 좋아지려고 했는데…. 그 소리에 정신이 번쩍 들었다.

"이 곡이 진짜 「호두 까 먹는 인형」 맞아…?"

내가 피식 웃으면서 물으니 역시 얼굴도 이쁘고 똑똑하단다. 크하하하, 나오는 웃음을 억지로 참았다. 그래도 지는 싼 돈가스 먹고 나는 비싼 함박 스테이크 시켜주는 성의를 봐서 참았다. 다음 곡이 「사랑의 기쁨」으로 연결되자 그 촌놈이 또 그런다.

이 곡은 베토벤의 「백조의 호수」라고…, 자기가 은근 클래식을 좋아한다면서. 아이구, 진짜 한 대 확 쥐어박고 싶었지만 그 놈의 함박스테이크가 뭔지 그냥 꾹 참고 있었다. 음식이 나오자 자기는 매너남이라며 포크로 내 고기를 썰어서 내 앞으로 내밀어 준다. 아까 저 무식한 말만 안 했어도 이쁘게 봐주는 건데. 속으로 살짝 아쉬워하면서 나는 그 촌놈이 썰어준 고기를 입에 넣었다.

진짜, 너무 맛있다.

친구들이 함박스테이크가 진짜 맛있다고 하던데 소문대로 참 기가 막히게 맛있었다. 고기에 어울리는 야채랑 스프, 빵까지 체면 보지 않고 마구 먹어댔다. 너무 맛있어서 그 촌놈이 무슨 말을 해도 하나도 귀에 들어오질 않았다. 배가 별로 부르지도 않았는데 미니스커트 허리 단추가 살에 꽉 낀다. 그러더니 툭 하고 단추가 나가떨어지더니 지퍼가 내려가다가 뱃살에 끼었다.

"아야!"

살집이 떨어져 나가는 것처럼 아프다. 배를 잡고 뒹구니 그 촌놈이 어찌할 바를 모르더니 내 배를 주물러준다. 배탈이 난 줄 알았나 보다.

"거기가 아니야! 이 촌놈아!"

하고 나도 모르게 소리를 질렀다. 촌놈이라는 단어에 주춤 멍하니 나를 쳐다보는 그 앞에서 나는 낑낑거리며 뱃살에 걸린 지퍼를 떼어 냈다. 얼마나 아프던지 이마에 땀방울이 송골송골 맺혔다. 뱃살에 보라색 피멍이 들었다. 그놈의 미니스커트를 그 자리에서 확 벗어서 찢어버리고 팬티만 입고 걸어 나가고싶었다.

그날…, 그 촌놈과의 첫 만남의 자리에서 나는 그놈의 미니스커트 때문에 개망신을 당했다. 옆 테이블에 앉아있는 사람들이 재밌다며 웃고 난리다. 그 우습게 쳐다보는 눈빛에 우리는 더 이상 그 자리서 식사를 마칠 수가 없어서 그냥 돈만 계산하고 나와버렸다. 괜시레 미안했다.

"아까, 촌놈이라고 한 거 미안해…. 내가 원래 마음속에 있는 표현을 좀 거칠게 하는 편이라…."

"내가 정말 그렇게 촌놈으로 보이냐? 너한테…?"

뭔가 좀 억울하다는 듯 나를 쳐다보며 그가 물었다.

"그 정도까지 촌놈은 아닌데 아까 니 클래식 말하는 수준 보고, 확실히 촌놈이구나 확신했지. 야 시끼야, 너 어디 가서 슈베르트의 「호도 까 먹는 인형」 이딴 말 하지마! 모르면 그냥 가만히 있는 거야! 그냥 음악 좋다고 그러면서, 그러면 중간은 가잖냐…? 베토벤의 「백조의 호수」는 또 어디서 주워들은 거야? 너 베토벤 아저씨가 그 소리 들었으면 2단 옆차기 날렸어. 시끼야! 그런 거는 도대체 어디서 주워들은 거냐? 이 촌놈아?"

하고 물으니 그 촌놈의 아부지가 고등학교 음악선생이라 아침마다 시끄럽게 클래식을 틀어 놓는단다. 그래서 아버지한테 주워들은 거라면서.

또 언제 우리 다시 만나냐고 묻는 촌놈에게 다시는 만날 일은 없다고 단호하게 말했다. 그래도 시내까지 내 뒤를 죄지은 죄인처럼 졸졸 따라오는 그 촌놈에게 나는 레코드 가게에 들어가서 8천 원짜리 리차드 클레이더만의 피아노 모음곡 테이프를 사서 그 촌놈에게 선물로 줬다. 이따가 기차 타고 집에 가서 열심히 들으라고….

아침마다 아버지의 「호도 까 먹는 인형」 이런 거 듣지 말고 이 테이프 틀어놓고 들으라고…. 그리고 다음에 혹시라도 다시 만나게 되면 그때는 리차드 클레이더만의 피아노 음악에 대해서 대화를 나누어 보자고….

그렇게 그 친구를 기차역까지 바래다주었다. 그 후론 그 친구에게서 전화가 오질 않았다. 가끔은 기다렸는데 한 번도 전화가 오질 않았다. 그 촌놈은 리차드 클레이더만의 「사랑의 기쁨」이라는 연주곡보다 여전히 슈베르트의 「호두 까 먹는 인형」을 더 좋아하나 보다.

슈베르트가 아니라 차이콥스키라고도 가르쳐 줄 걸 그랬나…?

Chapter 34
아버지 전상서

엄마가 춤바람이 났다며 지르박을 밟는다고 카바레를 들어갔다가 아버지한테 멱살을 잡히고 집까지 비참하게 끌려왔다. 엄마는 술을 못 드시는 줄 알았는데 아버지만큼 술을 얼큰하게 드실 줄 알았다.

엄마 옆에 순대 파는 과부 아줌마가 몇 달 전부터 엄마를 꼬시더니 드디어는 엄마도 그 꼬임에 넘어갔나 보다. 여편네가 이게 무슨 추한 꼴이냐고 엄마를 벽 한구석에 몰아세우고 소리를 질러대는 아버지에게,

"나도 숨 좀 쉬고 살자! 좀!"

그러면서 아버지에게 더 바락바락 대드신다.

"니는 니 해보고 싶은 거 다 하고 사는 인간이잖아! 니가 노름에 미치지만 않았어도 울 애들 공부 다 잘 시키고 삼시세끼 고기반찬은 못 해줘도 이렇게 구질구질하게 키우진 않았다. 이 말씀이지, 이새끼야! 나도 이제 지겹다! 나도 숨 좀 쉬고 싶다. 이제! 그 추운 겨울에 그리고 그 더운 여름에 궁둥이 땀띠가 나서 앉지도 못하게 따끔거려도, 난 불 앞에서 하루도 안 빠지고 찐빵을 쪄냈고! 애들이랑 좀 잘살아보려고 아등바등했다. 이새끼야! 니는 한 게 뭐 있는데! 이럴라고 집구석에 다시 기어 들어왔드나? 나도 봄

바람 살랑이면…, 이쁘게 차려 입고 꽃길 한번 걸어보는 게 소원이었고! 바람불어 마음 시린 가을이 되면 그냥 한번 떠나보고 싶어도 그냥 내 팔자려니, 하고 살았다. 이거야! 이 새끼야! 그래! 카바레 저번에 한번 가봤고 오늘이 두 번째다. 좋드라! 나도 시꺼먼 비구름만 보다가 숨 좀 쉬려고 새파란 하늘 위에 머리 한번 내고 숨 한 번 쉬어봤다! 그게 그리 큰 죄라고 사람들 보는데 나를 질질 끌고 와야하드나? 이 새끼야!"

하면서 아버지의 머리채를 잡고 흔드는 엄마의 모습에 나는 '엄마도 저럴 수가 있구나….'라며 좀 놀랬다. 엄마가 욕을 잘하지만 아버지에게 '이 쌔끼야'를 대놓고 한 행동은 처음 봤다. 아버지가 술에 많이 취해서 엄마가 무슨 말을 시끄럽게 하는지도 잘 이해 못하는 것 같았다.

시끄럽다면서 엄마를 눕혀놓고 발로 막 찬다. 서방 알기를 개떡으로 안다면서…. 울 아버지는 술 먹고 살림살이는 깨부숴도 엄마를 패본 적은 없다. 그날 처음 그렇게 엄마를 발로 차고 했다. 제발 좀 그만하라고 말리는 나를 아버지는 어른 싸움에 끼어든다며 내 따귀를 몇 대 세게 때렸다. 나도 너무 화가 나서 아버지를 세게 밀었다. 방바닥으로 쿵 하고 얼굴을 박고 쓰러진 아버지가 몇 번 일어서려고 하더니 그냥 누워서 코를 골고 주무신다.

아침에 정신을 차린 아버지가 얼굴에 멍이 들었다면서 내 얼굴을 보시더니 얼굴에 손자국이 어디서 또 생긴 거냐며…, 누구한테 두들겨 맞았냐면서 있는 대로 흥분을 하신다. 아침에 술이 깨시면 전혀 간밤에 무슨 일이 있었는지 전혀 기억을 못 해내는 아버지…. 진짜 견딜 수 없을 만큼 나는 괴로웠다. 그냥…, 깊은 산골에 들어가서 머리 깎고 중이라고 되고 싶은 심정이었다.

가출을 결심했다.

우유 배달을 가지 않고 가출을 할 옷 몇 벌과 교복과 책가방을 챙기고 아버지에게 편지를 남기기로 마음먹었다.

아버지 전상서.

아버지…, 정말 사는 게 지긋지긋하다.
아버지 당신이라는 사람 때문에 진짜 사는 게 너무 고통스럽다.
내가 전생에 뭘 그리 대단한 역적죄를 지었는지는 모르지만, 왜 당신 같은 아버지 만나서 내 인생을 지금까지 이렇게 고통스럽게 살아와야 했는지 진짜 너무 억울해서 죽으면 염라대왕에게 꼭 물어볼 거다.
어젯밤에 엄마가 그랬다. 아버지한테…,
'나도…, 살랑살랑 봄바람 불면 이쁜 치마 입고 꽃길 한번 걸어보고 싶다고.'
엄마도 여자다! 개고생하면서 돈만 벌어다 주는 불쌍한 우리 엄마다!
엄마가 그렇게 안 이쁘고 맘에 안 들었으면….
씨는 다른 데다가 뿌렸어야지….
왜 7남매씩이나 낳아서 그렇게 가족들을 괴롭히드나!
나는! 아버지가 진짜 싫다.
너무너무 싫다!

그래서 차라리 내가 그냥 죽어버릴라고 결심했다.
아버지 그거 아나…?
그 추운 겨울 새벽 5시에 내가 우유 배달 한다고 연탄재도 안 깔린 그 미끄러운 길에 자전거 페달을 밟으며 언덕을 넘어갈 때….
처음엔 엄청 무서웠었다.
자전거가 미끄러져 우유가 여기저기 길바닥에 널브러져 있고 얼굴이 까져서 따금따금 피가 나고, 아파도 배달 늦고 엄마 찐빵 배달 늦을까 봐….
난 깜깜한 그 미끄러운 얼음길이 참 무서웠었다.
그런데 어느 날부터는 그런 생각이 들더라.
그냥…, 확 미끌어져서 다가오는 트럭 밑으로 가서 깔려 죽었으면…, 죽으면 이런 고생 안 하고 좋지 않을까…?
그래서 울 엄마가 사고보험이라도 조금 타서 집 한 채라도 살 수 있어서, 가끔씩 빵 장사를 며칠 쉬어도 되지 않을까?
내가 죽어서 그렇게라도 엄마를 도와줄 수 있으면 난 차라리 그랬으면 하고 바랐던 적이 많다.
아버지, 니는 몰랐지? 내가 어떤 마음으로 요즘 이 세상을 살고 있는지…. 모를 거야…. 맨날 술 먹고 와서 행패를 부리다가 내가 우유 배달을 나가는 새벽에 따뜻한 아랫목에서 코 곯고 자는 게 아버지가 제일 잘하는 거잖아.
나는 죽으려고 가출을 하는 거야. 지금….
혹시라도 나중에 내 시체라도 발견하게 되면 화장은 하지 말아줘. 나 무서우니까….

그냥, 장능 연못가 언덕 밑에 아카시아꽃이 많이 피어있는

길가에 묻어줘.

그 정도는 해줄 수 있잖아, 나한테.

저번에 노름하느라고 내가 우유 배달해서 숨겨놓은 돈 훔친

거로 퉁치면 되지….

자식 간에 부모에게 지켜야 할 예의가 있다는 걸, 나도

아는데 그 예의 생각해서 내 마음을 아부지에게 전해준

거니까….

너무 못돼먹은 자식새끼라고 욕은 하지마.

나 찾는다고 시간 낭비하지 말고, 내가 죽어줄 때까지 그냥

그렇게 맨날 술 먹고 행패만 부리면서 기다리면 돼요….

안녕히 계세요. 아부지….

못돼먹은 딸내미 올림.

다 쓰고 난 후 아버지께 드리는 전상서를 텔레비전 위에 놓아두고 조용히 짐을 챙겨 나왔다. 학교에 가기 전에 우유 가게에 들려서 사장님께 배달을 그만둔다고 월급 날이 아니지만, 그냥 당겨서 달라고 부탁을 했다. 6년 넘게 한 일을 그만둔다고 하니 서울우유 사장님 눈이 빨개지신다. 그동안 참 수고 많았고 열심히 잘해줬다면서 한 달치 월급을 다 주셨다. 어깨를 토닥이시며 초콜릿 우유를 비닐봉지에 몇 개 담아주신다. 세상에는 참 고마운 분들이 많으시다.

나는 짐보따리를 내 절친 집에 맞기고 일단 허기진 배부터 채웠다. 또 가출했냐는 친구의 말에 요번에는 죽어도 집에 안 들어간다고 못을 박았더니 니그 아부지 오늘부터 또 매일 울 집에 찾아오시겠네…. 하면서 미리 걱정을 한다. 아버지는 찾아오시지 않으셨다. 3일 동안이나.

내가 써준 그 편지를 읽고 하루는 화가 나서 우셨고, 그 다음 날은 마음이 아파서 하루 종일 우셨고…, 그 다음 날은 하도 우셔서 몸살이 났다고 발 빠른 해야가 친구네 집으로 열심히 메세지를 전하고 다닌다.

4일째 되는 날 엄마가 학교에 찾아오셨다. 학교 매점 앞 동산에서 친구들 도시락 뺏어 먹으면서 학교 밑을 내려다보니 엄마가 서있었다. 빵을 찌시다 왔는지 행세가 누추해서 딸내미 기죽이고 싶지 않으셨는지, 학교 문 앞에서 내 친구들을 보고 나를 좀 불러다 달라고 했다. 학교 언덕길에서 내가 손을 흔들어 보이니 엄마가 숨차게 올라오신다.

노란 은행잎이 바닥에 가득하다. 엄마랑 나는 단풍나무 밑에 앉았다. 지저분한 앞치마에서 김밥 한 줄을 꺼내시고는 사이다도 한 병 꺼내신다. 배고픈데 얼른 먹으라고 김밥을 입에 넣어주시는 엄마 손에 밀가루가 묻어서 참 지저분하다.

아버지가 반성을 많이 하고 있는 것 같다고 부모한테 어디 가서 죽겠다니, 그런 말은 절대 하는 게 아니란다. 아무리 부모가 못났어도 자식이 부모에게 할 말 못할 말이 따로 있다고 했다. 그 추운 겨울에 새벽마다 우유 배달을 나가는 나의 뒷모습을 보면서 아버지는 매일매일 자책하셨다고 엄마가 그랬다.

"저번에 니가 새벽에 우유 배달 나가면서 넘어져서 얼굴 잔뜩 까져서 왔을 때…, 니그 아버지는 니 앞에서는 조심성이 없다고 야단을 쳤지만, 니

학교 보내놓고 아부지가 벽보고 많이 울드라. 니가 보는 게 다 아버지가 아녀…. 자식이 부모를 보는 눈은 때론 늘 그렇게 이기적이지…. 세상에 어떤 부모가 자식이 세상 사는 게 너무 힘들어서 죽겠다는데 그 말 듣고 마음이 안 아픈 부모가 어디 있겠어…. 그러니 오늘 집에 들어와서 아버지에게 그런 편지 써놓고 가출해서 잘못했다고 빌어라."

하면서 내 얼굴을 자꾸 쓰다듬는 울 엄마가 훌쩍이신다. 난 싫다고 했다. 절대 집에 안 들어간다고 죽으면 죽었지, 더 이상은 못 참고 산다고 자꾸 그런 얘기할꺼면 엄마도 그냥 가라고 하면서 그렇게 엄마의 등을 떠밀었다. 엄마는 앞치마 속에서 꺼낸 돈을 내 손에 건네주시면서 배는 굶으면 몸이 상하니까 밥은 꼭 먹고 다니라면서 아무리 친해도 남의 집에서 그렇게 오래 신세를 지는 게 아니라고, 그러면서 내 눈에서 멀어져갔다. 엄마의 힘없이 걸어가는 뒷모습을 보면서 나는 또 울컥했다.

엄마도….

저 발밑에 떨어져 나뒹구는 낙엽들을 밟으면서 많이 우시고 계시다는 걸, 나는 뒷모습으로 알 수 있었다. 멀어져 가는 엄마의 뒷모습을 지켜보던 절친이 나에게 또 잔소리를 퍼붓는다. 웬만하면 숙이고 들어가라며 부모 속 좀 그만 썩이라며….

"너도, 내가 이제는 귀찮은 거야…?"

하면서 절친에게 톡 쏘아붙였다. 나는 학교를 마치고 그날 저녁 절친의 집에도 가지 않았다. 그냥…, 늦은 가을 어느 날 밤이 나를 이끄는 대로 여기저기 교복에 가벼운 잠바 하나를 걸치고 그렇게 시내 한가운데를 나 혼자 걸어다녔다. 그렇게 여기저기 늦은 시간까지 걸어가다 보니 어느덧 장능 연못가에 와있었다. 아무도 없는 그 늦가을 새벽에 예전에 보았던 총총했던 별들은 그닥 밝지 않았다. 으스스 추웠다…. 아무도 없는 그 연못에 나는 주저앉아 멍하니 밤하늘에 별을 세어보기 시작했다. 갑자기 저 다리 밑으로 시꺼먼 그림자가 보인다.

얼마나 심장이 벌렁거렸던지…, 나도 모르게 풀숲 사이로 몸을 숨겼다. 저만치 뚜벅뚜벅 내 쪽을 향해 걸어오는 사람을 자세히 보니 울 아버지다. 내가 여기에 있는 걸 어떻게 알았을까…. 다행히 아버지는 풀숲에 몸을 숨기고 있는 나를 못 본 건지 한참을 그렇게 내 옆에 서서 담배만 피우신다.

"아이고, 이놈의 자슥, 여기도 안 옵 갑네. 친구 집에도 없고 학교도 없고 도대체 어딜간 거야. 이노무 자슥아~."

한숨을 내쉬며…, 아버지는 그렇게 혼잣말을 하신다. 발바닥이 저린다. 구부려 앉아 있으려니까 발바닥에 쥐가 온다. 그래도 찍소리 내지 말고 참아야 한다.

'아버지한테 들키면 쪽팔려….'

하면서 나는 몸을 바르르 떨어가며 열심히 참고 있는데 갑자기 나도 모르게 재채기가 튀어나왔다. 그것도 세 번씩이나…. 아버지가 내 쪽을 쳐다보더니 나랑 눈이 마주쳤다. 우리는 서로 눈만 마주보고 아무 말도 하지 않았다. 한참 동안이나.

나는 그 순간이 그렇게 창피할 수가 없었다. 쥐구멍이라도 있었으면 쥐를 몰아내고 내가 들어가 앉았을 거다. 한참 만에 아버지가 말을 꺼내셨다.

"아이고! 이놈의 새끼야, 여길 왜 와있나? 이 추운 새벽에 죽으려고 왔드나…?"

나는 갑자기 눈물이 나오는 걸 참아보려고 입술을 깨물고 그냥 바닥에 계속 앉아있었다.

춥다고…, 집에 가자며 아버지가 먼저 손을 내민다. 나도 못 이기는 척하고 그냥 아버지의 손을 잡고 일어나 걸었다. 아버지가 먼저 앞장서서 걷는다. 그 뒤를 나는 한마디도 하지 않고 따라 걸어서 집까지 왔다.

그날 아침 밥을 먹고 학교로 향하는 나에게 아버지가 학교 가서 읽어보라며 꼬깃꼬깃 접은 편지를 내 주머니 속에 넣어주었다. 아버지의 마음이란다…. 학교에 가서 조용히 읽어보라신다. 나는 등굣길에 아버지가 써준 편지를 읽었다.

내 딸 조해인이 잘 보아라.
니가 나한테 쓴 편지를 읽고 아부지는 마음이 따끔거려서
3일을 울었다.

월메나 내 자신이 꼴도 보기 싫던지, 니보다 내가 먼저 어디 가서 콱 죽었으면 좋겠드라.
나라는 존재가 내 새끼들한테 암적인 존재밖에 안되었는가 싶은 게….
얼마나 서글프던지….
미안하다. 딸내미야….
니 엄마 친구랑 실컷 바람피워놓고 니그 엄마한테 들킨 것보다 억수로 더 미안하고 죄스럽고….
니가 얼마나 나한테 무서운 존재인지 너도 몰랐지…?
아버지도 내가 왜 이렇게 추하게 변해가는지 모르겠다.
자식 7남매 중에서 나는 니한테 제일 미안하고, 니가 제일 무섭고, 니가 나한테 제일 힘이 되는 자식새끼다.
아버지가 술은 끊는다고는 약속은 못 하지만 노름은 이제 손 놓을게.
그리고 술 먹고 집에 오면 행패 안 부리고 조용히 자는 습관을 지금부터라도 들여보도록 노력은 해볼게.
아버지가 못나서 정말 미안하고 잘못했다. 용서해달라는 말은 못한다.
그런데 한번만 더 기회를 주면 안 되겠드나? 그리고 한번만 내한테 가출해서 콱 죽어버린다고 협박하는 편지 쓰고 공갈치면, 그땐 나도 니 안 본다. 절대로!
삼청교육대 전화번호 다 알아놨어. 아부지가! 명심해라이!

받침을 안 틀리려고 연필로 쓰고 지우고 또 쓰고 지저분해진 아버지의 편지를 나는 몇 번을 읽고 또 읽었다. 억수비가 내렸으면 좋겠다. 소리 내서 크게 울어버리게…. 늦가을 차가운 억수비가 그렇게 막 쏟아져서 부모 마음을 그렇게 울렸던 내 자신을 좀 거칠게 때려줬으면 하고 바랐다.

나는 알았다. 아버지는 늘 자식들을 사랑하고 계셨다는 것을…. 어느 늦가을 사춘기의 나이에 나는 아버지의 사랑을 확인해 보고 싶었던 것이고…. 아버지는 따끔거리는 아픈 마음으로 나에게 고백을 했다. 못난 아비라서 미안하다고…. 니가 내 새끼라서 고맙지만 그래서 더 미안하다고…. 아버지는 그날 이후로 노름을 완전히 끊으셨다. 술도 조금씩 줄이셨고 담배도 갑자기 끊으셨다. 가끔씩 술이 취해서 화가 나려고 할 때 내가,

“아버지, 얼른 가서 주무셔요!”

그러면 얼른 들어가서 얌전히 주무셨다. 내 사춘기의 반란 속에 찾아온 집안의 평화는…, 그렇게 차츰 집안에 웃음이라는 행복이 자주 놀러 오게 했다.

Chapter 35

My father's job is 배추 장사!

남들 다 하는 취업이 나는 자격증을 한 개도 못 딴 이유로 잘 안됐다. 공부도 거의 반에서 꼴등 수준이라 아무도 나에게 취직을 권해주는 선생님도 없으셨다. 뭘 해서 돈 벌어 시집을 가느냐고 엄마가 질책을 하자, 나는 돈 벌어서 미국 유학을 가겠다고 큰소리를 쳤다.

예전에 나를 때린 칠 공주 대장을 했던 선배의 담임선생님이 나를 교무실로 불렀다. 우리 반 담임도 아닌데 나를 불러서 취직 자리를 알아봐 줬으니, 내일 인터뷰를 잘 연습을 하라고 하신다. 일본에 있는 미쯔비시 회사라고 했다. 자격증도 없고 공부도 못했던 나를 챙겨주시는 선생님께 나는 자격이 안된다고 하니 괜찮단다.

영어도 잘하고, 배짱도 좋고, 노래도 잘하고, 피아노도 잘 치고, 기타도 잘 치고, 운동도 잘하고, 성격도 짱이고, 얼굴도 이쁘고, 하시면서 내 칭찬을 다닥다닥 해주신다. 아들내미 하나 있었으면 며느리 삼으면 3대가 행복할 그런 능력의 소유자란다. 그 무서운 선생님이 나에게 그런 후한 칭찬을 부담스럽게 하시면서 나를 자꾸 불안하게 하신다.

"선생님…, 혹시 저 인신매매로 파시는 건 아니시죠…?"

내가 웃으면서 묻자,

"예끼! 이놈!"

하시면서 내일 있을 인터뷰 자신있게 잘하라고 하신다. 그리고 그 다음 날 인터뷰를 하러 양복을 입은 일본 사람들이 4명이나 왔다. 나를 앞에 앉게 하고 이런저런 질문을 했다.

"선생님이 정말 똑바르며 능력있고 책임감이 강하다고 자랑을 많이 하시던데…, 공부는 반에서 60명 중에 50등을 했네요…?"

하면서 일본말로 묻자 옆에 있던 한국분이 통역을 해주셨다. 나는 좀 당황스러웠다. 내 입에서 튀어나온 말은,

"음…, 제가 다른 건 다 잘하는 편인데 이상하게 공부가 저를 싫어해요! 저는 공부를 싫어해본 적이 없습니다. 공부가 지가 싫다는데…, 지 싫다는 놈은 저도 안 잡습니다…."

하고 말하자 갑자기 웃음이 막 터졌다. 나보고 참 재미있는 학생이라며 그다음 질문이 작년 이맘때 학교를 4일이나 결석했다고 했는데, 왜 그랬냐고 물었다.

"아, 그거요. 제가 사춘기를 좀 심하게 겪어서…, 그때 3박 4일 가출했었드랬어요~. 그냥 휑하니 여기저기 방황해보다가 다시 집으로 기어 들어갔어요."

하면서 내가 정직하게 말을 하자 분위기가 좀 썰렁해졌다. 그렇게 끝낸 인터뷰는 당연히 불합격이었다. 나를 소개 시켜주셨던 선생님이 다 차려준 밥도 못 먹느냐면서 차라리 아파서 병원에 입원했었다고 하지, 가출을 그렇게 자랑스럽게 얘기했느냐면서 나보고 이런 등신 새끼란다…. 헛똑똑이란다…. 그러면서도 풀이 잔뜩 죽어있는 나에게 학교 앞 매점에서 점심을 사주시는 고마운 선생님이시다. 내 걱정은 딱! 붙들어 매시라고 제 인생은

제가 잘 개척해 나가면 된다고 씁쓸해하시는 선생님을 나는 오히려 위로를 해줬다.

나는 졸업을 하면서 아버지의 배추 장사를 같이 도와줬다. 저녁에는 여기저기 아르바이트도 하고 학생들에게 영어 과외도 하면서 그렇게 미국유학 준비를 했다. 아버지는 트럭 한가득 배추를 싣고 아파트 단지를 돈다. 그런데 사람들이 나올 때까지 하루 종일 기다리신다. 내가 마이크를 뽑아들고 트럭 안에서,

"배추가 왔어요~, 싱싱한 배추가 왔어요~. 오늘 아침에 뽑은 거라 냉장고에 안 넣고 내일 겉절이 만들어 먹어도 아주 싱싱하고 맛나요~. 날이면 날마다 오는 배추가 아니래요~."

하면서 아파트 단지를 돌면 사람들이 마구 모여든다. 가끔씩 시끄럽게 뽕짝도 부르고 가끔은 슬픈 가요도 불러보면서 그렇게 사람들을 불러모아 아버지에게 배추 장사를 어떻게 해야되는지 잘 보여줬다. 아버지는 나에게 안 창피하냐고 물으면서 내가 옆에 같이 장사를 도와주는 걸 참 좋아하셨다. 돈 버는데 부끄러운 직업이 없다며 남을 다치고 남에게 사기 치는 것 빼고는 뭘 해도 된다고 아버지가 그랬다. 아버지랑 1년 정도 장사를 하고 나는 아버지에게 미국유학을 가겠노라고 선포를 했다.

"아이고…, 아부지는 제주도도 못 갔는데…. 니는 태평양을 갈라고 하나…?"

하면서 막무가내로 말리셨다. 어느 날 나는 아버지 손을 끌고 교회에 갔다. 아버지는 절을 믿는 사람이 교회를 가면 천벌 받는다고 나에게 막 화를 내셨다. 나는 그렇게 화가 잔뜩 나있는 아버지 앞에서 교회 단상에 있는 피아노에 앉아 아버지에게 피아노 연주를 해줬다. 아버지는 처음엔 막 화를 내시더니 내가 피아노를 치니 한참이나 조용히 앉아 감상을 하셨다. 그

러더니 피아노를 어디서 배웠냐며 신기해하신다. 나는 피아노를 배운 적이 없다고 했다. 그냥 마음이 시키는 대로 치니 되더라고 내가 만든 곡을 열심히 연주를 해줬다.

“이야~, 내가 천재를 낳았네….”

하시면서 더 신기해하신다. 그래도 미국유학은 안 된다고 하신다. 태평양은 너무 멀어서 절대 안 된다고 하셨다. 정 대학이 가고 싶으면 좀 더 벌어서 여기서 대학을 들어가라신다. 나는 그런 아버지의 부탁을 뒤로한 채 유학 준비를 천천히 했다. 유학에 필요한 금액을 확인해 보니 엄마와 아버지 이름으로 천만 원도 없었다. 그래서 돈이 많은 이모, 이모부를 졸라 돈을 부탁해야 했고 집도 재산도 아무것도 없는 현실에서 대책 없이 좌절했다.

그래도 포기하지 않았다. 아버지는 미국 비자만 받아오면 아버지 신장을 팔아서라도 보내준다고 나에게 큰소리쳤다. 내가 비자를 받아올 가능성이 없었으니까…. 비자 인터뷰를 하러 갔다. 광화문 근처에 미군병사들이 쭉 서있는 곳에 좁은 2층으로 올라가 보니 그 작은방에, 1번부터 4번 창구가 보인다. 줄을 제일 많이 서있는 곳은 2번과 3번 창구다. 4번은 줄을 안 서있다.

왜 그랬는지 모르지만 나는 빨리 끝내고 나가려고 그냥 혼자 4번 창구를 기웃거렸다. 나중에 알고 보니 4번은 무조건 떨어지는 줄이란다. 머리가 희끗희끗한 미국 아저씨 얼굴도 까칠해 보였다. 그 옆에 통역을 해주는 아가씨가 먼저 내 서류를 보더니,

“서류가 굉장히 약하네요~.”라고 말했다.

“공부도 엄청 못했는데 입학 허가서 따낸 게 신기하네요….”

하면서 계속 나를 쳐다보며 비아냥거린다.

"what's your father do for a living?"

인터뷰를 시작하는 그 까칠한 미국 아저씨가 영어로 물었다. 아, 영어는 잘 알아듣겠는데 우리 아버지 배추 장사하시는데…, 그 배추 장사라는 단어가 갑자기 떠오르지 않았다.

"My father's job is 배.추.장.사!"

하고 나도 영어로 큰소리로 대답을 해줬다. 그 당당한 대답에 옆에 있던 사람들이 키득거리고 웃는 소리가 들린다. 기분이 좀 나빠지기 시작했다. 그 까칠한 미국 아저씨가 내 얼굴을 쳐다보면서 다시 물었다. 아버지가 배추 장사하는데 그 비싼 미국유학을 어떻게 감당할 수 있냐고…. 나는 그 말에 상당히 기분이 언짢았다.

"배추장사 하는 우리 아버지는 내가 비자만 받아오면 신장 한쪽을 팔아서라도 보내준다고 했습니다. 우리 아버지는 지키지 않을 약속은 하지 않습니다. 그리고 배추 장사한다고 사람 무시하지 마십시오!"

라고 내가 잘 되지도 않는 영어로 얼굴까지 붉혀가며 그 까칠한 미국 아저씨께 대답을 해줬다. 그 대답을 하면서도 나는 상당히 기분이 좋지 않았다. 그 까칠한 미국 아저씨가 자리에서 일어나더니 내 눈을 똑바로 쳐다보더니 미국에 가란다. 가서 배추 장사하는 아버지가 딸내미가 자랑스럽게 느껴질 수 있게 미국에 가서 공부 열심히 하고 성공하란다. 그러면서 보통 인터뷰하고 이틀 후에 찾아가는 비자를 나보고 그날 오후 2시 이후에 찾아가란다. 나는 그렇게 얼떨결에 비자를 받아서 마지막 기차를 타고 집으로 갔다. 그 다음 날 아침 아버지에게 비자를 보이며 받아왔다고 하니까 아버지는 그 비자를 들고 경찰서를 찾아갔다.

"울 딸내미가 쓸데없는 쪽으로는 머리가 엄청 잘 돌아가는데요…. 이 미국 비자를 서울 어디 가서 돈 주고 가짜로 만들어 온 것 같아요. 이거 진짜 인지 한번 알아봐 주세요."

하고 비자를 경찰서 아저씨께 내밀었다. 경찰 아저씨가 보더니 아버지에게 진짜라고 했다.

"이거 백프로 진짜인데요…."

하면서 아버지께 다시 비자를 돌려주었다. 아버지는 내가 준 비자를 집 한구석에 숨겨두시고는 미국 유학은 안 된다고 하셨다. 나는 일주일이나 밥을 안 먹고 아버지에게 시위했다.

자식 이기는 부모가 있다면…, 그건 거짓말이다.

일주일 하고 며칠이 지난 그날 밤…, 아버지가 시무룩하게 앉아있는 나에게 신문지에 돌돌 말린 돈봉투를 휙 던져준다. 오백만 원이란다. 할아버지 집을 담보로 아버지 친구에게 6개월 만에 갚기로 하고 빌려온 돈이라면서 그것밖에 해줄 게 없어서 참 미안하단다. 엄마는 6개월 만에 그 돈을 어떻게 갚냐면서 배추 장사하면서 빚진 게 얼마인데…, 그것도 갚으려면 앞이 캄캄한데…, 하면서 아버지를 나무랐다가 급기야는 나에게 화를 많이 낸다.

나는 미안했다. 엄마에게도, 아버지에게도 마음 아프게 해서 미안했다. 그래도 미국에 가서 공부해서 성공해 돌아오고 싶었다.

비행기를 타기 하루 전날 아버지는 새벽까지 한참을 그렇게 소리 죽이시며 우셨다. 엄마에게 김포공항까지 마중을 다녀오라고 보내며…, 그렇게 새벽 기차를 타는 나를 향해 눈시울을 적셨다. 김포공항에서 비행기를 타려고 들어가려는 나를 보고 엄마는 가서 힘들면 얼른 돌아오라고 했다.

"내 새끼야! 아프지 말아라~! 절대 아프면 안 된다!"

하면서 그렇게 서서 우셨다. 나는 그렇게 미국에 갔다.

제일 싼 비행기 표를 구입해서 4번을 갈아타고 도중에 비행기를 잘못 타서 아이다호 주라는 곳에 내렸을 때…, 그다음 비행기를 타려면 다음 날 아침까지 공항에서 죽치고 기다려야 했다.

미국에서 처음 보는 저녁노을이 빨갛게 창문에 기대고 있는 내 얼굴을 비추어주었다. 그 공항에 그 많은 빈 의자에 나 혼자 앉아 있으려니 갑자기 서글펐다. 잠을 못 자서도 많이 피곤했지만, 그냥 나 혼자 그렇게 버려진 공항에 노을이 나를 비출 때 그냥 눈물이 흘러나왔다.

그렇게 조용히 흐느끼고 있을 때, 갑자기 뒤에서,

"Excuse me…, Can I help you…?"

하면서 비행기 조종사 하얀 유니폼을 입고 있던 아저씨가 나에게 물었다. 그 말에 갑자기 더 서러워져서 닭똥 같은 눈물을 떨구고 서있으니 그 점잖은 미국인이 울지 마라며 내 어깨에 손을 얹고 나를 위로해준다.

비행기를 잘못 갈아타서 오늘 밤 여기서 혼자 내일 아침까지 기다려야 한다고 얘기를 해주니까 그 미국인이 그랬다. 괜찮다면 자기 소유 헬리콥터로 데려다 주겠다고. 자기는 공군이었고 한국에서도 3년 정도 근무했다고 하면서 나에게 그런 호의를 베풀어 주려고 한다. 그래 줄 수 있냐고 묻는 대신에 내 입에서는 '땡큐 베리 마치'가 먼저 나왔다.

내 인생에 헬리콥터를 처음 타보는 순간이었다. 소리가 얼마나 시끄러운지 내 옆에서 그 미국 아저씨가 말을 해도 잘 들을 수가 없었다. 그렇게 목적지에 8시간을 먼저 도착해버린 나.

너무 감사했다.

이름도 물어보지 못했다. 정신없이 내려서 가방 챙기느라…, 처음 보는 나에게 그런 친절을 베푸신 그 멋진 천사는 분명 시골에서 울 딸내미 잘 도착하게 해달라고 눈물지시며 밤새도록 정한수 떠놓고 비시던, 우리 엄마와 아버지가 보내주신 멋진 천사였을 것이다. 난 지금도 그렇게 믿는다.

Chapter 36

부모에게 자식이란 존재는 늘 마음속에서 내려놓지 못하는 무거운 돌덩이 같은 존재

부모님 등지고 유학 온 지 1년 만에 미국남자와 결혼을 해버렸다. 아버지는 다른 건 다 참아도 미국놈은 절대 사귀면 안 된다고 유학을 오는 내 귀에 못을 박으셨다.

처음에는 나도 결혼까지는 생각을 안 했는데 6개월을 그냥 친구같이 매일 학교에서 보고 같이 다니다 보니 사랑이 싹트기 시작했다. 사귄 지 6개월 만에 결혼해 달라고 무릎을 꿇었을 때 나는 단번에 거절을 했다. 엄마와 아버지를 볼 면목이 없어서….

나에게 무릎을 꿇은 그날 밤 나는 그에게 헤어지자며 내가 먼저 등을 돌렸다. 그런데 그날 밤잠을 한숨도 못 잤다. 자꾸 귀에서 꼭 잡으라고 놓치면 평생 후회한다고 이상한 소리가 들렸다. 나는 그 다음 날, 새벽 6시에 그의 집에 찾아가서 그랬다.

이유는 묻지 말고 그냥 반지 다시 내놓으라고 그리고 우리는 그냥 무조건 결혼을 해야한다고 말했더니, 밤새도록 울었는지 눈이 퉁퉁 부어있던 그가 나를 보고 그냥 환하게 웃기만 했다. 결혼하기 전에 엄마한테 국제 전화를 걸어서 상황을 얘기했더니 엄마가 까무러쳤다고 동생 해야가 전해줬다.

결혼식을 하자마자, 그 주에 한국을 나갔다. 부모님을 속이고 싶은 마음이 없어서 그냥 무조건 나가서 사실을 말해드리고 싶었다. 학교 안 다니고 집엘 왜 왔냐고 반가움 보다는 뭔가 어색하다는 듯 아버지는 나에게 물으셨다. 저녁 밥상에서 숭늉을 드시는 아버지께 갑자기 내가 무릎을 꿇고 닭똥 같은 눈물을 흘리자, 아버지가 무슨 일이냐고 걱정을 내보이신다.

"아버지, 저요…. 약혼한 남자가 있어요."

차마 결혼을 했다는 말은 입에서 나오지가 않았다.

"누구! 혹시 미국 양키놈이야?"

하면서 아버지가 고래고래 고함을 치신다. 고개만 끄덕이는 나에게 아버지가 갑자기 내 가방을 뒤지더니 여권을 뺏어 가신다. 절대로 미국 안 보내준다며. 공부고 뭐이고 따 때려치워도 된다고….

그냥 여기서 살다가 좋은 놈 만나서 시집가면 된다며 눈에 흙이 들어가도 미국 놈은 절대 안 된다면서 아버지가 밥그릇을 던졌는데 그게 내 얼굴에 맞았다.

갑자기 앞이 깜깜했다. 나는 내 절친 집으로 또 도망을 가야 했다. 눈 주위가 새파랗게 멍이 들어서 창피해서 밖을 못 나갔다. 남편에게 국제 전화를 걸었다. 아버지에게 여권을 빼앗겨서 미국 가는데 시간이 좀 많이 걸릴 거라고 했더니 자기가 한국을 오겠단다. 내가 영영 못 돌아갈까 봐, 겁이 무지 났나 보다.

남편이 일주일 후에 우리 집엘 왔다. 한국말은커녕 그 당시만 해도 한국이 어디에 있는지도 잘 몰랐던 남편이 우리 집에 처음 찾아온 날, 아버지는 마당에서 발을 씻고 계셨다. 갑자기 문밖에서 들려오는 이상한 소리.

"이리 오너라~, 이리 오누라~."

"엉…? 이거이 뭔 소리야!"

하고 아버지가 문을 열어주니 아버지 눈앞에 키 크고 피부가 하얀 남편이 서있었다. 동네 사람들이 신기하다며 저녁 먹다가 다 구경을 나왔다.

"누구한테 이리 오누라야? 이 양키 미국놈아!"

하면서 아버지가 한국말을 모르는 남편에게 막 소리를 질러댔다. 엄마는 기가 막혔던지 아무 말도 못 하고 그냥 서있기만 했다. 남편은 그날 아버지에게 쫓겨났다. 여기저기 걸어 다니다가 추워서 집 앞에 세워진 리어카 안에서 재킷을 깔고 누워있다가, 울 옆집 진희네 아줌마가 그 집으로 데려가서 밥을 먹여주고 잠을 재워줬다.

"아이구, 우째 남자가 이래 이쁘게 생겼나…? 참, 남의 집 아들이지만 느무 잘생겼다. 알랑 들롱은 갖다 댈 것도 아니네 그래…."

하면서 진희 아줌마는 남편의 밥그릇에 깍두기를 얹어 주며 남편의 얼굴도 만져보며 신기해했다. 당장 가방 들고 둘 다 썩! 미국으로 꺼져버리라는 아버지…. 말리는 엄마에게 동네 사람 창피하니까, 빨리 짐 챙기란다. 이사 가자면서…. 그러면서 남편의 모습이 동네에 포착될 때마다 빗자루를 들고 쫓아냈다. 우리는 또 그렇게 내 절친 집에서 신세를 져야 했다.

남편이랑 같이 일주일을 친구 집에서 버텼다. 남편이 내 손목을 끌며 우리 집엘 다시 가자고 했다. 아버지에게 혼나도 집에 가서 혼나자면서…. 우리는 다시 집으로 들어왔다. 아버지는 안 피우시던 담배까지 피우시며 술도 많이 드셨다. 얼굴만 보면 막 소리를 지르는 아버지에게 남편은 한국말로,

"아버지…, 죄송합니다. 미국 사람이라서…."

라는 말만 외워서 되풀이했다.

"너무 그러는 거 아녀요…. 쟈도 지 부모한테는 귀한 아들 아니여요…?

내 새끼를 저렇게 예뻐하는데…, 둘이서 저렇게 좋아하는데…, 웬만하면 그냥 좀 넘어갑시다."

하면서 엄마가 아버지에게 부탁을 하지만 아버지는 여전히 막무가내다. 남편이 막내 해일이 방에서 깊은 잠이 들은 날 밤, 아버지는 술을 드시고 남편이 잠든 방엘 들어가셨다. 남편은 무서워서 일부러 자는 척을 했다. 아버지가 남편 옆에 조용히 앉더니 혼잣말로 뭐라고 한참을 혼자 얘기하셨다고 한다. 그러더니 아버지의 술 냄새나는 얼굴을 남편의 얼굴에 비비시며 흐느껴 우셨다고 했다. 아버지의 눈물이 남편의 얼굴에 다 묻어서 더 이상 자는 척 눈을 감고 있을 수가 없었다고…. 그런 아버지를 남편은 일어나 앉아 아버지를 꼭 껴안아 드렸다고 했다. 아버지는 그렇게 남편에게 안겨서 한참을 우셨다고 했다

다음 날, 아침 밥상에서 아버지는 많이 먹으라며 남편에게 아버지가 좋아하는 고등어무조림을 내밀어 주신다. 밥을 먹고 밥상을 치우며 설거지를 도와주려는 남편을 보고 아버지는 남자 새끼가 설거지하면 고추가 떨어진다고 남편을 놀렸지만, 남편은 상관하지 않고 집안일도 척척 잘하고, 시장에 가서 엄마 일도 척척 머슴처럼 일을 참 잘해주면서 엄마의 사랑을 차지하기 시작했다.

우리의 한국 신혼여행을 그렇게 마치고 미국에 돌아와서 남편은 대학을 졸업하고 석박사를 취득하기 전에 한국에 나가서 엄마, 아버지랑 2년 만 같이 살다 오자고 했다. 그래서 우리는 서울에서 영어 학원에 가서 영어를 가르치면서 주말이면 찰강냉이가 많이 나는 내 고향 영월을 거의 빼먹지 않고 달려갔다.

그 뙤약볕에 새벽부터 아버지보다 먼저 옥수수밭에 가서 해가 뜰 때까

지 옥수수를 꺾고, 고구마를 쪄서 파는 엄마의 가장 든든한 머슴이 되어 준 남편은 아버지가 참 좋아하셨다. 남편에게 고스톱을 제일 먼저 가르쳐 주고 한국말도 많이 가르쳐주고…. 술 담배를 입에도 안 대는 남편이지만 아버지하고만 마시는 막걸리는 남편도 좋아했다.

남편은 아버지가 참 좋다고 했다. 화를 자주 내시고 술 드시면 행동도 거치시지만, 마음이 참 따뜻한 분이라고 남편은 그런 우리 아버지가 너무 좋다고 했다. 추석에 기차를 타고 내려가겠노라고 남편이 집에 전화를 먼저 넣어주면 아버지는 역전에 한참 전에 미리 오셔서 코스모스가 한들거리는 기차역을 두리번두리번 하셨다.

그리고 제일 먼저 남편을 시장엘 데리고 가서 친구분들에게 자랑을 많이 하신다. 잘생기고 착한 울 사위 왔다며…. 그러면서 남편이 좋아하는 떡도 많이 사주시고 순대도 잔뜩 먹여 배를 채워주신다.

추석을 지내고 집에 가는 날, 아버지는 이십년지기 친구 태란이 아저씨랑 집에서 술을 하셨다. 아버지가 잠시 화장실을 가느라 자리를 비운 그 시간, 태란이 아저씨는 나에게 물었다.

"야! 딸내미! 너는 니그 아부지한테 정말 잘해야 해~! 그렇게 예뻐하던 딸내미가 양공주가 됐는데 니그 아부지 속이 얼마나 썩어 문들어지겠냐?"

하면서 술이 잔뜩 취하셔서 나를 앉혀놓고 그렇게 말했다. 순간 내 마음이 뜨금했다.

'무엇인가 정말 내가 큰 잘못을 저질렀구나.'

라는 생각에 나도 모르게 눈물이 났다. 부엌에서 아버지가 그 말을 들으셨나 보다. 갑자기 태란이 아저씨한테 막 욕을 하시며 소리를 지르신다.

"야, 이 새끼야! 이 새끼가 누구보고 양공주래! 내 새끼가 왜 양공주야!

이 새끼야! 말이면 다인 줄 알아? 이 무식한 새끼야! 니까짓게, 뭔데! 내 새끼 눈에서 눈물 나게 하는데!”

하면서 술이 잔뜩 취해 있는 태란이 아저씨를 눕혀놓고 발로 걷어찼다. 그런 아버지의 행동이 나를 펑펑 또 울게 했다. 아버지는 태란이 아저씨가 다음 날 잘못했다고 사과를 하러 와도 나가라고만 했다. 너 같은 새끼랑 더 이상 친구 안 한다면서….

술김에 나온 얘기라며 태란이 아저씨가 내 손을 잡고 정말 미안하다고 실수했다고 사과를 한다. 아버지가 그러신다.

“해인아~, 니는 앞으로 그냥 미국에서만 살아…. 여기서 살면 마음 많이 다친다. 아버지는 내 새끼 마음 다치는 것 못 본다. 그러니 미국에 가서 잘 살면 된다. 한국에 오지 마라! 니 맘 다친다, 이 자슥아!”

하면서 참아왔던 울음을 와락 터트리셨다. 세월이 흘러 내가 두 아이의 엄마가 되었을 때, 배가 아파서 병원에 가서 건강진단을 받으시는 아버지께 의사선생님은 췌장암이라고 하셨다. 나랑 남편은 번갈아 가면서 아이들을 데리고 가서 우리 아이들이 할아버지 얼굴을 잊어버리지 않게 자주 한국에 갔다. 아버지가 돌아가시기 일주일 전 나에게 전화를 하셨다.

“해인아…, 니 빨리 온나…. 아버지 아파서 더 이상 못 버틴다. 보고 싶다…. 죽기 전에 한 번만 더 보고 싶다….”

하면서 아버지는 나에게 힘들게 전화를 하셨다. 비행기 표 끊어놓았다고 며칠만 더 참으면 된다고 학교 졸업 반이라 학기말 시험만 치고 간다고…, 아파도 여태껏 견디셨는데 그 며칠을 못 참느냐면서 꾀병이 심하다고 내가 아버지에게 우스개로 농담을 했다.

그리고 그날 새벽에 아버지는 내 꿈에 찾아오셨다. 하얀 옷을 입고 오셨

는데 내가 반가워서 안아 주니 등에서 땀이 물 흐르듯이 흘렀다. 아버지 왜 이렇게 땀을 흘리시냐고 물으니,

"이놈의 자슥아~, 니 보려고 태평양까지 날아와야 하니까, 이렇게 힘들지~."

하시고는 나를 따뜻하게 안아주신다. 옆에서 자고 있는 남편의 얼굴을 쓰다듬어 주시며, 참 된놈이다. 이놈이. 내가 이놈 잘되라고…, 니그들 잘되라고 저 멀리 가서도 잘 지켜봐 줄게."

하셨다.

아버지는 당신을 기다리는 문이 닫히기 전에 얼른 다시 가야 한다며 그렇게 나를 떠나가셨다. 떠나가는 아버지의 뒷모습을 보며 왜 그렇게 눈물이 나던지 울다가 깨보니 남편도 깨어있었다. 아버지가 다녀가셨다고 했다. 남편의 꿈속에서도…. 잠시 후에 온 막내 해야의 전화 목소리 속에서 나는 직감했다.

"언니야…, 아버지 방금 전에 눈감으셨어. 편안한 모습으로 가셨어…."

그 순간 나는 또 한없이 무너졌다. 아버지랑 행복했던 기억보다는 늘 다투고 부딪힌 기억만 머리에 맴돌았다. 그렇게 철없고 속 썩이던 자식이 그리워서 그 먼 태평양을 건너오신 아버지의 먹먹한 사랑에, 나는 또 그렇게 한참을 죄책감 속에서 방황했다.

어느덧 내 아이들이 자라 사춘기를 겪으면서 나에게 이유 없는 반항을 해 보이며 내 마음을 서글프게 했던 늦가을의 어느 날, 나는 아버지가 보고 싶어서 펑펑 울었다. 아버지가 너무 힘들고 외로워서 소주잔을 당신의 제일 친한 친구로 두었을 때…, 그때 왜 나는,

"아버지, 많이 힘드시죠…? 제가 한잔 따라 드릴게요…."

하고 단 한 번도 술친구 한 번 되어드리지 못했을까…. 지나면 후회되는

게 삶이라지만 그 늦은 깨우침을 좀 더 미리 알았더라면. 가족은 늘 아픔이지 않았어도 좋았을 것을….

흰머리가 삐끗삐끗 올라오는 내 나이 오십에 어느 날 찾아온 가을은 이웃집 친구가 저녁 마실을 온 듯 그냥 편하다.

부스럭, 사각사각.

발자국 소리를 내지 않아도 이미 내 마음에 다 들어와 있다는 것을 나이 들어 알아간다. 늘 마음이 먹먹했던 엄마와 아버지의 마음이 떨어진 낙엽이 되어 바스락거리며 나에게 안부를 전하고 있다는 것도 가을바람이 알려줬다.

봄이 되면 그 먹먹함의 복사꽃은 은은한 꽃내음을 내게 한껏 뿜어대고, 여름이면 퍼붓는 소나기를 향해 실컷 울어도 괜찮다고 나를 토닥여주며 장능 연못가 다리 밑에서 나를 지켜보았던 도깨비 할아버지는, 겨울이 되면 흰 눈 덮인 마당에 도깨비 발자국을 남기고 있었으리라.

따뜻한 아랫목에 앉아서 화롯불 고구마를 구워먹으며 그 옛날 엄마의 호랑이 얘기를 도란도란 나누고 깔깔거리는 내 지난 아름다운 추억을 그리며 다시 먹먹해진다. 그리움을 뿜어대는 가을낙엽이 다시 떨어질 때쯤, 나는 진실을 알아버렸다.

삶은 늘 아름다웠었노라고….

아파서 울고 보챘던 시간도 아름다웠던 내 인생의 한 부분이었을 뿐이었노라고….